FOLIO SCIENCE-FICTION

Francis Berthelot

Rivage des intouchables

Denoël

Cet ouvrage a été précédemment publié dans la collection
Présence du futur aux Éditions Denoël.

Né à Paris en 1946, polytechnicien, docteur ès sciences, Francis Berthelot se partage entre son métier de chercheur en biologie moléculaire et sa carrière d'écrivain, débutée en 1980 avec la parution de *La lune noire d'Orion.*

Sillonnant sans exclusive toutes les facettes de l'imaginaire, Francis Berthelot est l'auteur de deux romans profondément originaux : *La ville au fond de l'œil*, récompensé par le prix Rosny-Aîné 1987, et *Rivage des intouchables*, subtile et poétique métaphore des années Sida, inoubliable appel à la tolérance qui a obtenu le Grand Prix de la science-fiction française en 1991.

A mes amis,
mal-en-point, coriaces ou bons vivants,
qui luttent contre la Grande Squelette.

PREMIÈRE PARTIE

1. *La haine et la peau*

Printemps 547

Ce bout de planète, ce bloc d'eau et de sable issu d'on ne sait quelle malice de l'espace, il n'a pas été facile de le nommer. Arrogance de la pierre, fausseté de l'onde, ses deux éléments étaient trop dissemblables, trop rudes, installés dans une haine trop passionnée. Ce sont eux qui ont dicté leur loi. Les efforts des pionniers pour les réduire à un terme n'ont abouti qu'à un catalogue de néologismes, de mots-valises, de collages à l'étymologie creuse, entre lesquels nul n'est arrivé à trancher. En dernier ressort, on s'est résolu à mettre l'accent, justement, sur leur antagonisme. Et c'est ainsi que cet astre s'est vu gratifier par l'Histoire du pire nom qu'il pouvait espérer : Erda-Rann. Ce qui signifie : Terre Divisée.

Dès les premières générations, les colons se sont méfiés les uns des autres. Mutant avec prudence, d'abord, puis abandonnant bientôt toute vergogne, ils ont renié leurs origines pour s'adapter, qui au désert qui à cette mer insane et multiforme — la Loumka. En même temps, ils ont pris l'élément d'en face en aversion. Au bout de quelques décennies, leurs descendants avaient intégré dans leur corps comme dans leurs traditions la dualité d'Erda-Rann. Et selon l'usage — tant pour des motifs raciaux qu'à propos du partage des richesses du sol et de l'onde — des siècles de guerre se sont ensuivis.

La partie solide du territoire est aride : le désert, les espaces de sable, les rochers émergeant avec une fierté de minarets, leurs formes infaillibles à peine érodées, au fil des âges, par des embruns dont ils tiennent la perfidie en échec. Les jours où le soleil cogne, la caillasse des dunes étincelle à décourager un ermite. Les habitants, néanmoins, en canalisant cette eau qu'ils détestent, ont fait pousser pins et érables, à l'ombre desquels les usines, les maisons, alignent des arêtes sans défaut. Rigides en leur pensée autant qu'en leurs gestes, si grande est leur phobie des liquides que jamais ils ne boivent. Et leur peau est à l'image de ce refus : couverte d'écailles minuscules semblables à celles des lézards, claires au nord, plus sombres au sud. Ils se nomment les Gurdes.

En face, ou bien autour, ou derrière, sinon à l'intérieur ou parallèlement, s'étend la Loumka. A vrai dire, elle ne s'étend pas : elle bouillonne, ruisselle, se fige, forme des pseudopodes, se gonfle de courants et de paradoxes. Rivière ou océan, l'eau y est bien plus que de l'eau : une substance dotée d'une volonté autonome, et dont les vagues ne sont pas provoquées par le vent, mais par d'obscurs mouvements internes. Fluide ici, visqueuse voire solide là, elle s'infiltre dans les terres de la rigueur, les divise, leur arrache des îles ou s'y implante en lagunes sans fond. Absorber la mémoire du monde, et en particulier celle des hommes, est le moindre de ses talents. Matrice des grandes métamorphoses, elle a bercé dans ses remous la race ennemie des Gurdes : les Yrvènes.

Avec leur peau caoutchouteuse comme celle des dauphins et bariolée de pigments, ils ont bien muté, eux aussi. Leur alimentation, aujourd'hui, est uniquement liquide. Le poisson, les crustacés, ils les cèdent à leurs voisins en échange de vin ou de lait. Pour le reste, intuitifs et menteurs, ils ont construit des villes dans les zones semi-solides de l'océan, élu domicile dans les bulles colossales qui flottent sur les vagues, appris à exploiter à grande échelle les algues et les coraux. Et si le moins imaginatif d'entre eux voit dans les pièges marins un jeu de miroirs destiné à embellir la vie, ils ont incorporé à leur nom un signe qui rend hommage à la Loumka : un tilde, posé ainsi qu'une vague sur la voyelle accentuée.

La technologie de l'ère précédente ne pouvant tirer parti des champs énergétiques en présence, il a fallu s'adapter. On a vite compris que celui qui domestiquerait les pouvoirs antagonistes du roc et de l'onde serait le maître de la planète. Il en a découlé nombre d'inventions, pour l'exploitation desquelles on s'est battu de plus en plus férocement : les moyens de transport utilisant les facultés mentales de l'océan ; les écrans de quartz, sur lesquels une infime couche d'eau inscrivait les images mémorisées par la Loumka ; les cristaux portatifs, fondés sur le même principe, et destinés à supplanter les journaux ; ou encore certaines formes d'art, comme la sculpture de mots ou le dressage de lumière, que les Gurdes auraient bien voulu maîtriser, mais qui demeuraient l'apanage des Yrvènes.

Alors la guerre a désolé Erda-Rann durant des siècles. De part et d'autre, on a égorgé, réduit à la famine, posé des bombes et mis à la torture. Dans les camps du désert, les prisonniers yrvènes qui ne mangeaient pas leurs excréments ont été attachés nus en plein soleil. Leur peau humide s'est desséchée. Puis sont venues les cloques, les croûtes, la calcination, sans que la mort bien sûr ne les secoure. Quant aux captifs gurdes, si on a mis des gants pour leur arracher les écailles, on n'en a pas pris pour les immerger, à vif, dans les zones les plus terrifiantes de la mer. Eux aussi auront eu le loisir de devenir fous avant de mourir.

A présent, l'ère des horreurs est terminée. La Loumka, sa mémoire repue des abominations que les hommes pouvaient commettre, a commencé à leur souffler des idées de compromis, de tolérance. Un gouvernement planétaire a fini par être élu, pour contrôler les relations économiques entre les peuples. Pourtant, dans les rues et les canaux de Vornève, promue capitale dès l'armistice, les estropiés vendent des tickets d'urinoir, les gosses dont on a cassé les dents jouent de la flûte à huit tubes et la lagune vomit les décombres dont on la gave. Certaines cités majeures, telles que Délée ou Kmor, n'ont plus que leurs ruines pour renaître. D'autres en revanche — ainsi le légendaire bourg d'Arangwad — ont été miraculeusement épargnées. Mais selon les mauvaises langues, ce n'est que parce que les dérèglements du paysage y rendent dérisoires ceux des hommes.

Bref, les armes ont regagné la cave, le couvre-feu a fait place aux lampions des bordels, sans toutefois que l'on s'entr'aime davantage. L'épiderme de la race adverse reste un objet de répulsion. Et cela à tel point que la seule règle acceptée s'est intitulée Loi d'Instinct. Ecailleux ou pigmenté, on ne touche pas le voisin d'en face. Frôler sa peau, ne serait-ce que du petit doigt, relève de la justice au même titre que l'exhibitionnisme, sinon le viol.

Arthur a un an. Né juste après la guerre, il lui importe moins d'être un bébé gurde qu'un bébé tout court. Son souci majeur, c'est d'apprendre à parler. De son couffin, il voit le vent agiter le rideau de libellules, sans les nommer encore *libellules* ni *rideau.* Ce sont des présences douces, comme l'air tiède qui vient du jardin, les mains de Maman ou le goût de la compote de mangues. Le menton de Papa, lui, est une présence dure ; mais agréable, aussi, quoique peu fréquente.

Sa propre peau, en revanche, le contrarie beaucoup ces temps-ci. Elle le fait pleurer, parfois, sans qu'il comprenne comment. Ce n'est plus le nuage délicat de jadis. Il y a cette pellicule dessus qui est lui, autrement, mais lui quand même. Et surtout cette autre chose qui n'est pas lui, qui s'est faufilée entre lui et lui, et qu'il trouve méchante. Quand elle se déchaîne, il crie pour la chasser, mais elle s'incruste, et rit, et le tourmente ; et lui reste à s'époumoner en vain pendant des heures.

— Je ne comprends pas, murmure Edith (Maman). Il a fait ses écailles sans protester. A huit mois, bon, c'était peut-être un peu tard... Mais le docteur n'a pas eu l'air inquiet !

— Il faut le montrer à un spécialiste, répond Carl (Papa). Regarde ces rougeurs, là, sur sa poitrine, sur ses cuisses. Ça doit lui démanger comme la gale ! Pauvre petit lézard...

Le dermato-juge demeure à l'autre bout de la ville. A Vornève, depuis la fin de la guerre, on trouve à volonté sandales, viande de phoque, pilules dorées et livres en papier d'algue. Mais le roc et la Loumka s'interpénètrent tellement que le moindre trajet oblige à emprunter vingt fois le territoire adverse. De ruelle en presque pont, un bus par-ci, un bac analogique par-là, les véhicules se traînent ou vous coupent le souffle, on est sanglé dans des compartiments mono-raciaux, la nervosité dessèche les uns, fait transpirer les autres, les grilles de séparation n'arrêtent ni regards ni injures... Edith, dans ces moments-là, se recroqueville sur pied. Penser qu'Erda-Rann, Seigneur, pourrait s'embraser à nouveau !

Sur la barge qui survole la Grande Lagune, pourtant, son bébé dans les bras, elle se sent jeune et fraîche avec ses sept tresses flottant à la brise. Arthur contemple de tous ses yeux les maisons translucides que la Loumka soulève et recouvre. Puisqu'on ne lui a rien dit à leur sujet, il sourit à leurs formes molles et à ces drôles de couleurs qui changent la lumière. De l'autre côté du treillage de sûreté, une petite fille yrvène aux pigments gris et roses lui fait les marionnettes. Ensemble, ils rient aux éclats. La mère gronde la gamine et l'installe sur ses genoux, le nez dans son caraco. Arthur, déconfit, rouspète vigoureusement, puis oublie.

— Tu vois, dit Carl, quand nous aurons construit le métro amphibien, les déplacements seront autrement simples.

— Voyager à *l'intérieur* de la Loumka ? Quelle dégoûtation !... D'ailleurs, je serai trop vieille, à ce moment-là.

— Penses-tu ! D'ici douze ans, il sera en service. Mais on te mettra des wagons étanches, ne t'inquiète pas.

— Ce sera la fin de la tradition gurde, mon beau.

— Tant mieux. Il est temps de penser en termes collectifs. Tirer parti de nos contrastes, au lieu de nous entre-tuer.

— Allons donc ! Avec eux, ça tournera toujours à l'aigre... Ils sont trop fourbes !

Il lui a posé la main sur l'épaule. Et elle fond, bien sûr. La mâchoire carrée, les joues en râpe à bois, Carl est si beau dans son rôle de pionnier de la réconciliation ! Avec un soupir, elle se laisse aller contre lui. Elle aimerait tellement pouvoir oublier les morts, les déportés, toutes ces atrocités commises par les Yrvènes...

Chez le médecin règne une odeur de cosmétiques et de code civil. L'odeur réglementaire. Les maladies de la peau relevant de la Loi d'Instinct, l'usage veut que ce soit le même homme qui sanctionne et qui guérisse. Celui-ci est d'ailleurs trop âgé pour cloisonner encore ses diverses fonctions. Plus patriarche qu'autre chose, il offrira même une figue à cette frêle jeune femme, pour la désaltérer.

— Une mycose, madame Estrevann, dira-t-il plus tard, après avoir examiné Arthur avec une loupe, à la lumière de sable. Un champignon, d'origine aviaire. Il y a trop de nids, sous votre toit.

— Je les ferai arracher, sire juge, promet l'ingénieur.

— Et ce... champignon, insiste Edith. C'est grave ?

— Pris maintenant, on l'en débarrassera. Les enfants qui naissent après les guerres sont toujours fragiles. Ils paient nos fautes, voyez-vous. Comment étiez-vous nourrie, pendant la grossesse ?

Elle hésite une seconde. Carl a accepté des besognes si dégradantes, pour lui procurer du foie de yack...

— Correctement, intervient-il. Sans plus.

— Bien sûr. Les miracles n'en seraient pas s'ils se produisaient tous les jours. En attendant, le traitement va être long, et il risque de ne pas lui plaire. Je vais vous demander de sortir un instant.

La salle d'attente, Edith apprendra vite à la détester. Les fauteuils en tapisserie de palmier, la soie douteuse des murs, et toujours ce parfum entre purgatif et désinfectant, qu'il lui faudra retrouver chaque semaine pendant des mois. Elle s'est assise en face de la porte et guette la voix du dermato-juge, le pas de la soignante, quelque chose qui lui dise, au moins qui lui dise... Mais rien ne vient. Rien ne lui annonce que son bébé, enfin, va cesser de crier.

— Ce n'est pas tenable, murmure-t-elle. Que lui font-ils, à la fin ?

— Il te l'a expliqué, répond Carl. On lui passe une pommade sur tout le corps. Cela doit être froid, ou le piquer un peu, rien de plus.

— Pour qu'il braille ainsi ?... Tu ne te rends pas compte ! De sa vie, jamais il n'a poussé des hurlements pareils. Il est fou de terreur ! C'est à croire que... Oh, cela me rappelle...

— Je sais.

— Non, tu ne sais pas. Tu n'y étais pas ! Il n'y a que moi qui aie entendu, qui aie vu. Seigneur, ce sont des médecins ou des bourreaux ?...

Il est venu près d'elle, et lui passe une main sur la nuque, doucement, avec prudence. Dans ces cas-là, il faut être très patient avec elle. Il a l'habitude. Sans forcer, il lui masse la base du cou, les épaules. Tant pis si quelqu'un entre. Chaque fois qu'elle repense à son frère, elle sombre à nouveau dans le cauchemar d'autrefois. Si personne ne vient à son aide, elle y restera pendant des jours, hébétée, les yeux vides. Aussi longtemps qu'il vivra, ou que ce sera nécessaire, il veillera à l'en sortir.

Il travaillait à Kmor, Carl, cette nuit-là. A l'aube, une milice yrvène a envahi la maison. Quand les hurlements d'Ugo l'ont réveillée, la jeune femme a manqué uriner de terreur. L'électricité était coupée. La petite lune lui a montré deux mercenaires qui la tenaient en joue. Elle s'est traînée à leurs pieds — il fait si froid quand on supplie — jurant que son frère n'avait jamais posé de mine, ni empoisonné les courants secrets de la Loumka. En vain. Il lui a fallu supporter ses cris d'agonie, sans pouvoir seulement quitter la chambre. La lumière revenue, ils l'ont poussée du bout de leurs harpons vers la porte. Là, elle a vu. De l'amour de son enfance, il ne restait qu'une masse de chair écorchée, grelottante, qui titubait avec des gémissements de bête. A coups de pique, ils ont jeté le malheureux au bas de l'escalier, pour l'achever dans la rue. Elle, ils ne l'ont pas touchée. Violer une femme gurde aurait soulevé le cœur du plus brutal d'entre eux.

Blottie contre la poitrine de Carl, elle reprend peu à peu son souffle. Par moments, il lui bouche les oreilles avec ses paumes — il les voudrait plus chaudes, plus rassurantes. Lorsque les plaintes du bébé semblent diminuer, il s'interrompt et lui parle à voix basse :

— Allons, répète-t-il. Ils ne le torturent pas, notre bambin. C'est juste un médicament désagréable. Après, il ira mieux, tu verras.

— Je sais, souffle-t-elle. Enfin, j'espère... Mais la cruauté, Carl, la cruauté gratuite !

— Cesse d'y penser.

— Les écailles arrachées, jusqu'à ce qu'ils meurent, tu comprends ? Après, cela ne cicatrise plus !

— C'est des survivants qu'il s'agit. De toi, qui dois oublier. D'Arthur, qui va guérir. Tiens, écoute. On dirait qu'il se calme.

Elle relève la tête. Mais non. Les vagissements reprennent, plus aigus, insoutenables, porteurs d'un désespoir qu'un bébé ne devrait pas connaître. Et cela dure, et dure, et s'éternise. Si Carl ne la serrait pas de ses deux bras, elle se lèverait d'un bond et franchirait le couloir pour leur crier, par Erda-Rann, qu'ils arrêtent !

Le monde d'Arthur bascule, et pas un mot pour se défendre. Cela s'appelle... Cela s'appelle... Avant, il y avait sa peau, et puis l'autre, la méchante. Sous les mains de ce vieil iguane, c'est une nouvelle chose qui se propage. Et celle-là est pire encore. Elle s'étale, luisante et grasse, le mord partout sur son passage, infeste sa chair de piquants et de brûlures. Et le saurien lui sourit sans les dents, appliqué à la répandre à petits gestes cruels, en crachotant d'une voix qui se veut gentille.

Au début, le bambin a crié, cela va de soi. Il pensait que l'autre allait réagir, s'arrêter, prendre un air contrit et lui donner une douceur. Ou bien que Papa allait venir et assommer ce misérable, pendant que Maman consolerait son bébé d'un câlin. Mais rien de cela n'est arrivé. Et la douleur, la colère, se sont effacées devant une terreur insondable.

Pieds et poings ont commencé à se débattre. Une femme aussitôt est entrée, une grande avec des écailles jaunâtres — rien à voir avec Maman — qui a tenu les poignets d'Arthur pour que le monstre le badigeonne à loisir. Du coup, ses cris se sont changés en hurlements. Il a cherché à les tuer, à leur faire éclater la cervelle avec sa voix... Sans succès. Et l'atroce mixture a poursuivi sa besogne, partout, dans les recoins les plus infimes de son corps : le pli des coudes, la saignée des genoux, entre les orteils, même...

A présent, le rebelle reste coi. Il pourrait encore brailler, bien sûr, sauf que tout le monde s'en moque. Alors sa gorge se tait. De ses lèvres béantes ne sort plus que du silence, tandis qu'il se raidit, haletant, les yeux exorbités. Cela s'appelle... Cela s'appelle... Pas de terme pour cerner l'ennemi, le posséder, le détruire. Il y aurait bien *Bobo,* évidemment. Mais même s'il arrivait à le prononcer, cela ne suffirait pas à impressionner ses tortionnaires.

Les mots, il invoque désespérément les mots. *Bobo* s'amplifie, lui dévaste l'épiderme, résonne dans son ventre et la moelle de ses os. Est-ce que ce n'est pas lui-même qui est *Bobo,* puisqu'il veut tuer le vieux et la jaunasse, et qu'on l'en punit ? Comment savoir ? Tout est si féroce et si faux, ici ! Et les vocables qui remettraient ce cauchemar dans sa boîte, il ne les connaît pas. Ils ne se sont pas encore penchés sur son berceau, avec leur musique, leurs nez de clowns et leurs chapeaux à paillettes...

Alors, *Bobo* s'empare entièrement de lui, le dévore, le réduit à un rien, sans recours, sans espoir. Cette torture va durer le restant de sa vie. Papa l'a abandonné. Maman l'a oublié. Il ne lui reste aucune chance de revoir ses libellules. De durs sanglots lui montent du cœur. Des sanglots comme en ont les adultes quand leur avenir se réduit à un mur tout noir. Mais tandis que les bourreaux s'acharnent, il refoule sa détresse pour chercher encore, obstinément, les termes qui le délivreraient, qu'ils se cachent dans sa tête ou dans l'air environnant.

Plus tard, lorsque Edith et Carl pénétreront enfin dans le cabinet, ils trouveront leur bébé hagard, la bouche ouverte, prononçant des paroles muettes. Il ponctue son exorcisme de gestes, de mimiques, de minuscules mouvements des doigts. Epuisé, invaincu, il se laissera aller contre sa mère et s'endormira aussitôt. Mais pendant le trajet de retour, sa pensée ne cessera d'élaborer syllabes et bouts de mots.

De mois en mois, le caractère d'Arthur se transforme. Lui si gai jadis, lui qu'on entendait gazouiller dès l'aube, le voici devenu taciturne, absent. Il observe, il écoute, il enregistre. Souvent, alors qu'on le croit endormi, on le trouve assis sur sa couette, les yeux ouverts, scrutant un objet invisible qui se déplace lentement dans l'air. Il ne pleure jamais, sauf le matin du Jour de Sucre, lorsque Maman lui enfile sa belle chemise blanche, où elle a brodé un naja.

— Pourquoi vagit-il ainsi ? s'étonne Carl, que la régularité de la chose finit par arracher à ses tables de niveau. Elle ne gratte pas, Roc Dieu, cette satinette !

— Il sait que je l'emmène chez le docteur, rétorque Edith, prête pour la corvée hebdomadaire. Pourtant cette fichue mycose se résorbe. Il ne devrait plus s'effrayer autant !

— J'aimerais bien vous accompagner, dit l'ingénieur. Mais avec un aqueduc où l'eau prend en masse... J'ai trop de calculs à revoir ! Allez, bon courage. Et toi, le gamin, tâche d'être un peu stoïque. Cela changera.

Arthur bave d'indignation. Cette semaine encore, au lieu de lever le poing, lui ôter son cilice de condamné, et interdire à Maman de le livrer au vieux saurien, Papa l'a trahi. Le Jour de Sucre est un jour affreux. Les enfants y reçoivent rituellement une friandise, pomme confite ou macaron de palmier. Et lui, il a beau avoir été plus sage qu'un nougat, on le punit quand même en prétendant que cela va le guérir. Mais le guérir de quoi, juste Sable ? D'avoir hurlé la fois d'avant parce qu'on le punissait déjà ? Quelle honte !

A présent, les instruments du supplice s'avancent, et il décide de changer de tactique. Plus un cri, plus un son, juste quelques mots auxquels se cramponner en secret pour écarter *Bobo.* Il en possède déjà une demi-douzaine : *soulage, mixture, mal* (*Bobo* a l'air réservé aux imbéciles), *irrite, spatule,* et le grand avec ses trois arches que tout le monde déteste : *cham-pi-gnon.* Comment on s'en sert, il n'en est pas encore très sûr. Pourtant, il lui semble qu'il peut les placer dans l'espace, sur les gens, rien qu'avec les yeux.

— Voyez comme il est calme, aujourd'hui, observe le dermato-juge. Vous n'avez même pas besoin de le tenir.

C'est vrai. Arthur exècre les mains rugueuses de la soignante au point de ne plus se débattre, de peur qu'elle ne le touche. Plus personne d'ailleurs ne peut l'approcher. A part Maman, bien sûr, et cet abominable docteur dont les caries sentent l'ammoniac. Et Papa aussi, du moins quand il a le temps. Mais le tout-venant, la grainetière, le sonneur de télex, qui lui déversent leurs plus belles risettes, terminé. A la moindre alerte, il se rejette en arrière, et accueille l'importun avec une grêle de coups de pied.

Le vieil iguane, justement, il l'a pris pour cible aujourd'hui. Il s'est concentré sur son front, et y projette, chaque fois que son venin le mord un peu trop : *cham-pi-gnon, cham-pi-gnon...* Et voici que le prodige s'accomplit. A deux reprises, l'autre vient de se gratter, là, exactement, avec l'ongle du pouce. Le petit n'en revient pas. Il faut essayer à nouveau. Prudemment, il attend que son ennemi ait rempli la coupelle d'onguent. Puis au moment où il se penche sur lui, l'infecte spatule à la main, il rassemble toute son énergie. *Cham-pi-gnon.* Le bonhomme redresse la tête et, d'un revers de manche désormais historique, se frotte le dessus du sourcil droit. Voilà. C'est si drôle qu'Arthur éclate de rire, malgré cette dégoûtation qui lui colle aux écailles. Et l'autre, éberlué, dévisage cet étrange bébé qui rit sans savoir pourquoi, alors qu'il devrait pousser les hauts cris.

Edith et Carl mettront longtemps à découvrir que pour leur fils les mots ne sont pas une denrée ordinaire. Lorsqu'à l'âge de deux ans, guéri de sa mycose, il deviendra clair qu'il comprend le langage, mais ne daigne prononcer que *Papa* et *Maman,* ils se poseront des questions. Malheureusement, la logique gurde ayant ses limites, ce ne seront pas les bonnes. Et ainsi, la vie d'Arthur suivra son cours, tranquillement, en tournant le dos aux lois les plus élémentaires.

2. *Arangwad*

Été 550

Autour d'Arangwad, le paysage est dominé par les affrontements du roc et de la Loumka. Parmi les dunes, entre les bosquets de résineux, des empilements de mégalithes défient à longueur de siècle la rage des ressacs. Ni trêve ni merci. Des lames de fond s'élèvent avec lenteur à la verticale, puis se jettent contre la pierre qui les brise impitoyablement. La houle, encerclant les récifs, tourbillonne autour de leur base sans parvenir à les arracher du sol. Ici, l'eau est fluide, prête à jaillir en mille éclaboussures. Là, elle se fige ainsi qu'une pâte de verre, tandis que des reflets mauvais la parcourent. Sur telle plage, elle apparaîtra comme une mer au clapot banal. Sur telle autre, elle se hérissera de tentacules pareils à ceux d'une pieuvre, témoignant de la redoutable volonté qui l'anime.

Le bourg s'est installé dans la baie la plus calme. Si ferme soit le granite, il a prêté ses alvéoles et ses cavités aux premiers Gurdes. Au fil des générations, on les a étayés, agrandis, rendus confortables. Ainsi est né à fleur de mer un village troglodyte, bientôt étagé sur les collines, les caps et les îlots avoisinants. Un réseau de passerelles et de canaux a relié les rocs, à mesure qu'ils étaient colonisés. En même temps, les pêcheurs yrvènes des environs ont regroupé les flotteurs où ils vivaient, pour les rapprocher de la rive. Quelques demeures de madrépores ont assuré la jonction entre les deux habitats. Finalement, dominé par la masse hautaine du Castel, seul édifice de granite érigé par l'homme, Arangwad est devenu depuis la fin de la guerre une station de villégiature.

Carl a loué un polypier-villa sur le rivage, dans une anse où la crête des vagues lâche des nuées de bulles vers le ciel. Au coucher du soleil, c'est un spectacle ravissant ; l'air tout entier se gorge de mirages. Si méfiants soient les Gurdes envers l'élément adverse, ils n'en sont pas moins attentifs à sa beauté. Edith s'est même assez vite accoutumée à dormir dans des murs de madrépores. L'aspect gluant en est compensé par l'incomparable clarté qu'ils filtrent, et leur aptitude à se nettoyer eux-mêmes. Arthur, lui, passe ses journées sur la grève, devant la maison, à contempler les remous en échafaudant des constructions mentales. Il est si raisonnable qu'on peut sans crainte le laisser seul de temps à autre. Mais personne ne comprend pourquoi, à quatre ans, il ne consent toujours pas à parler.

Ce silence est devenu le souci majeur de la famille. L'année dernière, Edith a subi une de ces interventions qui vouent la garde-robe d'une femme au mauve et au gris. Pas d'autre enfant pour elle. Son chagrin de voir son petit garçon si injustement muet s'est changé en amertume. Quant à Carl, il enfouit dans le travail la déception que lui cause son fils. Arthur entend, son intelligence est supérieure à la moyenne, il commence même à lire. Et pourtant il se tait. C'est en vain qu'on l'a conduit chez les meilleurs spécialistes gurdes de Vornève. Il ne pipe mot.

— Ce gamin ne souffre d'aucune malformation, ont-ils déclaré avec un bel ensemble. Il parlera le jour où il décidera de parler. La seule attitude sensée, c'est d'attendre.

Pour cet avis, ils ont demandé des sommes allant du simple au triple, selon leur âge et leur quartier d'exercice. En désespoir de cause, les trois Estrevann ont échoué chez une paraphoniste yrvène, recommandée par la maquettiste de Carl. La femme, dont les pigments rouge sombre formaient des arborescences sur les tempes, s'est gardée de toucher Arthur ; mais elle ne lui a pas non plus examiné la gorge, se bornant à lui remettre un crabe articulé, et à le regarder jouer avec.

— Quand la mémoire d'un enfant a mal, a-t-elle dit au bout d'un moment, sa bouche se ferme.

— Comment peut-on y remédier ? a demandé l'ingénieur.

La voix de la mage a pris une consistance de miel.

— Seule la Loumka sait débloquer les souvenirs. A Arangwad, ses ruses pour y arriver sont innombrables. Emmenez-le y faire une cure.

— Je comprends..., a opiné Carl.

Il a réfléchi une seconde, puis a ajouté :

— A combien s'élèvent vos honoraires ?

— Deux ducats pour le passé. Deux pour l'avenir.

Sur ce, elle les a raccompagnés jusqu'à la presque-passerelle menant à la terre ferme. Pendant l'entretien, Edith avait gardé un silence de jouvencelle. Carl, plus familier avec la pensée yrvène, a remis quatre pièces de vermeil à la paraphoniste. Et le lendemain, il s'est enquis d'une villa à louer pour l'été au bourg des mégalithes.

Mais depuis quinze jours qu'ils sont là, Arthur ne leur livre toujours rien des édifices qu'il invente, sans un geste, assis sur le sable en barboteuse modèle, à l'ombre des ressacs de la Loumka. Inquiets, ils le demeurent, même s'ils prennent leur mal en patience. Ni l'un ni l'autre, pourtant, ne mesure le danger couru par le petit garçon. A se murer ainsi dans le silence, sans que rien ne s'interpose, c'est vers la folie qu'il s'achemine.

Aujourd'hui, il a décidé de bâtir un château de bulles. Ce n'est pas une entreprise facile, et personne ne songe à l'y aider. Papa contrôle dans son bureau les plans du futur métro amphibien. Maman installe robes et tuniques dans la vasque à chaux détergente, derrière le polypier. Quant aux gosses de la crique, ils sont trop occupés à persécuter les cafards des sables pour s'intéresser à ce bambin noueux, aux cheveux de hérisson. Il devra établir lui-même les règles de son art.

Dès la naissance, on interdit aux enfants gurdes de se baigner dans la Loumka. « Elle te dévorerait, et tu ne reverrais plus Papa ni Maman. Tu as compris ? » Bien. Il lui faut donc attirer les bulles à lui au moment où elles se détachent du magma. Pour cela, il a lancé vers elles plusieurs mots : *insecte,* toujours amusant, bien qu'il ne les fasse guère bouger ; *crochet,* qui serait plus efficace, s'il ne les crevait une fois sur deux ; *filet,* assez commode, sauf qu'il les ramène par paquets difficiles à dissocier. En définitive, c'est *souffle* le plus satisfaisant, à condition de l'exprimer très doucement et de bien l'orienter. Là, il amène l'heureuse élue à portée de main, et il ne reste plus qu'à la poser délicatement sur les autres.

En fait — Arthur s'en aperçoit à la longue — elles ne sont pas si fragiles quand on sait les prendre. Entre ses doigts, leur peau résiste comme celle des prunes d'ambre, et l'envie le tenaille de les goûter. Mais on l'a averti que cela l'empoisonnerait ; alors, bon. Il cherche plutôt à comprendre ce que recèlent leurs reflets : un monde indistinct où l'or, le bleu, le mauve, s'organisent en images qui font frissonner l'édifice. Dans certaines, il reconnaît avec étonnement ses propres souvenirs. D'autres, au contraire, lui révèlent des bribes de la mémoire d'Erda-Rann. Et, peu à peu, il prend conscience du paradoxe qui le domine : son pouvoir sur les mots est de nature yrvène.

— Il n'est pas bien bien joli, ton château... On dirait une *méduse !*

Une voix éraillée, narquoise... Arthur a sursauté. Une vingtaine de gamins gurdes, en maillots de bure, accompagnés par une nonne aux rides maussades, viennent d'envahir la grève. Les gosses du Castel. Ils sont orphelins, ou fous, ou délinquants, il ne sait pas bien la différence. Mais chaque fois qu'il passe devant cette bâtisse, dont les clochers sculpturaux écrasent Arangwad, il est saisi d'une terreur sacrée. Celui qui l'a pris à partie est un grand, avec de grosses écailles et des dents écartées. Il se balance, faraud, d'un pied sur l'autre, pendant que deux de ses congénères le rejoignent.

— Eh bien, reprend-il. Tu pourrais répondre, quand on te parle.

Estrevann junior les toise avec méfiance. Le second ne doit pas être méchant, mais sa bouche ouverte lui donne l'air d'un ours hébété. Le troisième, maigre comme une paire de ciseaux, louche imperceptiblement. Chacun d'eux, de toute manière, est un rustaud fini. Alors — première erreur — il décide qu'ils n'existent pas et, sans leur tirer la langue ni même hausser les épaules, détourne la tête pour se concentrer à nouveau sur ses bulles.

— Regardez-moi ce malappris ! s'exclame le grand. Il fait semblant de ne pas nous voir. Je vais te rectifier les écailles, moi, face de cul !

Ce disant, il a empoigné Arthur par le bras et le met de force sur ses pieds. Cette main râpe si affreusement la peau... Les doigts du petit se sont raidis d'horreur.

— Il est peut-être sourd, suggère le second, celui dont la mâchoire pendouille.

— Ou bien muet ! lance le maigriot, en se rongeant un ongle.

— Pensez-vous ! Il veut faire le malin, c'est tout !...

Brutalement, Arthur se retrouve à terre, les écailles

meurtries, comme si la méchanceté s'y était incrustée. Et la haine monte en lui, convulsive, à l'étouffer. Il voudrait frapper ces imbéciles avec les pires mots qu'il possède. Rien ne vient. Seule, sa main se crispe sur le sable, et leur en lance une poignée dans les yeux.

Deuxième erreur. On n'attaque pas trois lascars de cette taille, quand on ne sait manier que des bulles. Gueule d'Ours s'est emparé de ses épaules ; Œil qui Louche, de ses chevilles. Leur chef se fera un devoir de lui administrer, avec une jubilation méthodique, une volée à briser l'âme la plus rétive.

La Loumka feule. Les coups pleuvent. Maman est rentrée à la maison. Derrière sa porte, Papa n'est plus qu'une machine à calculer. Et de l'autre côté de la plage, la nonne fait s'ébattre son troupeau d'oisons. Arthur ne crie même pas. Qui viendrait à son secours ? Des mains lui arrachent sa barboteuse. D'autres lui labourent le ventre. Partout où elles le frappent, la peau lui brûle. Trois gosses de sa propre race, qui le pincent, le mordent, le tirent dans tous les sens, le traînent sur le sable. Les bulles du château crèvent une à une, piétinées. Il suffoque. En un éclair, il comprend le sens de *mourir,* dont on parle si souvent dans les contes. Mais il ne veut pas. Il se débat avec la fureur d'un crotale. Un des gamins lui assène un coup de genou dans l'estomac. Alors, malgré lui, un hurlement sort de sa poitrine, pareil à ceux qu'il poussait jadis, en vain, chez ce médecin qui lui torturait l'épiderme, et dont il a perdu jusqu'au souvenir.

Cette fois-ci, pourtant, il y aura quelqu'un pour l'entendre. Un témoin qui, depuis un moment, suit l'affrontement avec un intérêt amusé, tapi dans une bogue opalescente et d'ailleurs volée, qui apparaît et disparaît entre les replis mauves de la Loumka. Un Yrvène qui ne se hâte pas d'intervenir, attendant que les belligérants se soient un peu épuisés avant de décider de quel côté iront ses sympathies.

A sept ans, Cassiãn Võrgh est déjà un voyou. Pas un de ces garnements qui se mettent à trois pour rosser un poète, mais un hors-la-loi tranquille, qui avance dans le monde avec ses règles à lui, au mépris des crétins de toute peau. Son père est en prison pour avoir éventré un marin perlier un soir de cuite. Au début, il allait lui rendre visite dans sa cellule ovoïde des grands fonds. Voir le malheureux user ses sécrétions à dissoudre les parois lui fendait le cœur. A présent, il ne se dérange plus. Le détenu, acoquiné avec une de ses gardiennes, a profité de la sédentarité pour renier sa famille, et mène grand train. Mère et sœur, que plus personne ne bat, se sont recréé un petit bonheur nomade à suivre les migrations des poissons-laine. Quant au frère aîné, n'ayant plus à les protéger, il s'achemine vers la prêtrise mixte, dans l'espoir de racheter les torts de chacun. Du jour au lendemain, Cassiãn s'est retrouvé émancipé.

L'autorité paternelle déboulonnée par celle des juges, un autre se serait soumis à leurs règles, ou les auraient combattues avec haine. Pas lui. Enclin au syllogisme comme la plupart des Yrvènes, il a préféré conclure que toute loi, tôt ou tard, tombe devant une autre, prononcée au niveau supérieur. Inutile donc d'en tenir compte. D'étage en étage, il est remonté jusqu'au plan divin. Pour commencer, le dogme de l'Eglise du Rivage ; puis la vaste ordonnance régissant les secrets de l'univers. C'est ainsi qu'il s'est posé, à un âge trop précoce, la question numéro un de la métaphysique : Suis-je ou non plus malin que Dieu ?

Bref, depuis son embarcation, une sphérule bleutée soustraite à la vigilance d'un tanneur de requins, il est resté un moment à contempler ce curieux spectacle : une rixe entre gamins gurdes. L'équilibre des forces, trois grands contre un petit, est dans la tradition, mais la monotonie qui en découle finit par le lasser. Il s'étire.

S'allier au faible contre les forts, plutôt que l'inverse, cela relève d'une morale arbitraire. C'est autre chose qui le préoccupe : la possibilité de mettre à l'épreuve cette fameuse Loi d'Instinct. Vérifier si les gens s'y soumettent vraiment. Et surtout, savoir ce qu'on éprouve à toucher une peau écailleuse, puisqu'en définitive nul n'a été fichu de le lui dire.

Il a laissé la bogue dériver jusqu'à la lisière du sable. Au contact de l'air, elle s'ouvre avec le bâillement paresseux d'un cétacé. Souple dans son short en fucus, il s'en extrait et l'amarre à une vague semi-solide. Puis il s'approche du lieu du combat.

— Mes poings peuvent-ils vous rendre service ? demande-t-il aux galopins. A trois, c'est dangereux d'attaquer un moucheron !

La Loumka chuinte en sourdine. Sur l'ocre du torse de Cassiān s'épanouissent des palmes aux dentelures pourpres. Son visage, son dos et ses membres sont vert sombre, avec sur les joues des stries d'or pareilles à une peinture de guerre. Plus charpenté que le meneur, il se tient devant eux avec une nonchalance si narquoise qu'ils s'interrompent.

— Décampe ! lance Dents Ecartées, après une seconde d'hésitation. On n'a pas besoin de *Pieuvres*, par ici.

Arthur a ouvert la bouche. Ses lèvres remuent faiblement, mais aucun son n'en sort. En une seconde, Cassiān a repéré le bleu violacé de ses yeux. Le voilà subjugué. Seuls points de couleur parmi l'écaille, c'est à eux qu'il s'adresse, intuitif, les questionnant sur le mode yrvène, cette langue des pigments que les Gurdes n'entendent pas. La réponse qu'il en recevra lui humectera la peau d'un frisson bizarre.

— Alors, c'est parce qu'il est muet qu'il faut le tuer ? lance-t-il aux autres. Le silence vous impressionne donc tant ?

Toujours affable, il a fait un pas en avant. Le sbire

efflanqué lâche Arthur et se recule. Son acolyte dévisage l'intrus, la mâchoire béante. Seul le chef refuse de se laisser démonter.

— Un morveux qui ne répond pas quand on lui cause, gronde-t-il, il mérite une correction. Tu en veux peut-être une, toi aussi ?

— Aucun Gurde n'oserait, rétorque le fils de la Loumka. Toucher les muqueuses du diable ?... Ils ont trop peur !

— Peur ? rugit le grand. Moi ?

— Ton cuir est plus douillet que tu ne le penses. Et puis... Tu as déjà visité une prison sous-marine ?

— Pauvre *Calmar,* va ! Tu crânes, mais tu ne te risquerais pas à me frôler !

— On parie ?

Ils se défieront du regard un instant. Puis, d'un geste résolu, l'Yrvène appliquera sa paume sur l'épaule du Gurde.

Transvers ! Tu es un transvers, Cassiãn Võrgh ! Un criminel !...

Il n'y a mis aucune violence, pourtant. Juste le contact de son épiderme sur les écailles de l'autre, le temps d'éprouver l'interdit. Mais cela a suffi. Lui-même, d'ailleurs n'a pu contenir une grimace. A travers cette sensation trop sèche, cette rugosité à peine supportable, c'est toute la tradition gurde qui l'assaille, avec sa logique minérale, sa rigueur qui détruit les paraboles rêveuses dont la Loumka est le domaine. Transmise par ce gamin — piètre représentant de sa race — elle lui a donné une commotion, comme des barreaux se durcissant à travers son corps. D'avoir commencé par un rapport de haine, qui sait ? Il lui faudra un jour le payer. Cependant, il tient bon. L'affolement de son adversaire le galvanise.

Pauvre Dents Ecartées ! Le contact des pigments l'a fait basculer dans la terreur. Un monde l'aspire, dont il ignorait tout : l'informe, l'abyssal, les eaux profondes qui dissolvent les certitudes ; et aucune des bornes auxquelles l'éducation gurde a habitué son cerveau... D'une nausée, il se rejette en arrière. Il regarde son épaule, lève la main pour effacer la souillure, puis la laisse retomber. Dégoût de soi, honte vis-à-vis des témoins, sa morgue s'est écroulée d'un bloc. En se gardant de le toucher, ses acolytes devront l'entraîner, titubant, loin de cet événément dont aucun d'eux, jamais, n'aura le front de reparler.

Sauveteur et rescapé resteront immobiles un bon moment. Autour d'eux, la Loumka avance des pseudopodes qui, à l'instant de déferler, se retirent avec une sorte de frayeur. Ses mouvements, parfois trop lents pour qu'on les remarque, peuvent être d'une brusquerie confondante. Dans cette crique où silex et bois morts affichent une stabilité digne de l'ossature d'Erda-Rann, elle sent qu'une mutation est en train de s'accomplir, et met à se l'approprier des ruses de plante carnivore.

Cassiãn a levé la main. Il voudrait toucher ce petit Gurde qui le dévisage avec un regard si bleu, effacer de la paume les meurtrissures de son corps et les dissoudre, les boire par la peau, faire que le latex yrvène devienne réparation après avoir été injure. Mais il n'ose pas. Il craint l'effroi de cet épiderme inconnu, malmené, et la commotion que lui-même a subie retient ses gestes. Savoir l'enfant muet n'arrange rien. Les séquelles laissées par quatre années de silence intimideraient l'étranger le plus crâne.

Arthur, lui, l'observe sans ciller, fasciné par son aplomb, sa robustesse et les arborescences qui lui ornent la poitrine. Dans les yeux de l'Yrvène, dorés comme les stries de ses joues, la tendresse coexiste avec une dureté troublante. Seconde après seconde, les deux vérités luttent, se superposent, se transforment l'une en l'autre. Le petit ne sait laquelle croire. Chez ses semblables, le regard dit la même chose une fois pour toutes. Il lui faudra longtemps pour comprendre que les Yrvènes sont différents. Mais comme celui-ci est venu à son secours, il concentre sa pensée sur les pigments de sa tempe, et y dépose le mot *baiser*.

— Ah..., lâche Cassiãn un peu surpris. On peut donc être Gurde et sorcier ? Ou bien est-ce une ruse de muet ?

Arthur lui sourit de tout son cœur. Puis, s'enhardissant, il lui applique à nouveau *baiser,* mais sur la bouche maintenant, à la manière de Maman quand elle taquine Papa.

— Tu triches, proteste le jeune Yrvène en riant. La loi défend que tu me touches. Lorsqu'on veut désobéir, on le fait vraiment, pas à moitié ! Tu veux que je te montre ?

L'appel des iris est devenu si net, si captivant, que pour la première fois de sa vie Arthur voudrait parler. Mais ses lèvres ont peur, sa langue se dérobe, il ne sait pas s'il veut dire oui ou non. Rompre le silence est encore plus dur que braver l'interdit. Alors, il se dérobe. Le menton plissé, les sourcils hauts, il laisse deviner à Võrgh qu'il s'en remet à son jugement.

— Très bien, déclare celui-ci. Prends ce coquillage. Si je te fais mal, tu n'as qu'à me frapper le genou avec.

Les doigts d'Arthur se sont refermés sur la porcelaine. Il voit la main du fils de la Loumka s'approcher de sa poitrine, là où les coups l'ont le plus durement meurtri. Mû par un instinct fort peu gurde, il se soulève légèrement. Le latex vient effleurer les écailles. Les ecchymoses s'offrent au vert pâle de la paume. Une dernière hésitation. Puis le contact s'établit : ferme, confiant, au point qu'il semble aller de soi depuis des lustres. On en oublierait presque qu'il s'agit d'un crime.

Cassiãn respire à nouveau. Il voyage, même, délivré de l'entrave des barreaux, parmi un réseau de lignes blanches qui structurent l'espace sans y dresser d'obstacle. Les squames de l'enfant sont douces. C'est l'harmonie de la pensée gurde qu'il y découvre. Non plus l'oppression par le dogme, mais la liberté qui naît de l'intelligence.

— Tu es content, petit muet ? demandera sa main, au bout d'un moment.

La porcelaine n'a pas bronché. Il semble à Arthur qu'il s'éveille d'un très long sommeil. Son écorce, ces strates de méfiance sous lesquelles il s'était emmuré, l'épiderme subtilement humide de l'Yrvène les a absorbées. Un océan s'ouvre à lui. Et les mots, ces mots qui restaient bloqués sous son front, à ne pouvoir sortir que par les yeux, voilà qu'ils circulent enfin sans contrainte...

Alors, après un temps inappréciable, le plus simple d'entre eux parviendra à sortir de ses lèvres.

— *Oui...*, prononcera Arthur Estrevann, par cette fin d'après-midi sur la plage d'Arangwad.

Un frisson circule de l'un à l'autre. Ajouter le contact du langage à celui de la peau, cela vaut toutes les friandises de la baie !

— Je savais que tu n'étais pas vraiment muet, remarque Cassiãn, réparant d'instinct cette faille de son intuition par un mensonge. Que tu faisais semblant...

Le petit se concentre. Les pensées ruissellent doucement à l'intérieur de ses tempes, lui traversent le palais et se posent comme des flocons de neige sur sa langue.

— Non..., énonce-t-il enfin. Tu ignorais... que tu savais.

Cassiãn rit. Il laisse sa paume dériver sur le torse de son ami. Comment formuler un paradoxe yrvène en termes gurdes ?

— C'est vrai, reconnaît-il. D'ailleurs, cela te prouve que je ne suis pas un menteur. Et toi ?

— Moi ?... répondra Arthur, étonné par ce mot. Moi... Avec toi, j'ai toujours su parler.

— Pourquoi ta bouche disait-elle l'inverse ?

— Parce que... euh...

Cette phrase-là, il ne pourra pas la terminer. Il est dur pour un enfant de quatre ans d'admettre qu'il sera toujours un renégat, pour avoir découvert le langage, loin des siens, auprès d'un étranger.

Edith a tiré derrière elle le rideau de joncs. Depuis le polypier frontal, elle hume les effluves de la Loumka, scrute les lents panaches bleuâtres qui s'élèvent en tournoyant vers le ciel. Le paysage est froid comme de la vase. Il *sent* la vase. Jamais auparavant cette odeur ne lui a paru si forte, et son premier réflexe est de frotter les écailles de ses bras, incertaine si ces frissons lui viennent du vent ou des embruns. Puis elle s'avance dans l'allée corallienne. A travers les derniers polypes, elle cherche à apercevoir Arthur, soudain fautive de l'avoir laissé seul. Pourtant, elle n'a pris que le temps de chauler le linge. Mais le rivage a changé d'aspect, comme si une journée entière s'était écoulée. Elle demeure saisie. Jusqu'où peuvent s'étendre les maléfices de la Loumka ? Pourvu qu'il ne soit rien arrivé à son petit garçon...

En trois pas, la voici sur la plage. Malgré ce manque d'instinct qui fait la faiblesse des mères gurdes, elle ne tardera guère à le découvrir, à la lisière de ces vagues dont elle lui avait enjoint de se méfier. Son vêtement déchiré traîne dans le sable, noir de varech. En revanche, il a trouvé un compagnon. Tout nu, rayonnant, il la regarde venir en agitant la main, blotti entre les bras de... Dieux d'Erda-Rann !

L'Yrvène est adossé à un massif d'éponges. Il tient le bambin lové contre son torse, et lui caresse doucement les épaules et les jambes, comme s'il explorait le secret de leur sécheresse. Il n'a pas vu venir la mère, dans ses voiles de tulle. Mais le léger raidissement de son ami lui fait lever les yeux.

— Arthur, lance Edith d'une voix blanche. Viens ici. Même si ce garçon est gentil, il ne doit pas te toucher. C'est défendu. Et pourquoi as-tu abîmé ta barboteuse ?

Les deux gosses se sont séparés. Le petit reste debout, les écailles glacées, avec sa joie qui retombe d'un coup. S'il ne sentait encore l'empreinte de Cassiãn, il fondrait en larmes. Mais sa peau s'en est imprégnée, sa chair en vibre secrètement, et il y trouve le courage de répondre.

— Maman, dit-il, les autres m'ont battu. C'est lui qui les a chassés.

D'entendre pour la première fois la voix de son fils, la voilà muette à son tour ! Stupéfaite, elle s'agenouille parmi les algues sèches et l'attire contre elle, lui palpe prudemment les bras, le dévisage comme si elle ne le reconnaissait plus.

— Je n'ai pas rêvé ? murmure-t-elle. Cette phrase, c'est bien toi qui ?... Roc Dieu ! Mais qui t'aurait maltraité ?...

— Les gamins du Castel.

— Trois caïmans, avec des écailles en fer, intervient Cassiãn. Prêts à le mettre en pièces.

Sans l'entendre, elle continue d'examiner le bambin, avec dans l'œil un impossible mélange d'amour et de méfiance.

— Ce ne sera rien, mon petit bout, conclut-elle. Mais rends-toi compte ! Quelle fête si ta langue s'est vraiment dénouée !... Viens. Il faut l'annoncer tout de suite à Papa.

Se relevant, elle dégrafe son châle, et l'en enveloppe avec soin. Puis, consciente de sa dette, elle adresse au sauveteur un sourire gêné, tout en serrant le rescapé contre elle.

— Je veux rester avec lui ! s'insurge Arthur, en se tortillant comme un scorpion.

Edith s'est figée. A voix basse, elle lui explique que les étrangers, leur latex, leurs pigments... autant de mots qu'elle prononce en contenant son aversion. Les yeux de l'enfant sont mauves de colère. Aujourd'hui, elle s'astreint à le ménager : il serait capable de s'emmurer à nouveau dans le silence. Mais elle tient bon. Ce genre de pulsions, elle l'a toujours entendu dire, il faut les étouffer dans l'œuf.

— Je vous remercie de l'avoir secouru, dira-t-elle à Cassiān. Vous pourrez encore jouer avec lui, mais à une condition...

Sa voix s'enroue. Si les Yrvènes, avant de l'achever, ont réduit son frère à une loque hurlante, au nom de quoi le reprocher à ce gamin ? Sa seule faute, à lui, ce sont les bigarrures de sa muqueuse...

— Vous ne devez plus le toucher, achèvera-t-elle. Jamais. Je suis désolée, c'est la nature qui s'y oppose. Et puis il est fragile, vous comprenez ? Bébé, il a été très malade. Vous ne voudriez pas l'exposer à une rechute ?

— Mes mains évitent de frôler les Gurdes, répond Cassiān avec un sourire enjôleur. Seulement, il avait mal. La peau d'un Yrvène sait enlever la souffrance.

— Je vois... Mais il ne faudra pas recommencer.

Dans un mouvement de tulle blanc, elle remonte déjà vers la maison de madrépores. Carl, bien sûr, sera fou de joie de découvrir que son fils parle enfin. Et pendant quelques instants, Arthur cessera de se demander si son père l'aime ou non. Pourtant, avant que le couchant n'ait empourpré les bulles de la Loumka, un nouveau conflit surgira, qui réveillera ses angoisses d'antan.

— Je ne veux pas ! proteste-t-il, debout sur la mosaïque de la salle d'hygiène.

— Allons, rétorque Edith. Maintenant que tu prononces les mots correctement, tu ne vas pas t'en servir pour être vilain ?

— Ça brûle !

— C'est juste une pierre d'ammoniaque. Je n'ai rien contre ton Cassiãn ; mais un Yrvène, on ne sait pas quelle maladie ça véhicule. Arrête de gigoter, ou je vais chercher ton père !

Mais le petit se débat de plus belle. L'énergie que Maman met à le frotter touche à l'emportement. Elle voit l'empreinte de *l'autre* sur son fils, et cette vision la met hors d'elle. Ce n'est plus Arthur qu'elle tient, c'est la souillure fondamentale. Lui croit que cette haine le vise, et la peur l'étreint. Les gens de sa race le battent. Sa mère veut le tuer. Il hurle. Du coude, en se reculant, elle heurte un flacon de myrrhe qui s'émiette avec fracas. Vociférations. Cris de terreur. Papa, arraché à ses calculs, fait irruption dans la pièce. Il administre deux tapes sur les fesses de son rejeton. Puis il le contiendra jusqu'à ce qu'on l'ait récuré des pieds à la tête.

Je ne parlerai plus jamais !... éructe le silence d'Arthur. Plus jamais ! C'est fini !...

A grands coups rugueux, la pierre détruit la douceur dont Cassiãn avait imprégné son corps. Il déteste le monde entier. En tout cas celui des Gurdes où, par amour ou par mépris, les gens passent leur temps à l'étriller, l'écorcher, le meurtrir. Ce soir, de guerre lasse, il finira par se laisser consoler. Il embrassera même Papa et Maman avant d'aller dormir. Mais dans son sommeil, les vagues de la Loumka viendront lui caresser le creux des reins. Elles auront le visage complice de Cassiãn, et leurs yeux seront des cailloux de nacre avec lesquels il tuera ses parents, l'un et l'autre.

— Cesse de te faire du souci, dira Carl à Edith, en déroulant une de ses tresses pâles sur l'oreiller. Il est encore trop petit. Qu'un enfant de son âge ait eu un contact de ce genre, ce n'est pas un drame. Il l'oubliera vite. Pour devenir transvers, il en faut quand même davantage !

— J'espère que tu as raison..., répondra-t-elle. Vivre dans une honte pareille, aucun d'entre nous ne l'a mérité.

3. *Le Roi de Corail*

Été 550

Souvent, l'après-midi, Cassiãn s'échappe de la demeure-ludion où ses grands-parents, lorsque la transhumance d'été entraîne sa mère au loin, s'éreintent à lui inculquer les bonnes manières. La bisque à la gélatine terminée, le vieux s'endort sur son bouquet d'éponges. La vieille, dans les douves, décolle les actinies agglutinées aux parois pour préparer les entremets du lendemain. L'un et l'autre ont la vue si basse, les pigments si ternes, que déjouer leur surveillance n'est même plus un jeu. Bien sûr, on le grondera, ce soir ; mais il l'aura oublié la minute d'après.

Sa bogue transparente glissant de vague en vague, il vient voir Arthur qui joue, toujours sage et taciturne, sur cette crique où seul le regard de sa mère le rattache à l'humanité.

— Je vous apporte un homard, madame Estrevann, déclare le jeune Võrgh. Mon grand-père pêche encore parfois, les nuits de double lune.

— C'est gentil à vous... Attention, criquet, il est méchant ! Il vient de la Loumka, tu sais ? Avec ses pinces, il attrape les doigts des enfants ! Mais nous allons être plus malins : nous le ferons cuire avant. Donnez, je vais le mettre tout de suite sur la braise.

Edith partie, l'atmosphère de la grève change. Le petit bascule de la sécurité à la poésie, avec à chaque fois un imperceptible déchirement. Mais déjà Cassiãn a déposé son masque de garçon modèle. S'il se soumet à la Loi d'Instinct, c'est uniquement parce que le regard parental traverse roches et polypes. Pour le reste, il se targue de ne rien respecter, et sa nouvelle version de la capture du homard diffère quelque peu de la précédente.

— Tu l'as *volé ?* s'exclame Arthur, frappé d'admiration devant un acte aussi contraire à l'éducation Estrevann.

— Volé ? C'est un grand mot. Non : les poissonniers chargent trop leurs claies, voilà l'histoire. Moi, j'ai vu cet énorme crustacé qui allait faire s'écrouler tout l'étal. Alors, je l'ai mis de côté. Pour éviter un accident, tu comprends ?

— Ah..., lâche le petit, encore plus ravi.

C'est ainsi que Võrgh a entrepris de conquérir la famille : en présentant à chacun le visage qui satisfera son attente. Mais si Carl, avec un aveuglement typiquement gurde, voit en lui un honnête émissaire de l'autre peuple, le camarade dont le sérieux préservera son fils du racisme, Edith lui demeure hostile. C'est un pigmenté, un chenapan, un descendant des bourreaux. Elle admet mal qu'Arthur l'ait adopté pour frère ; qu'il incarne si adroitement le brigand chevaleresque dont rêvent les petits garçons. Il serait plus sage de l'écarter. Seules les remontrances de son mari et la honte de sa propre stérilité la retiennent. De toute manière, elle ne connaîtra jamais la vérité sur l'origine du homard. Ni elle ni personne.

Ensemble, les deux enfants ont construit un château. Bâti de sable, de bois blanchi par le ressac, de morceaux de nacre, d'algues serties dans l'ambre, et de ces bulles où rôdent les souvenirs les plus insanes, il se dresse avec hardiesse à la lisière des vagues qui à chaque instant font mine de le détruire. Arthur continue de l'embellir, inspiré, prêt à y faire paraître les djinns des légendes. Cassiãn, lui, se borne à suivre ses gestes, séduit par son pouvoir sur les mots, fasciné par la manière dont il les utilise pour attirer les bulles et les assembler en tourelles. Et il songe. Tôt ou tard, il faudra arracher le petit à l'univers des contes gurdes, pour l'initier à des mystères plus réels et plus profonds.

De fait, une lame montera des abysses de la Loumka et s'élèvera au-dessus du rivage pour flanquer l'édifice par terre.

— Ce n'est rien, dira-t-il à l'enfant consterné. La nature rend justice aux châteaux de pacotille. Demain, je t'emmènerai voir un roi. Un vrai.

Pour atteindre la Grève Rose, il faut emprunter un dédale de blocs semi-solides où peu de gens se hasardent. Syncopes ou fractures, trop d'accidents s'y sont produits. Mais Cassiãn appelle chaque concrétion, chaque trou d'eau, par son prénom, et l'art de se faufiler dans des endroits impossibles est bien connu des enfants, gurdes ou yrvènes. Le chemin se déroulera comme un jeu, un cache-cache entre écume et granite, d'où Arthur retirera le sentiment qu'il est déjà un grand garçon. Seul le dernier passage, un gouffre à ressac entouré de pierres branlantes, le pétrifiera.

— Donne-moi la main, et saute, lance Cassiãn. Je te recevrai.

— Tu ne dois pas me toucher, rétorque le petit.

— Ecoute-moi bien. Ici, nous sommes dans un royaume à part. Les lois banales ne s'appliquent pas. Tu comprendras dès que tu auras posé un pied à terre. Allons. Il est bon de savoir faire confiance.

Arthur hésite encore. L'entassement des rocs forme une sorte de grotte, à l'orée de laquelle il entrevoit la plage, scintillante et d'un rose à désobéir. Il en vient une odeur aromatique, un de ces parfums entre cannelle et ambre gris qui semblent toujours annoncer un souvenir. La main de Cassiãn luit dans la pénombre. La saisir risque de coûter cher. Mais le petit a gardé la trace yrvène sur les écailles, et languit d'y goûter à nouveau. D'ailleurs, la loi a changé, son guide l'a dit. Si les mensonges qu'il prodigue sont un bonheur, pourquoi ne pas les croire ?

Une inspiration, et voilà les épidermes en contact, le crime consommé, les deux gamins roulant l'un sur l'autre dans le sable, puis détalant gaiement vers la lumière. A peine sorti de la caverne, pourtant, Arthur s'arrêtera. La poudre de coquillages, à ses pieds, brille d'un éclat inquiétant, un chatoiement qui lui donne le vertige.

Derrière la grève, dominant le chaos rocheux, se dresse le Roi de Corail. Le mégalithe le plus imposant d'Arangwad. Rouge sombre marbré de gris, sculpté par l'érosion en forme de tête couronnée, le moindre de ses fleurons plus haut qu'un homme. Un colosse tenant la mer en respect sous son regard de pierre. Rongé par les lichens. Sanctifié par les siècles. La puissance tellurique, jointe à la bienveillance des despotes éternels.

De l'autre côté, la Loumka a rassemblé ses subterfuges. Elle surplombe le sable en une vague de quinze mètres de haut, une muraille d'eau, une falaise liquide, qui s'étend aussi loin que la grève, ondule, s'élève, menace de déferler, avance, palpite, recule, reste en suspens, s'emplit de courants où passent bêtes et songes, s'enfle, mugit, façonne des images de mort, mais laisse ses remous les disperser, à jamais porteuse de la naissance du monde.

— Tu n'as pas peur, j'espère ? a demandé Cassiãn.

Les yeux d'Arthur vont d'un adversaire à l'autre. Sur la frange de sable qui les sépare, il se sent à nouveau si nu, si minuscule. Dépourvu de mots, surtout. Cela s'appelle... Cela s'appelle... De sa pensée n'émergent que des termes trop compliqués pour son âge. *Déchirure. Ecartelé.* A force de n'être pas prononcés, ils lui donnent la migraine. Que n'a-t-il sous ses crins noirs un cerveau aux pouvoirs plus vastes !

— Le Roi..., interroge-t-il, en se serrant prudemment contre son compagnon. C'est lui qui a mis la mer debout ?

— Voilà ce qu'on raconte : il y a des milliers de siècles, le bon sens de Dieu et sa folie se battaient si sauvagement qu'Erda-Rann menaçait de se rompre. Ils ont fini par conclure un pacte. L'un s'est retiré sur la dune, pendant que l'autre gagnait l'océan. Depuis, la frontière qui les sépare est sacrée.

— Pourquoi marchons-nous dessus, alors ?

Cassiãn éclate de rire.

— Pour rien, réplique-t-il. Parce que nous sommes des gens sans foi ni loi.

Arthur s'est rapproché du mégalithe. Du bout des doigts, il palpe cette roche, mi-granite mi-corail, au contact magnétique. Et dans son cœur s'ouvre une vénération proche de l'amour.

— Moi, déclare-t-il, je crois que c'est lui, Dieu.

Le jeune Yrvène fait rouler une goutte d'eau dans sa paume.

— N'exagérons rien. Une divinité locale, à la rigueur. Dieu, enfin celui de la légende, il est partout. C'est d'ailleurs pour ça qu'on ne fait jamais son portrait.

— Tu mens, répond le bambin. Sa statue, il l'a sculptée lui-même. Ici.

Avisant une pierre qui saille en haut du poitrail, presque à la naissance du cou, il entreprend d'escalader le titan. Ses mains s'appliquent. Ses jambes s'affairent. Les écailles adhèrent aux aspérités du granite. Bientôt, il rampe le long de la paroi la plus abrupte, cheminant de fissure en fissure comme une brave petite araignée. Il finira par s'installer à califourchon, triomphant, à l'ombre du menton royal.

Voilà le souverain mué en trône. Par le dos, par les

cuisses, sa fermeté pénètre Arthur, en distillant des certitudes neuves dans ses muscles. Et lui, de recevoir cette énergie, se sent aimé jusqu'à la moelle des os.

— Très bien, lancera Cassiãn. Si tu es fils du Roi de Corail, ouvre bien les yeux. Moi, je suis le maître de la Loumka.

Là, dans les profondeurs de la muraille aqueuse, quelque chose remue. Une masse indistincte, mouvante, qui va et vient avec lenteur, disparaît, reparaît, s'immobilise entre deux eaux, puis repart avec un singulier mélange de souplesse et de gaucherie. Peu à peu, elle se rapproche de la paroi, tantôt noire, tantôt blanche. Puis elle s'éloigne à nouveau, en laissant derrière elle un sentiment de vide.

L'Yrvène n'a pas bougé. Il sait. Mais depuis son perchoir, l'enfant gurde scrute la chose avec fascination. Et chacun de ses mouvements éveille en lui une vague terreur, comme le souvenir d'un monstre aperçu en rêve.

— Qu'est-ce que c'est ? demande-t-il, les doigts crispés sur la pierre.

— Un secret, répond Cassiãn. Mais si tu abandonnes ton refuge, je te le révélerai peut-être.

Quitter le Roi de Corail ? Adossé au rocher, le monde paraissait tellement sûr... Arthur hésite. Si le dieu allait se courroucer de son départ ? A tâtons, des paumes et des mollets, il interroge les aspérités. Et la pierre lui répond en silence. Il peut aller aussi loin qu'il veut : pour l'éternité, l'absence d'un enfant dure moins qu'une seconde.

Les deux garçons se rejoindront au pied de la falaise liquide. Vus d'en bas, ses ondoiements créent un vertige : le désir lancinant de s'y perdre et de s'y noyer. La beauté de leurs couleurs est terrible : des bleus où les ténèbres deviennent clarté ; des verts qui transmutent le passé en avenir. Et parmi eux, la bête du mystère continue d'évoluer, presque trop proche, à la fois puissante et d'une bizarre fragilité.

— Qui est-ce ? interroge le petit, si penché que son compagnon doit le retenir par le bras.

— Un épaulard, dit l'Yrvène. Un bébé orque. Il est déjà plus grand que moi. Adulte, il aura la taille d'une pirogue.

Bouche bée, Arthur contemple la danse blanc et noir du cétacé. Et sans qu'il comprenne pourquoi, une boule se forme dans sa gorge.

— Tu ne m'as pas répondu, proteste-t-il. *Qui* est-ce ?

Cassiãn observe son trouble, et s'en amuse. Le désarroi d'un Gurde, parvenu au bord des grandes énigmes, est toujours touchant, surtout si l'on éprouve de l'affection pour lui.

— C'est moi, déclarera-t-il avec simplicité.

— Non ! Toi, tu es ici, sur la plage.

— Cela n'empêche rien. Je suis aussi un orque. Celui-là, précisément. Il voit avec mes yeux, et moi avec sa peau. Nous mourrons le même jour.

— Tu mens ! s'est récrié le petit, les lèvres tremblantes. D'abord, c'est un bébé, et toi tu es grand.

— Quelle importance ? Les animaux ne comptent pas le temps comme les clepsydres !

Démonté, Arthur considère ces incompréhensibles jumeaux, et se rembrunit. Un lien pareil défie son embryon de logique gurde.

— Il est noir et blanc, proteste-t-il encore. Toi, tu as du pourpre, de l'or, du vert foncé...

— Justement, répond tranquillement Cassiãn. Quand on regarde bien ce noir et ce blanc, on y retrouve toutes les couleurs.

L'épaulard s'est approché de la paroi à la toucher. Son œil a quelque chose qui fait peur. Le petit voudrait reculer. Impossible. Au bout d'un moment, par chance, c'est l'autre qui lâche prise. Il décrit un cercle sur place, puis remonte vers le ciel en zigzaguant. Arthur a le cœur gros, prêt à se fendre. Si Cassiãn l'aime moins que cet animal, à quoi bon rester ici ? Il n'aurait pas fallu céder à la tentation, désobéir, prendre appui sur un Yrvène pour fouler le sable sacré…

— Où vas-tu ? s'étonne Võrgh. Ce n'est pas quand je dis la vérité qu'il faut avoir peur de moi !

Quelques pas encore, et le bambin se laisse choir parmi les algues sèches, les carapaces de crabes. Il voudrait se réfugier sur son dieu-rocher. Mais la plage le retient, l'absorbe. Le voici à jamais captif du rivage… Il tourne la tête. Enfants ou adultes, les Gurdes n'ont pas l'habitude de sentir de l'eau dans leurs paupières.

— Pourquoi pleures-tu ? murmure Cassiãn, dont l'intuition l'a déjà percé à jour.

— Je ne sais pas. Il me fait mal. Pourquoi ses mouvements sont-ils si brutaux ?

— Il a mal, aussi. Il sent que tu le rejettes, que tu te méfies de lui. Tu n'as pas le droit de m'infliger ça. Ne sois pas de ces écailleux qui tuent ce qui palpite.

Arthur laisse aller sa tête contre l'épaule de son ami. Avec désespoir, il cherche un terme pour nommer l'horreur qui l'a saisi. Cela s'appelle… Cela s'appelle… Rien ne vient. Oh ! les mots devraient être des filets de corde bien serrés, non ces ficelles trop lâches qui laissent fuir la réalité !

— Son œil…, balbutiera-t-il. Quand il m'a regardé, j'ai mouru.

Cassiãn passe une main dans les cheveux sombres du petit.

— Mais non, déclare-t-il. Simplement, je ne te mentais pas quand je t'ai dit qu'il se servait de mes yeux… Il est aveugle.

— Il est ?…

Aveugle, oui. Pourtant, la voix de Cassiãn n'a trahi aucune émotion. Depuis toujours, cela fait partie de lui, de même que ses pigments ou son insolence. Chaque homme, sur Erda-Rann, possède ainsi un double dans le monde animal. Mais bien peu le savent. Si certains Yrvènes, pendant leur enfance, ont eu la chance de le rencontrer et d'établir un lien avec lui, ils finissent tôt ou tard par l'oublier. Quant aux Gurdes, la seule idée qu'un lynx ou un varan puisse être *eux* leur semble une absurdité totale.

— Viens nager avec nous, propose Võrgh. Trop de soleil, cela donne la fièvre.

La stupeur arrondit la bouche du petit.

— Je ne sais pas nager, rétorque-t-il.

— Peu importe. Je te tiendrai la main, et tu laisseras ta peau respirer pour toi. Il suffit d'avoir confiance.

Arthur hésite une seconde, puis avoue d'un air piteux :

— Maman ne veut pas que j'aille dans la Loumka.

— Elle ne... quoi ?

— C'est défendu.

Patiemment, Cassiãn s'efforcera de le convaincre. Mais c'est un vrai bout de roc qu'il a en face de lui. Charme, promesses, taquineries, autant de vagues qui s'y brisent, comme si l'interdit maternel servait de carapace à une peur inavouable. Médusé, il lui faudra admettre qu'il n'en vient pas à bout. Alors, il se relèvera. Et c'est la colère des Võrgh qui prendra le relais, adressée non plus à un ami mais au dernier des scorpions du désert.

— Maman..., persifle-t-il. Maman, hein ? Ecoute-moi bien, bonhomme. A ton âge, il est grand temps que tu apprennes à désobéir. Et si elle t'interroge, à lui mentir avec ton beau langage neuf. Autrement, au lieu de devenir Arthur, tu resteras toujours son petit garçon. Si c'est cela qui t'intéresse, moi, tu ne m'intéresses plus du tout.

Il est parti et Arthur reste là, dans le sable, le cul entre deux mondes... Jamais l'Yrvène ne lui a parlé sur ce ton. Jamais il ne l'a traité aussi durement. Pourtant, crier comme lorsque Papa et Maman le grondent ne servirait à rien. Le petit n'y songe même pas. Sous ses yeux, derrière cette odieuse vitre sans consistance, l'ami qui l'a renié danse avec son orque la pavane des hors-la-loi... Mais comment le rejoindre, à présent ?

Ils nagent, ils ont des ailes, la beauté ruisselle en chacun de leurs gestes. A les voir se poursuivre, s'esquiver, s'étreindre, l'un svelte et l'autre massif, il bascule bouche bée dans le génie du peuple adverse. Que l'aveugle guide le voyant, ou le contraire, n'a plus d'importance. Quand la peau de l'Yrvène vire au blanc et noir, celle de l'épaulard éclate de couleurs. Il n'en faut pas tant pour émerveiller un Gurde !

Voilà Arthur debout, face à la Loumka. Pourquoi n'irait-il pas voler avec les grands, après tout ? En quoi est-ce mal ? En quoi devenir une mouette, un songe, ou s'unir à ceux qui ont déjà muté choque-t-il les lois humaines ?

Cette reddition, l'instinct pervers des vagues le laissera la méditer un bon moment, avant de daigner la transmettre à Cassiãn.

— Viens, dira enfin celui-ci, en émergeant de la falaise liquide. Tu vois : je ne suis ni fou ni noyé ! Qu'as-tu à craindre ?

Rien, c'est vrai. Plus rien. La main de l'Yrvène se tendra, ruisselante mais ferme, pour entraîner son ami de l'autre côté. Et par gratitude, la paume du Gurde oubliera une seconde qu'elle porte des écailles.

Ici, les mots s'arrêtent. Sous l'afflux des sensations, les voilà qui s'éparpillent au gré des courants, disloqués, bientôt dissous, pour laisser place à un silence hallucinatoire. Pénétrer dans la Loumka, c'est flotter entre terre et ciel, mais aussi dans la mémoire des peuples d'Erda-Rann et leur inconscient. Autant de choses que le langage gurde ne peut décrire. Sa main cramponnée à celle de Cassiãn, Arthur descend la tête en bas l'escalier des certitudes, pour gravir celui d'une connaissance à laquelle rien ne l'a préparé. Sans l'appui de son ami, il pourrait perdre la raison. Et demain, les vagues rejetteraient sa dépouille sur la grève. Mais puisque Võrgh le tient, il respire comme un poisson, et laisse les perceptions nouvelles le parcourir.

D'abord, le glissement de l'eau sur ses écailles. L'impression que la paume de l'Yrvène s'est multipliée par dix, cent, mille, pour le palper en tous les points de son corps ; et que ce contact universel, il doit l'accepter sous peine d'en mourir. Très vite, il s'y abandonne, il s'ouvre à sa douceur, à sa sauvagerie. Il lui permet de l'envahir... Quelle volupté pour un Gurde de quatre ans ! Ces flux qui lui sillonnent les membres, se déploient dans son cerveau et le criblent d'images, cela s'appelle, cela s'appelle... La tête lui tourne. Autant qu'il s'y résigne, cela ne s'appelle pas. En tout cas, pas dans la langue du désert.

Et puis les mouvements internes de la Loumka. Ces diables de remous qui, dès qu'il leur donne prise, l'entraînent d'un point à l'autre à la vitesse de la pensée. A eux aussi, il apprend à faire confiance. Hop, au cœur d'un maelström. Hop, sur une zone semi-solide. Et hop, dans le flot des intuitions. Et encore hop, au fin fond des ressentiments... Heureusement que Võrgh tient la barre. N'est-ce pas ainsi que les Yrvènes naviguent depuis des lustres ? Sinon, emporté, submergé, écartelé, Arthur finirait par voir ses propres morceaux jouer aux quatre coins !

Il entend que la Loumka l'aime, pourtant ; qu'elle lui pardonne d'être un Gurde. Dans ses eaux, il est décidé à ne voir que la matrice de vie, non la mère de mort qui engendre les grands fléaux. Et il se donne à elle, à ses mirages, aux imprévisibles couleurs qui lui traversent les écailles. Avec délices. Comme s'il n'appartenait déjà plus à sa race.

Sa main a lâché celle de Cassiãn. Surprise de se retrouver libre, elle esquisse une pirouette et rit de tous ses doigts. Tirelireli. Une anguille d'argent est née de ce rire, et Arthur la suit à travers les portails transparents qui s'ouvrent sur son passage. A mesure qu'il les franchit, ce sont les visages de toujours qui s'y inscrivent. L'inquiétude de Maman, le silence de Papa, les sept douleurs de la peau, l'univers des jouets auquel la vie va l'arracher. Tirelireli. La dernière porte est noir et blanc et, au moment où il va l'atteindre, elle se transforme et le renverse d'un furieux coup de poitrail.

Il est perdu. La danse guerrière de l'épaulard soulève des rideaux de sable, au-delà desquels paraît un théâtre de mort : Erda-Rann ravagée par la guerre avant sa naissance. Le cétacé ne lui fera pas de mal, il l'a compris. Mais cette révélation incruste une souffrance neuve dans ses écailles. Le peuple qu'il aime, c'est l'ennemi, la race qui a massacré les siens, rendu Maman folle de terreur, et l'aurait écorché lui-même, peut-être, par haine ou pour passer le temps. Les courants qui le frôlent sont glacés. Des fanfares funèbres l'ébranlent jusque dans les os. Tourbillon blanc, tourbillon noir, l'orque emplit l'espace de visions tragiques. Les femmes qu'on livre aux iguanes géants, les façades rongées d'acide qui s'effondrent, les cris, l'odeur des muqueuses brûlées, et toujours ces poignards qui arrachent les squames en lanières sanglantes. Lui, il était prêt à renier les siennes et fusionner avec le fils des bourreaux. Il suffoque à présent, et les deux grands spectres Noyade et Folie se rapprochent de lui, un pour chaque œil.

Tirelireli. L'anguille est revenue. Elle encercle d'un fil d'argent le poignet de Cassiãn, celui d'Arthur, et leurs mains se rejoignent à nouveau. La détresse du

Gurde frappe l'Yrvène au cœur. D'un seul mouvement, celui-ci l'entraîne vers la surface, lui rend le soleil, l'air libre, la fermeté chaleureuse du sable. Pour la première fois, il l'admet, c'était peut-être un peu brutal. Il lui arrive d'oublier qu'Arthur est plus petit que lui, ou poète d'une autre manière. Est-ce que l'enfant va lui pardonner ?

Oui, bien sûr. Au fond, Võrgh lui a juste montré ce qui menaçait leur étrange fraternité. Tôt ou tard, il aurait bien fini par le trouver lui-même...

Assis côte à côte entre les créneaux du Roi de Corail, ils laissent le rayonnement de la roche les réchauffer. Dans son innocence, Arthur comprend qu'il est maudit et que, n'appartenant ni à une race ni à l'autre, il sera de ces intouchables qui vivent à la frontière. Mais il l'accepte. Frère de Cassiãn devant la Loumka, les braves gens pourront lui jeter autant de pierres qu'il voudront, il s'en fiche.

DEUXIÈME PARTIE

1. *L'âge de rien*

Automne 560

Il pleut sur Vornève. Dans les rues, le long des canaux, sur le Lycée des Grandes Géodes. Sans relâche, les averses criblent le dôme principal, ruissellent au gré des frontons, rebondissent sur les coupoles annexes. La Loumka, perfide, se mue en embruns, pour dissoudre les structures que l'on implante, bon gré mal gré, dans le cerveau des jeunes Gurdes. Et l'eau tombe sur le spleen de celui qui a bu à la fontaine interdite, lui rappelant cruellement qu'il n'est pas près d'y goûter à nouveau.

Arthur a quatorze ans. Cet âge fastidieux où, ni enfant ni adulte, pas même adolescent, on ne ressemble à rien. Les miroirs lui révèlent les ennemis qu'il portait en lui : un nez qui forcit, des écailles qui durcissent, un visage dont les mutations, jour après jour, en font un être bâtard qu'il n'est plus sûr d'aimer. Chaque physionomie neuve le consterne davantage. Mais à peine s'y est-il habitué qu'une autre surgit, plus impossible encore, démolissant toujours plus ce qu'il croyait savoir de lui-même.

— Cessez donc un peu de rêver ! l'apostrophent ses instructeurs, quand le bleu de ses yeux, à scruter trop avidement la pluie, vire au glauque. Ce n'est pas ainsi qu'un Gurde maîtrise son esprit !

— Etre un Gurde..., marmonne-t-il, ankylosé dans

le pull en mailles de laiton qui devrait l'endurcir. Est-ce vraiment un idéal, dans la vie ?

Il déteste cette éducation d'élite. Chacune de ses écailles, empreinte d'une nostalgie que les années ont rendue lancinante, se hérisse dès qu'on l'approche. Le cours de géométrie corporelle est celui qu'il abomine le plus. A genoux sur les aiguilles cristallines qui tapissent le sol de la cinquième géode, les élèves apprennent à intégrer dans leurs muscles la rigidité des lois mathématiques. Sans sourciller, les premiers de classe supportent une heure, parfois deux, ce traitement qui leur forgera une pensée de fer. Lui, au bout de dix minutes, se tortille, soupire, ferme ses écoutilles et rêve d'être un poisson.

— C'est votre père qui sera content ! persifle l'instructeur. Lui qui compte sur vous pour continuer son œuvre...

— Il y a longtemps qu'il ne s'en soucie plus, bougonne Arthur.

Au lieu de se raidir, il oscille d'un côté à l'autre. Parfois même, quoique ce soit défendu, il prend en douce appui sur les mains pour se soulever une seconde. Mais bien sûr, quand il repose les genoux, ça lui fait dix fois plus mal. Le tyran du lieu est un géant aux squames grisâtres, avec de petites dents pointues et une pelisse couleur de hérisson écrasé. On le nomme Grezzly ou quelque chose de ce genre. Il n'aime pas ce garçon noueux dont les crins, plus noirs qu'il n'est permis, s'obstinent à le défier. Il voudrait le briser. Lorsqu'il s'aperçoit qu'Arthur, à la fois inerte et trop crispé, lutte non contre la souffrance mais contre le savoir, il n'hésite pas à lui tordre l'oreille jusqu'au sang. Cela aussi fait partie de l'éducation gurde. Comme de le livrer aux sarcasmes de ses condisciples. Le rebelle, ces jours-là, maudit sa race, mais la seule tactique salutaire reste celle du pire. Se montrer si odieux que son tourmenteur, sous peine de voir le cours dégénérer en champ de foire, soit obligé de le mettre dehors.

— Estrevann ?... ricanent les bons esprits. Il va finir transvers ! Vous avez vu comment il lorgne les Yrvènes ?

Le vocabulaire gurde sur la question, il le connaît par cœur. *Tâte-Pieuvre. Transpeau. Palpoulpe. Touche-là-bas. Frottard. Poiscailleur. Lécheur de Couennes...* Autant de temes injurieux. Autant de blessures inavouées. Car si les autres les lui infligent au petit bonheur, il se garde bien de leur en révéler l'étendue. Transvers, lui ? Sans doute. Mais à présent, cet opprobre universel l'accable, comme s'il allait devoir marcher seul, toute sa vie, entre deux rangées de barbelés.

Marcher seul...

A mesure que la rupture avec la science ancestrale se précise, il se réfugie dans l'univers des mots. Théorèmes et coups peuvent pleuvoir, il entend être homme selon son désir, non machine à calculs selon la loi. Son esprit a grandi depuis les jeux d'Arangwad. Son vocabulaire s'est étendu, et il sait cristalliser dans l'espace non seulement les noms, mais les adjectifs et même certains verbes. Pour tenir tête à l'oppresseur, cela peut devenir une arme de choix.

Le fameux Grezzly, maître de géométrie corporelle, sera sa première victime. Et *frelon,* l'instrument de la vengeance. Un mot élémentaire, qui se promène depuis dix minutes sur les squames du tyran. Et sans doute y sont-elles sensibles, car le voici qui transpire à grosses gouttes, scrute avec angoisse le dos de sa main, se frotte nerveusement le cou. Parmi les élèves agenouillés, les vertèbres à l'équerre, il présente les premiers signes d'un dérangement mental. Dans les rangs du fond, bien sûr, on commence à échanger des regards en coin.

— Messieurs ! Messieurs !... profère-t-il, en lançant deux ou trois coups de poing dans le vide.

Le vocable, cependant, trottine le long de sa tempe, et entreprend de lui chatouiller les paupières. Devant ses roulements d'yeux, l'étonnement devient narquois et gagne les premiers rangs. Seul Estrevann, les bras croisés, le considère avec un sérieux imperturbable ; une attention qui ne se relâchera pas jusqu'à la fin de la période. L'heure d'applications en revanche n'aura pas lieu. Au cours de la pause, le malheureux sera pris d'une crise nerveuse et déclarera forfait.

Désormais, Arthur va explorer son pouvoir en artiste. Des semaines durant, il passera les cours à tester l'impact de ses mots fétiches, afin d'en dresser un glossaire : *souffrance* peut faire fondre un caïd en larmes au milieu d'un test de rigueur ; *courir* entraîner tel maître à expédier la séance à un train d'enfer ; *azur* conduire tel autre à remplacer l'éclairage blanc par le bleu et libérer tout le monde. Dehors, le vent roule de gros nuages duveteux. Sur eux aussi, il voudrait bien agir, mais ils sont trop loin. Trop fugaces. Quand il échoue encore à manipuler plus de deux mots à la fois, comment prétendrait-il asservir les éléments ?

Pendant longtemps, pourtant, il s'est cru insoupçonnable : doté d'une immunité de droit sorcier. Qui, en effet, aurait pu voir dans sa concentration autre chose que l'effort d'un élève peu doué pour élever son niveau ? Et puis, voilà. Le maître linguiste (justement), un phraseur encore vert nommé Georg Natkin, a des lunettes trop subtiles pour se laisser abuser comme ses collègues. Au milieu d'un cours où Arthur avait expérimenté sur lui *soleil, vieillir,* et où il tentait pour la première fois *sarcasme,* il a senti le regard de l'autre le transpercer.

— Estrevann, a déclaré l'instructeur, vous viendrez me voir à la fin de la période. J'ai un mot à vous dire.

Horreur. *Sarcasme* a volé en éclats, et l'interpellé

reste sans voix, incapable d'imaginer un terme qui neutralise l'ennemi, ni même d'en chercher un. Comment, par quelle diablerie, Natkin a-t-il pu le repérer ? Que compte-t-il faire ? Le garçon croise et décroise nerveusement les doigts. Ce butor est-il vraiment courroucé ? Ou bien fait-il semblant ? En vain, Arthur s'efforce de lui trouver une motivation autre, quelque banalité comme en improvisent d'instinct les tyrans pour vous maintenir à leur botte. Rien ne vient. Qui se tient derrière cette fine moustache, si insolite sur des écailles gurdes ? Un pédagogue sensé ou une peau de vache ?

Les minutes s'étirent comme de la réglisse. Quand enfin l'éclairage passera au bleu, Estrevann essaiera bien de se faufiler parmi la cohue des sortants. Mais l'index du maître, à distance, saura le rattraper et le conduire à lui. Les derniers retardataires achèvent de disparaître. Dans la géode déserte, soudain, règne l'exquis mélange de tendresse et de cruauté qui préside aux tête-à-tête avec l'inquisition.

— Mon garçon, énonce Natkin en un sourire froid, *sarcasme* est un vocable périlleux. Il risque de se retourner contre celui qui l'a formulé.

Voilà Arthur bouche bée, les crins en l'air.

— Quant à *vieillir,* j'ai encore le temps d'y penser, merci. Mais je voudrais bien savoir pourquoi j'y ai eu droit.

— Pourquoi ?...

— Oui. Le choix d'un mot est rarement neutre. Ceux que tu m'as adressés, ils correspondent à quoi ?

— Mais... je ne sais pas. Ils sont là, dans l'espace. Ce n'est pas moi qui les choisis.

— Ne triche pas, fait l'instructeur, sans laisser percer trop de bienveillance. Je n'ai pas l'intention de te punir. Tu as un don très rare pour un Gurde, et remarquablement maîtrisé pour un gamin de ton âge. Simplement, il faudrait que tu le travailles, au lieu de l'utiliser à des fariboles.

Arthur sent les écailles du visage lui cuire.

— Ce ne sont pas des fariboles ! se récrie-t-il. Je suis en train d'établir un dictionnaire. Un dictionnaire, oui ! Où je note l'effet que chaque mot produit, dans la mesure où je peux l'observer. Ce n'est pas toujours facile. Je l'ai partagé en trois sections : les noms, les adjectifs, les verbes. Pour un élève des Grandes Géodes, c'est assez méthodique, il me semble !

Il se tait, plus confus de la longueur de son discours — lui, le taciturne — que de la véhémence qu'il y a mise. Georg le considérera en lissant sa moustache avec une branche de lunettes, partagé entre un étonnement profond et une envie de rire qui ne l'est guère moins.

— Ecoute-moi, reprendra-t-il. Je ne sais pas encore si tu as l'étoffe d'un artiste, mais je soupçonne que tu en as le caractère. Quoi qu'il en soit, on ne laisse pas se perdre une rivière qui charrie de l'or. Si tu le désires, et si tes parents sont d'accord, je peux t'aider à te perfectionner.

Les soucis liés à la mise en service du métro amphibien, et la fièvre cyclique dont il souffre depuis le dernier contrôle des maelströms de la Grande Lagune, n'ont guère assoupli le caractère de Carl. D'emblée, il s'est opposé à ces séances qui allaient encore détourner le garçon de son travail, tout en renforçant sa tendance pathologique à la rêverie.

— Que voulez-vous qu'il sorte d'un tel fatras ? a-t-il déclaré en toisant ce mentor un peu trop frais émoulu. Sculpteur de mots, ce n'est pas un métier pour un Gurde, y avez-vous songé ? A moins qu'il ne soit transvers. Mais je ne sache pas que mon fils ait ce genre d'inclination.

— Ecoutez, monsieur Estrevann, a répondut Georg

sans se troubler. Les scores d'Arthur dans neuf branches sur dix sont désastreux. Il ne croit pas à la réalité de ce qu'on lui enseigne. Alors qu'ici, il possède un don exceptionnel ; d'essence yrvène, j'en conviens, mais qu'il a cultivé seul dès son plus jeune âge. Il faut vous rendre à l'évidence : votre fils n'est pas taillé du même bois que vous. Acceptez-le, et donnez-lui sa chance.

— De s'engager dans une voie sans issue ?... Ce n'est pas un service à lui rendre !

Edith, pour sa part, s'est livrée aux délicats travaux de sape auxquels excellent les mères gurdes quand elles croient détenir la vérité.

— Ne penses-tu pas, mon grand, a-t-elle dit un soir au lycéen, qu'il vaut mieux d'abord mettre l'accent sur tes études ? Cette « faculté », tu la conserveras de toute manière. Quand tu auras une situation, tu pourras même y revenir pour ton plaisir. Mais t'y jeter maintenant à corps perdu, cela ne te mènera à rien, tu comprends...

Bref, entre l'hostilité franche de l'un et les atermoiements de l'autre, Arthur s'est retrouvé devant un mur. Consterné de se voir aimé tellement à contretemps, il laisse les phrases s'abattre sans répondre. Et il se prend à songer à Cassiãn. Aux ruses que déploierait le jeune Yrvène dans une situation pareille.

— Ils ne veulent rien savoir, dira-t-il enfin à Georg, un soir d'exaspération. Et moi, j'ai trop besoin que vous m'aidiez à progresser ! Il suffit de leur dire que j'ai un cours de rythmique angulaire. Je ne leur ai jamais menti. Ils me croiront !

Natkin scrute ce visage, où le subtil tracé des écailles frémit d'impatience. Et la décision qu'il laissait mûrir dans l'ombre s'impose à lui. En un instant, c'est une bonne décennie d'âge adulte qui lui est tombée sur les épaules.

— Très bien, répond-il. Le Jour d'Arôme, tu viendras au lycée une heure plus tôt. Mais à une condition.

— Laquelle ?

— Que tu cesses de mépriser les autres matières.

Ainsi a débuté leur complicité. Ainsi ont démarré ces étonnantes séances au cours desquelles, méthodiquement, le maître fera parcourir à l'élève les axes du vocabulaire, en lui offrant son propre corps comme cible. Les substantifs s'égrènent, se déplacent sur la peau, s'immobilisent au fond d'un muscle, au coin d'un nerf. Des épithètes s'y juxtaposent, histoire de titiller au maximum les cinq sens. Puis c'est au tour des verbes qui soulèvent, emportent, exaltent ce qui sinon resterait lettre morte. De cette alchimie naissent des sensations inouïes, à partir desquelles Georg dirige son élève et, sans toujours éviter les erreurs de jugement, lui enseigne cet art traditionnellement réservé aux gens de la Loumka.

— Tu aimes trop les adjectifs, remarque-t-il parfois. Ils donnent à ton affaire des allures de soupe grasse. Utilises-en moins, et essaie d'affiner leur sens.

Des heures durant, il l'obligera à distinguer entre *bleu, azur* et *outremer;* ou bien *grinçant, sifflant* et *strident;* ou encore *âpre, âcre, amer* et *acide.* De ces leçons, Arthur ressort à chaque fois non point épuisé mais transcendé, nourri par l'énergie qu'il a libérée, et fort des progrès accomplis. Natkin, lui, navigue entre la conscience de sa charge et la fierté de voir s'épanouir le talent qu'il a détecté. Au fil des semaines, la barrière hiérarchique s'atténue. Il s'en faut de beaucoup, cependant, qu'il laisse la familiarité s'installer entre eux.

— Comment saviez-vous que c'était moi qui cristallisais les mots ? lui demandera un jour l'apprenti sculpteur.

Georg restera silencieux un instant. Puis son visage se transformera d'une manière subtile, et une lueur que le garçon n'osera interpréter passera derrière ses verres.

— L'intuition..., répondra-t-il, avec un infime tremblement dans la lèvre. A plus d'un titre, j'ai appris à m'ouvrir à la pensée yrvène.

2. *La goutte d'eau*

Hiver 561

Des Hauts Plateaux du Sud, une gamine gurde est arrivée à Vornève. Douze ans, corpulente, un beau visage malgré la teinte bronze de ses écailles, elle a été admise aux Grandes Géodes en cours d'année, dans une classe de son âge d'abord, puis dans celle d'Arthur. D'aucuns en ont déduit qu'elle ne devait pas être trop bête. Cela, joint à sa couleur et à son embonpoint, lui a valu l'antipathie de la brave majorité et l'hostilité ouverte des forts en gueule. Le jeune Estrevann, par contre, attiré par ce qui rebutait les autres, n'a guère tardé à se ranger de son côté.

— Léonore, lui a-t-il dit un soir. Quand tu vois ces crétins si fiers de leur intelligence, comment fais-tu pour conserver ta bonne humeur ?

Léonore ? Elle n'en est pas revenue... Depuis sa petite enfance, personne ne l'avait appelée par son nom. Pour les gens, d'ordinaire, elle est *la Boulotte* ou *la Grosse.* Quand ils ont de l'imagination, ils l'affublent de sobriquets empruntés au marchand de primeurs et salaisons : *Citrouille, Jambonneuse, Patate-Boudin...* Des attentions à leur niveau. Arthur aurait tort, cependant, de la croire incapable de se rebiffer.

— Moi ? a-t-elle répliqué en éclatant de rire. Tu ne m'as jamais vue en colère... Attends que l'un d'eux dépasse les bornes : les Géodes trembleront à en perdre leurs cristaux !

Plus tard, quand ils seront devenus amis, elle lui racontera des bribes de son histoire. Son principal tort dans la vie a été de naître, troisième de quatre filles, dans la plantation de cactus à grain que dirigeaient ses parents, au moment où ceux-ci commençaient à se haïr. Contraints de rester ensemble par sa faute, ils l'ont englobée dans cette haine. La petite dernière en revanche, dès qu'elle est venue au monde, a été gavée d'amour. Alors, laissée en nourrice des journées entières, Léonore a commencé à chiper des pâtes d'amande, dans l'espoir de vieillir plus vite.

— C'est pour cela, dit Arthur, que tu chantes si bien. Le sucre t'a adouci les cordes vocales.

— Mais oui ! a-t-elle répondu joyeusement. Je n'y avais jamais pensé !...

La vérité est autre. Quand elle avait deux ans, un pâtissier nomade à qui elle avait réclamé une figue confite lui a demandé comment elle s'appelait. Elle a répondu très sérieusement : Rose de Sable. Il a ri, lui a caressé les cheveux, et lui a donné la friandise. Puis il est reparti avec son chameau. Depuis, lorsqu'elle est seule ou triste, mais aussi quand le soleil se lève sur les dunes, ou que le froid gèle la sève des arbres, elle chante pour son bébé imaginaire. Pour Rose de Sable. Et celle-ci prend vie au plus profond de son corps pour donner à sa voix une puissance et une beauté incomparables. Mais cela, elle n'en parlera jamais à personne, pas même à Arthur.

— Dis-moi, a fini par s'enquérir celui-ci, un jour que la neige tombait en longues traînées sur les canaux. Comment se fait-il que tes écailles soient dorées ? C'est une pigmentation... euh... d'origine yrvène ?

— Oh non ! Un métissage banal. Une de mes aïeules a connu un Gurde noir du Grand Sud. Dans les régions de transhumance, cela arrive souvent.

— Ah..., opine le garçon.

Il réprime une moue. L'union d'un homme et d'une femme de races opposées, outre qu'ils finiront en justice si leurs familles ne les ont pas lapidés avant, est sanctionnée par la nature de la façon la plus stricte. La stérilité. Jamais on n'a vu naître un enfant d'un Yrvène et d'une Gurde. Ni l'inverse. Ce qui fournit un argument de choc aux tenants de la Loi d'Instinct. Pourtant, il avait espéré un instant que, dans des conditions spéciales, sous d'autres latitudes, une exception...

— Tu es déçu ? s'étonne la gamine. Tu croyais que...

— Non. Oui... Enfin, je ne sais pas.

Déconcertée, elle interroge les sens embryonnaires de Rose de Sable. Mais les flocons de la Loumka ont beau lui frôler les joues, ses écailles bloquent toute intuition. Ce n'est qu'à force de réfléchir qu'elle finira par comprendre. Arthur, à sa manière, est un paria. Comme elle.

— Tu sais, déclarera-t-elle sans sourciller, sur les Hauts Plateaux, les gens ne raisonnent pas comme dans les villes. Les rares Yrvènes qu'on rencontre font fructifier les oasis. Les soirs de fête, après quelques plats au pavot, on ne trouve pas criminel de leur taper sur l'épaule.

— C'est vrai ?...

Elle lui décoche un large sourire.

— Cela te paraît si monstrueux ?

— A moi, non ! rétorque le garçon. Mais j'ai souvent l'impression d'être le seul. Sauf peut-être...

Il se tait. De quel droit trahirait-il Georg Natkin ? Et en révélant quoi, d'ailleurs ? Un secret dont il n'est même pas sûr, qu'il a cru entrevoir derrière des mots qui pouvaient recouvrir autre chose ?... Mieux vaut s'en tenir à sa propre expérience.

— Moi, tranche Léonore, je ne comprends même pas ce que ça veut dire : transvers. On trouve la peau du voisin agréable ou repoussante, et voilà. Pourquoi coller un nom à ceux qui préfèrent le salé au sucré ?

— Nous sommes dans un lycée gurde. Si mes parents ont des amis yrvènes, pas question de leur serrer la main. Quant à aborder quelqu'un en pleine rue : Bonjour, vos pigments sont superbes, permettez-moi de les toucher. Tu imagines la réaction ?...

— Il serait peut-être ravi.

— Il crèverait sur place. Ou il appellerait la milice. Non, il faut que les mentalités changent. Qu'on nous laisse vivre en paix. Ou bien alors... Un éclat retentissant. Un scandale. Une révolte !...

Léonore s'est arrêtée. Elle resserre les plis de son manteau sur ses rondeurs.

— Justement, dit-elle. J'ai vu quelque chose de ce genre, hier, sur un des écrans semi-solides du lycée. Un incendie qui a éclaté je ne sais plus où. Une espèce d'émeute... Je crois que c'était à Arangwad.

— A Arangwad ?

— Ce sera facile à vérifier. Il suffit d'y retourner après les cours. Les cristaux doivent encore s'en souvenir.

La Géode Majeure est une vaste grotte dont le sol et les parois sont hérissés d'aiguilles de quartz. Sur l'un des murs, nées d'un rapport paradoxal entre les prismes et l'humidité due aux infiltrations, des images émergent d'un fatras d'ondes et de reflets : le reportage, émis la veille par ligne liquide, est resté gravé dans la mémoire loumkane. Arthur, qui n'entend rien à l'électronique des illusions, laisse Léonore opérer. Aussi adroite que volumineuse elle soumet petit à petit les cristaux à sa volonté. A travers les larges hublots, le crépuscule verse à l'intérieur de la géode une lueur de neige, qui donne à l'instant une acuité menaçante. Ils sont seuls. Devant eux, bientôt, vont défiler les événements qui ont secoué Arangwad : le premier acte de la prise de conscience collective des transvers.

Le Traquenard... Pure ironie que d'apprendre l'existence de ce lieu au moment où on le condamne à mort. Imaginez un entrepôt, tapi dans un recoin de la baie, bâti à partir des excavations de la roche, et de l'invraisemblable entrelacs de racines qu'y a laissé un baobab à demi foudroyé. La Loumka a couronné l'ensemble en y ajoutant quelques voûtes, dont la solidification a faussé la transparence. Rien de plus trouble que la clarté de cet endroit... Jadis affecté au stockage des pièces de bateau, les superstitions qui y rôdaient ont peu à peu conduit à l'abandonner, jusqu'au moment où une faune, assortie à l'éclairage, a commencé à s'y retrouver régulièrement, à l'abri des juges comme des témoins.

— Une faune..., bougonne Arthur. On croirait qu'il s'agit de protozoaires !

Les scènes qui suivent, pourtant, il ne les oubliera pas. Des Yrvènes, des Gurdes, hommes et femmes, les premiers en chemise, en maillot, torse nu parfois, les secondes vêtues de robes hardies, semées de trous, et tout ce monde au coude à coude, enlacé, le bras autour de l'épaule, la main dans la main, les bourrades des uns, les caresses des autres, un baiser par-ci, une étreinte par-là. Il regarde ces gens qui lui ressemblent, et sa gorge se serre. D'âpres désirs lui gonflent les veines : que l'image grandisse, fasse éclater l'écran, se répande à travers la grotte. Que ces maudits le reconnaissent comme un des leurs. Que leur foule l'absorbe et le submerge, en le gorgeant de contacts jusqu'à la dernière écaille.

— Un endroit pareil..., murmure-t-il. Mais qui a osé le filmer ?

— Un milicien en civil, sans doute. Avec un prisme fluide...

Le commentaire s'égrène. Ce sont les échevins

d'Arangwad qui ont condamné le Traquenard : « Il ne sert à rien, et trop de scandales s'y perpétuent que même l'assouplissement de la Loi ne peut admettre. » Qu'on y boive entre races distinctes, pas de problème : la guerre est finie depuis quinze ans. Que l'on s'y frôle dans l'ombre, par inadvertance, sans que la sensibilité publique ne soit agressée, passe encore. Mais que les gestes de l'amour commencent à se déchaîner, pas question. Rompue cette digue, ce sont tous les fondements d'une société qui vacillent.

— Qu'ils s'écroulent ! ricane Arthur. On en trouvera de meilleurs.

La suite du reportage est plus confuse. Plus agitée. Un soir, la police débarque, non pour savoir qui fait quoi avec qui, mais pour disperser la racaille et fermer le local. Quatre miliciens sur le retour, l'œil morne et le menton haut, un grand Gurde et un petit Yrvène, un gros Yrvène et un Gurde maigre. Sanglés dans un uniforme violet à passementeries de cuir, les mains gantées, résolus à nettoyer les lieux sans se salir.

— Nous ne sommes pas des criminels ! hurle quelqu'un. Nous ne faisons de mal à personne !

Sous les énormes racines qui soutiennent les voûtes, sa voix résonne, s'amplifie, se gonfle de murmures, de protestations, de la colère de ceux que des siècles de contrainte ont poussés à bout.

— Silence ! tonne l'un des policiers. Tout le monde dehors !...

Mais la foule ne l'entend pas ainsi. Elle gronde, elle roule, elle s'enfle comme la Loumka les jours de houle. Un des miliciens est bousculé. Un autre jeté à terre. Aux deux derniers on arrache les armes, on déchire la chemise, on met le cuissard en pièces.

— Il est temps qu'on vous rende plus subtils, messieurs ! lance une Yrvène en retroussant les manches de sa tunique.

Le tumulte augmente. L'image devient folle. Qu'a-t-on fait au reporter de service ? Quelqu'un a dû prendre le relais : on suit à présent la scène en plongée, depuis le dessus du comptoir. Le grand policier gurde, aux trois quarts nu, voit ses squames meurtries par deux pigmentées : une fileuse de fucus et la femme à la tunique. A ses côtés, l'Yrvène trapu est traité sans plus d'égards par un groupe d'écailleuses. Quant à leurs malheureux collègues, la foule les pousse l'un vers l'autre, pour qu'ils s'infligent mutuellement ce contact qui les révulse.

Saute d'image. Le commentaire a repris, inaudible, et le Traquenard apparaît de l'extérieur, lumineux dans la nuit, tel l'antre de ces sorcières qui menacent à la fois la terre et l'onde. De tous côtés, des gens courent en vociférant, avec des brandons au poing.

— Que font-ils ? marmonne Arthur. Pourquoi sont-ils dehors, maintenant ?

— Ils ont enfermé les miliciens à l'intérieur.

— Mais ces torches ! Ils ne vont quand même pas ?...

— Tu aurais hésité, toi ? Quand un lieu de culte doit être démoli, autant lui offrir un autodafé !

Sur l'écran, les flammes s'élèvent. Elles montent le long des racines, crépitent à travers la souche, attaquent la voûte loumkane qui se rétracte avec un feulement blessé. Des pierres brisent les vitres. Le vent se lève. Le feu s'engouffre à l'intérieur. Regroupés à la lisière des vagues, les émeutiers couvrent de leurs clameurs le fracas du ressac. Dans les yeux d'Arthur, le reflet de l'incendie jette une lueur sanglante. Il rit. Un à un, on voit sortir en titubant les quatre policiers, serrant contre leur peau des hardes à moitié calcinées. La foule leur fait une ovation. Puis elle les crible de galets, de bouts d'épaves, de carcasses d'oiseaux pourris.

L'image saute à nouveau. Juché sur un rocher voisin, un couple enlacé harangue la foule.

— Arrêtons de nous cacher ! vocifère l'homme, un

Gurde au ventre de lutteur. La communication par la peau est un droit élémentaire !

Et sa compagne, une Yrvène aux opulentes formes lilas :

— Cinq siècles de ségrégation, ça suffit ! En quoi est-ce un crime de fraterniser avec son voisin ? Exigeons le libre contact des races !

Et la foule, aussitôt, de reprendre en chœur :

— Li-bre-con-tact des races ! Li-bre-con-tact des races !...

Au sommet du Traquenard, parmi les flammes et les torsades de fumée, un adolescent a surgi. Dix-sept ans, torse nu, les épaules larges et le menton rogue, il se dresse comme un diable au-dessus de l'incendie, pour apostropher à son tour l'assistance.

— L'avenir de l'humanité, c'est nous ! La force positive d'Erda-Rann, les gardiens de la paix, c'est nous ! Mais cette paix, nous ne l'obtiendrons que par la lutte. Nous devons conquérir les rues, les canaux, les places publiques ! Obliger le gouvernement à en rabattre !...

Il lance ses deux bras vers le ciel, et sur sa poitrine resplendissent des palmes aux dentelures rouge sang.

— Il faut abroger la Loi d'Instinct !...

Et les transvers, par dizaines, de brandir leurs poings serrés :

— A-bro-gez la Loi-d'Ins-tinct ! A-bro-gez la Loi-d'Ins-tinct ! A-bro-gez la Loi-d'Ins-tinct !...

En voyant le jeune Yrvène, Arthur a tressailli. Mais il n'a pas le temps d'être sûr. L'image se liquéfie. Une autre vient la recouvrir. L'anse de sable, au matin, dans la grisaille du crachin hivernal. L'incendie est éteint. La fumée qui s'élève des décombres trace sur le blanc des nuages une ligne noire. La foule s'est dispersée. Il ne reste plus que les voitures amphibies de la police. Et les trois meneurs qu'on emmène, empêtrés dans les filets à larges mailles avec lesquels on les a capturés.

La voix du commentateur annonce les peines auxquelles on les a condamnés : deux ans de prison pour les adultes ; quinze mois en centre de redressement pour le mineur.

Lequel mineur apparaîtra une dernière fois sur l'écran, en gros plan, le visage dur, les stries dorées de ses joues altérées par un rictus, tandis qu'on livrera son nom au mépris des masses.

Cassiãn Võrgh.

— Sable et sang !... a juré Arthur.

Il regarde l'image qui se dilue ; ces traits, familiers et inconnus, qui s'estompent avant de retourner dans l'ombre ; cette rage que vont recouvrir les eaux d'un pénitencier sous-marin. Et il s'en imprègne avec désespoir, comme s'il lui revenait désormais d'en être le dépositaire.

— Tu le connais ? demanda Léonore, frappée par sa réaction. Ce n'est quand même pas ?...

— Mais si, bien sûr !... Mon copain yrvène ! Celui avec qui j'ai nagé dans la Loumka. Le seul de sa race qui m'ait jamais...

Il se tait. Ce qu'on vient d'incarcérer, ce sont des souvenirs trop graves. Il lui faut le silence, maintenant. L'intimité. Autant de choses que l'opulente petite fille pourrait lui donner. Mais voilà que, derrière eux, il a senti s'ouvrir la grand-porte de la géode, et qu'une bouffée d'air glacé les assaille.

— Par Erda-Rann ! lance une voix sarcastique. Mais c'est le chouchou à Natkin !...

— Et la Patate-Boudin... Quel beau couple !

Ils se sont retournés. Trois de leurs condisciples les toisent, éclairés par la lumière instinctive des cristaux. Bardiard, un gars trapu, champion de géométrie corporelle. Anatole, dit le Furet, avec ses fines phalanges de prestidigitateur. Et le troisième, le plus intelligent, un baraqué nommé Sornik, dont l'œil brille d'une joviale méchanceté.

— Alors tu as des copains *calmars,* Estrevann ! déclare ce dernier. Et malchanceux !... Tu ne serais pas un *touche-là-bas,* par hasard ?

—- Un *quoi ?...* a rétorqué Arthur.

— Comme ton maître... C'est pour cela qu'il t'apprécie tellement ? Et que tu ne serres jamais la main de personne ?

— Laissez-nous tranquilles, dit Léonore. Chacun ses idées !

Bardiard pointe l'index sur elle.

— Toi, la bouffie, tu la boucles. Tu tripotes peut-être des couennes, aussi, à tes heures ?

Elle crispe les poings sur le dossier de sa chaise.

— Je tripote ce que je veux, espèce de malotru ! Et toi, tu t'occupes de tes écailles. C'est compris ?

— Des vicieux, voilà ce que vous êtes ! lance Anatole. Et vous finirez au trou, comme cette racaille !...

— Mais non ! sourit Sornik en s'approchant d'Arthur. C'est un bon Gurde, lui ! On l'aime trop pour lui souhaiter malheur. Serre-moi la main, Estrevann... Non ? Tu ne veux pas ? Quel dommage, tu es si sympathique !

D'un geste assuré, il passe sa paume sur la joue du garçon. Une caresse odieuse qui s'étale sur ses squames ainsi qu'une brûlure. En un éclair, la plage d'antan est revenue, les gosses du Castel, leurs doigts durs sur sa peau ; et en face, le Traquenard, l'émeute, Cassiãn pris au filet et jeté en prison. La fureur s'empare d'Arthur : une rage meurtrière qui ne voit plus rien, n'entend plus rien, et le jette contre cet adversaire trop fort pour lui, dents serrées, poings de pierre, prêt à le tuer s'il en est capable.

Le genou de Sornik au creux de l'estomac, le coude gauche de Bardiard en pleine tempe, et le voilà qui roule au sol, à demi assommé, parmi les quartz aux arêtes pointues.

— Sauvages !... tonne Léonore.

Elle brandit la chaise au-dessus de sa tête, et la lance à toute volée sur les assaillants. Craquement du bois contre un crâne. Hurlement indigné. Abandonnant le garçon plié de douleur au milieu des cristaux, ils se ruent sur elle. Anatole l'agrippe par les cheveux, Bardiard lui immobilise les jambes, Sornik moleste férocement sa poitrine naissante. Elle se débat avec une fureur d'éléphanteau. Mais à une contre trois, elle n'a guère de chances. Et devant tant de haine, l'affolement s'empare du cœur secret de Rose de Sable.

Brûlure.

Les dents serrées, Arthur s'est redressé sur un coude. Il applique le mot sur le cou de Bardiard, dont il connaît les phobies. Et voilà le fier-à-bras qui tressaille. Il grimace. Lâche sa proie. Frotte avec terreur la zone attaquée. Mais la douleur n'en a cure. Elle s'accentue au contraire, glisse vers sa nuque, puis se love dans son occiput. Là, elle s'incruste sans pitié, et le tenaille jusqu'à ce qu'il tombe à genoux.

Nausée.

Anatole, gosse à indigestions, a retiré ses doigts de la chevelure de Léonore. Les mains sur l'estomac, il fait quelques pas en vacillant. Sa bouche s'ouvre spasmodiquement, comme pour rejeter six mois de bile. Mais rien n'en sort. Seul, sur les écailles livides de son front, un torrent de sueur commence à ruisseler, sans qu'il songe même à l'essuyer.

Saignement.

Si Sornik affectionne le sang des autres, il ne supporte pas la vue du sien. Et c'est à la surface de ses yeux que la douleur a jailli. Elle est ténue, mais pareille à celle qu'y instilleraient des aiguilles. Et elle teinte en pourpre tout ce qui l'entoure. La grotte. Ses amis. Ses adversaires. Ne dirait-on pas que c'est l'intérieur de son cerveau qui rougeoie ? En étouffant un cri, il a levé ses paumes devant sa figure, et le voilà qui chancelle de long en large avec effroi.

Brûlure. Nausée. Saignement. Brûlure. Saignement... Les trois vocables s'acharnent sur leurs victimes. Sous la tension, les veines d'Arthur sont devenues plus dures que des cordes. *Nausée.* Le Furet s'est décidé à vomir, et hoquette comme un perdu, la tête contre l'entrée de la grotte. *Brûlure.* Bardiard pousse des gémissements de bébé, en fouillant sa nuque à en arracher le bulbe. *Saignement.* Sornik, les mains devant les yeux, titube avec des râles d'épouvante. *Nausée...*

Léonore s'est ressaisie. Elle ramasse la chaise à demi fracassée, et s'en sert pour rabattre sans ménagement les malheureux vers la sortie. Entre les blessures fictives et les coups réels, ils n'ont plus guère le cœur à résister. Congestionnés, hagards, ils sortiront de la géode en se bousculant, prêts à braver la pire tornade plutôt que d'y rester une minute de plus.

La neige a cessé de tomber. Un silence de coton recouvre coupoles et jardins. Epuisé, Arthur s'est laissé aller de tout son long sur les cristaux ; tant pis s'ils le meurtrissent. La haine cogne à grands coups sous son front. Il voudrait qu'elle fasse exploser Erda-Rann. A pas lents, Léonore s'est rapprochée de lui, intimidée par son étrange pouvoir, mais pleine d'une compassion si naïve qu'il se raidit. Il ne veut pas de pitié. Pas de cette potion qui va se déverser sur lui, quand sa propre férocité l'a dévasté et que son frère est bouclé au fond des mers. Et puis la lueur de la grotte accuse les écailles de la petite fille, et tout ce qui est gurde le blesse. La mâchoire en avant, il gronde imperceptiblement, tel un chien battu prêt à mordre.

La métisse s'est arrêtée. Ce grognement, cette hargne pourtant prévisible, Rose de Sable en a été meurtrie. C'est qu'elle est minuscule, Rose de Sable. Deux ans au maximum, un pour chaque pouce. Et Léonore est suffisamment intime avec Arthur, maintenant, pour se rendre compte qu'à cet instant il n'est pas question de le toucher.

A mi-voix, alors, pour son seul nourrisson, elle entonne une de ces complaintes qui résonnent sur les Hauts Plateaux : la chanson de la goutte d'eau. Son timbre devient cette fluidité dont elle conte l'histoire, du nuage au torrent, de la mer au nuage. Elle file des sons à la fois amples et subtils qui, tout en s'élevant, descendent jusqu'à l'alcôve du bébé secret. Et voici que Rose de Sable s'y joint, consolée et désireuse de vivre, ayant dissous dans ses limbes l'offense faite par cet inconnu, et donnant à la mélodie une grâce instinctive, animale, mais aussi une pureté de source.

Léonore chante. Et Arthur boit cette eau, l'absorbe par les pores du visage, sans discerner si ce sont les mots qui le désaltèrent, la ligne musicale, ou ce bouleversant vibrato qui fera d'elle, plus tard, une cantatrice. La bouche entrouverte, il avale la mélopée, en emplit ses poumons, la laisse caresser ses nerfs à vif. Et l'apaisement qu'elle y répand confine peu à peu à la volupté.

La goutte d'eau que seul un Gurde insoumis rêve de boire.

3. *Tatoueur-incrusteur*

Printemps 562

Pendant l'incarcération de Cassiãn, Arangwad a émergé de sa chrysalide. Plus que partout ailleurs sur Erda-Rann, les idées neuves ont fait leur chemin, secoué les conventions, obligé le monde à les reconnaître. Des cendres du Traquenard sont nés d'autres lieux de rencontres, chaque saison plus nombreux, plus provocants. Et l'agressivité de ceux qui les fréquentent est telle que la police hésite maintenant à s'y aventurer.

L'attitude des Gurdes envers l'onde a aussi évolué. Si la plupart refusent encore de se tremper dans les bassins de granite où la Loumka, pourtant assommée par les drogues, se réduit à une eau morte et sans piège, certains ne s'en satisfont déjà plus. Pourquoi vivre fade quand l'ivresse est à deux pas ? Chaque année, on en voit qui, vêtus d'un maillot de coton ciré, se lancent dans ses vagues, s'abandonnent à ses remous hallucinatoires, exposent leur mémoire et leurs sens aux révélations qu'ils pourront lui ravir. A ces illuminés, la milice ne peut guère chercher noise. Injurieux envers la nature, mais non la Loi, ceux qui y laisseront des écailles n'auront qu'à incriminer leur propre inconscience.

Lorsque Cassiãn a vu s'ouvrir le dernier sas le séparant de la liberté, il espérait encore être accueilli en héros. Mais les populations transverses, noctambules sinon égoïstes, ont omis de se déranger. Sur le hideux débarcadère ne l'attend qu'un petit narval de plexiglas, avec à son bout une toute jeune fille : Mëg, la masseuse yrvène du salon Tact et Contact, exquise et menue avec ses courts cheveux bleus. Bien que n'ignorant pas son lien avec les Gurdes, elle a toujours eu un faible pour lui, et s'est inventé en son honneur les motifs d'absence les plus invraisemblables.

— Monte, dit-elle. Je te ramène en ville.

Le véhicule file comme un songe. Après tant de mois de réclusion dans les abysses, le bonheur de retrouver la lumière, les embruns, le blesse un peu. Il a dix-huit ans et tout le monde l'a laissé tomber. Mais à la voir faire des pointes de vitesse dans les courants paradoxaux de la Loumka, il lui vient un sourire de convalescent.

— Alors, tu es la seule à avoir trouvé le chemin ! dit-il en lui caressant la joue. Mes semblables ont eu peur de se compromettre ?

— Bah..., ment-elle. Ils ne devaient pas savoir que tu sortais aujourd'hui.

— Ils n'osent pas se montrer au grand jour, oui ! On leur a répété depuis tant de siècles qu'ils étaient des monstres... Pour les convaincre du contraire, il faudra encore un paquet d'émeutes. Et d'incendies.

Regard de Mëg. Mauve et coquin sur des pommettes nacrées.

— Personne n'arrive à t'abattre ! observe-t-elle.

— Il y a seize ans que la guerre est finie. Si les vieux veulent crever dans la rancune, tant pis pour eux. Nouvelle génération, nouvelles lois. Pourquoi crois-tu que j'ai tenu tête aux juges ?

Le narval traverse des zones associatives. Derrière le plexiglas, madrépores et grottes sous-marines défilent à la vitesse de la pensée.

— Tu as le nez cassé, remarque Mëg. Pour une

figure de proue, c'est martial à souhait. Qu'est-ce qui t'est arrivé ?

— Rien de spécial. J'ai assorti ma tête à mon prénom. Question de fierté, tu comprends ?

— Tu ne veux pas en parler ?

Le garçon hausse les épaules.

— Il est si affreux, ce centre ? murmure-t-elle.

— Epatant, au contraire ! Un endroit idéal pour affiner ses humeurs. On y rencontre des gens subtils, tous sur la corde raide et prêts à finir comme mon vieux.

— Ne ricane pas, Cassiãn... C'est le cynisme qui fait vieillir !

Ce pli à sa lèvre supérieure, Mẽg n'a jamais caché qu'elle ne l'aimait pas. Que le père Võrgh en ait repris pour dix ans après sa dernière tentative d'évasion (coma du gardien compris) l'a bouleversée. Jusqu'où ira l'atavisme de la famille ?... Elle insiste. Les cicatrices de ces quinze mois, il faut bien qu'il les lui montre, s'il veut qu'elle les efface. Ne sait-il pas qu'à la longue l'inquiétude altère la pigmentation des femmes ?

Peu à peu, il se rend ; il raconte. Le centre. L'odeur du désinfectant. Les adolescents crasseux enfermés au fond de la Loumka entre des murs de fer, loin du jour, séparés de l'élément même dont ils sont captifs. Pour un Yvrène, quoi de plus cruel que de ne pouvoir reprendre haleine dans la matrice liquide ? Plus de rêves, plus de visions, hormis le halo des veilleuses nocturnes et une mémoire qui s'effiloche. Des mois à tourner en rond entre les corridors, les ateliers, les cellules, sous le ronronnement saumâtre des aérateurs. Les surveillants maussades, hargneux, méfiants sinon paranoïaques. Parfois humains, aussi. Mais toujours quelque chose vient trahir cette humanité, et les cercles se rétrécissent. Et puis les camarades, narquois, brutaux, saouls de haine, complices dans l'espoir comme dans l'abjection, prêts à vendre la peau d'un transvers après l'avoir rossé, mais sortant lorsqu'on n'y croit plus des alcools inouïs de sous leur paillasse.

Alors, le doute. Les questions qui s'éparpillent sans fin sous la lueur jaune des lampes à plancton. S'il a existé un bien et un mal, ils se livrent une telle partie de cache-cache que personne n'en connaît plus les règles depuis longtemps. Dieu, celui auquel Cassiãn assenait des pieds de nez à longueur de frasques, s'est mis en congé pour convenance personnelle. Voilà peut-être ce qui lui a été le plus dur. N'être entouré que de conflits sans grandeur. Voir les bassesses du quotidien ternir son aura de voyou, pour le réduire à un bâtard au milieu d'un troupeau de chiens.

C'est l'orgueil qui l'a sauvé, en fin de compte. Sa volonté de rester coûte que coûte un hors-la-loi, de se soustraire aux conventions féroces que la discipline et la réclusion instauraient. Après quelques bagarres, il s'est mis sur la touche en laissant les autres se flanquer des peignées à sa place. On n'a guère besoin de pousser les corniauds à se battre. Tirer les ficelles de son prochain, il s'y entendait déjà : se perfectionner est devenu un jeu. Bien avant la fin de son temps de correction, il avait en poche l'estime des opprimés comme celle des oppresseurs. Mais si, dès sa sortie, il a jeté l'une et l'autre aux oubliettes, la rage accumulée, par contre, il la garde pour la resservir en temps utile à la société.

— Elle se trouve où, demande-t-il, l'échoppe de ton tatoueur ?

— A l'entrée de la lagune. Sur la côte des Albatros. Ce quartier se transforme à une vitesse folle. Plus une dame patronnesse ne s'y risque !

— Il aura un travail pour moi ?

— Il a besoin d'un apprenti. D'après lui, il n'y a que les malfrats pour bien exercer ce métier. Autant lui donner ce qu'il demande.

— Mẽg, la providence des vieux vicieux !

— Sûrement pas la sienne. Je ne masse pas les

Gurdes, moi ! Oh, il aimerait bien que mes mains de sirène folâtrent hors des sentiers battus. Et il serait prêt à me rendre la courtoisie. Furtivement, le store baissé. Comme on s'y risque à son âge, quand on a enfoui ses passions sous un demi-siècle de honte... Mais non. Me damner pour ce genre d'écailles, merci !

Elle rit. Pour Mẽg, se sentir désirée est le bonheur suprême. Cela transforme la vie en un vin pétillant avec lequel, si elle s'écoutait, elle s'étourdirait à longueur de journée. Mais avec son allure de lutin, elle conserve de l'enfance un fond de sérieux. C'est ce contraste, peut-être, qui attire Cassiãn. Le jour venu, il ne lui déplaira pas de la faire basculer pour de bon.

— Il sera content de moi, ton bonhomme, déclare-t-il. A l'ombre, pour se faire trafiquer les pigments, il y a toujours du monde. J'en ai profité pour acquérir les rudiments du métier.

— Un autre détenu ?...

— Un des plantons. Un ancien pilote de phare à qui sa lanterne avait tourné la tête. Il m'a pris en sympathie au point de vouloir me décorer gratuitement. Mais vu son degré d'alcool, j'ai préféré m'abstenir.

Dans une gerbe d'écume, le narval quitte les zones paradoxales. Au loin, derrière les voûtes liquides, se profilent les rochers d'Arangwad avec leurs alvéoles et leurs arcs-boutants.

— Moi, dit Cassiãn, si je décide un jour de changer de peau, je veux quelque chose de grandiose. D'impardonnable.

L'art du tatouage est un de ceux qui séparent le plus les deux peuples. Alors que les Yrvènes le pratiquent dans une débauche de couleurs visant à magnifier leurs pigments, il prend chez les Gurdes la forme d'incrustations d'écailles synthétiques, en général monochromes. Pour les premiers, un flamboiement aux limites du baroque ; pour les seconds, l'austérité d'une épure. Le mauvais goût, par contre, obéissant à des critères plus souverains, se répand avec un égal bonheur de part et d'autre. A côté d'ornementations d'un extrême raffinement s'étalent des légions de dessins piteux, infantiles ou d'une obscénité sans imagination, des graffiti dont la platitude même devient prétentieuse, des assemblages de tons à faire grincer du bec un perroquet, des sigles aux visées éternelles qui retombent comme des soufflés quand le vent tourne.

L'intuition de Mēg était juste. Un matériel d'orfèvre entre les mains, et devant lui des hectares de peau assoiffés d'artifices, Cassiān s'est pris de passion pour son métier. En quelques semaines, il est passé des tâtonnements de l'amateur à un professionnalisme si exigeant que le vieux Hans lui-même en a pâli. Son échoppe de madrépores et de bois sommeillait tranquillement depuis des lustres. A présent, sous la lumière crue que distillent les crabes-néon, la bourrasque souffle. Les encres se mélangent. Des tons nouveaux surgissent. Sans relâche, cinq mille fois par minute, l'aiguille perce et reperce les épidermes, injecte la teinture en doses ténues, répétées jusqu'à la douleur, vivifie telle nuance, pervertit telle autre, transcende le tracé des pigments d'origine, tire du fouillis créé par la nature les formes les plus fastueuses.

— Cette tache à son flanc, grommelle Hans en crachant dans sa pipe, tu n'en tireras rien. Egalise-la ton sur ton, c'est tout ce qu'elle mérite.

— Mais non ; regardez : en l'allongeant ici et là, j'en ferai un hippocampe. Le fatras à droite me fournira des algues. Et devant, je raccorderai en dégradant du bleu au gris.

— Trop compliqué. Il n'acceptera jamais de payer autant.

— J'ai déjà tracé le calque. On parie ?

Au fil des jours, les figures promises apparaissent, se

multiplient, engendrent des métamorphoses. Des paysages se déploient avec hardiesse. Les chocs visuels confinent à l'insolence. La fièvre de Cassiãn l'a changé en peintre, en sculpteur, en chirurgien. Le corps de ses semblables lui appartient. Il règne sur ses frontières, les transforme à son gré, y inscrit des poèmes auxquels Dieu n'avait pas songé. Il a retrouvé son vieux partenaire d'antan. Semaine après semaine, avec la feinte humilité de l'artisan, il corrige sa Création, lui donne plus de relief, de subtilité. Et dans la souffrance qui accompagne le cheminement électrique du poinçon, à travers les gémissements qui la trahissent, il perçoit le chant d'amour de la beauté prête à naître.

Pourtant, à mesure que les progrès affirment sa puissance, les limites où l'enferme la société lui deviennent plus pénibles. Son champ d'action est borné aux gens de sa race. Le travail non moins fin, non moins captivant, que l'on effectue sur les écailles, c'est le patron et lui seul, en tant que Gurde, qui en a la charge.

— Apprenez-moi les techniques d'incrustation, lui demande souvent le garçon.

— Pour quoi faire ? rétorque Hans. Tu n'auras jamais à t'en servir !

— On ne peut pas savoir. Si un jour vous avez une défaillance...

Le vieil homme toise ce débutant présomptueux. D'un versant à l'autre de la vie, l'âge de cendre observe l'âge de chair, le juge, le hait, puis forcément lui pardonne. Mais lorsqu'en plus la peau et l'Histoire les opposent, où trouver encore de l'indulgence ? Le sabre sur la nuque, Hans n'admettrait pas qu'il peut toucher ces épidermes à pigments. *A fortiori* agir dessus. Au nom de quoi ce blanc-bec, avec son nez cassé, sa gueule émeraude striée d'or, et ses cheveux ras qui esquissent d'indécents favoris, prétend-il manier les squames interdites ? Lorsqu'il arrive à l'échoppe, le matin, roulant dans ses épaules les ressacs arrogants de la

Loumka, le maître tatoueur contient un mouvement d'agacement. Il n'aime pas ces pantalons fendus sur les cuisses, ni ces maillots d'anguille tressée qui soulignent les muscles et la moiteur de la peau. Pourquoi les gens nés après les guerres sont-ils tellements sûrs de détenir la vérité ?

— Aucun Gurde n'accepterait de se faire incruster par un Yrvène, rétorque-t-il, tout en surveillant la dissolution des encres dans le désinfectant. Pas plus que tes semblables ne me laisseraient les traiter. On ne peut pas imposer aux gens un contact qui leur répugne.

— Je mettrai des gants de chirurgien ! Aseptisés et garantis sans mucus. Ça respectera leurs phobies !...

Hans agite la suspension d'un air revêche. Se heurter sans cesse à la surdité d'un apprenti le fatigue.

— Enfin, dit-il, tu te rends bien compte que c'est insuffisant ! Une membrane de plastique ne vaincra pas des siècles de dégoût. Leur derme souffre déjà assez de l'opération ! Un motif simple sur le bras, tu sais ce que cela représente ? Des centaines d'écailles arrachées une à une, sans anesthésie, et remplacées par des lamelles de synthèse. C'est douloureux en diable. Comment supporteraient-ils en plus qu'un Yrvène le leur inflige ? Tu oublies trop vite ce que ton peuple a commis pendant la guerre.

Cassiãn rit. Avec la paume de la main, il caresse doucement son avant-bras. Folie de refuser cette volupté ! Folie de se retrancher dans les limites de sa peau, quand celle de l'ennemi est si riche de paradoxes !

— Je ne vous comprends pas, fait-il aimablement. Arangwad est remplie de transvers. En passe d'en devenir le fief. La capitale ! Vous croyez que cela les dérangerait de se faire incruster par un *Calmar ?* Posez-leur la question. Ils seront excités à en perdre toute retenue.

Dans le faux jour de l'échoppe, une onde électrique

passe, brève et concentrée. Hans rebouche un à un les flacons, et les aligne sur un plateau.

— Va me mettre ces fioles en chambre froide, lâche-t-il sèchement. Et tiens-leur compagnie un moment. Ton cerveau bouillonne beaucoup trop.

Le garçon se déroule souplement et s'exécute. A le voir ainsi évoluer, avec l'aisance d'un congre, le vieux est pris d'une bouffée de colère.

— Cette boutique est un lieu respectable, lance-t-il avec d'autant plus de hargne qu'il en doute un peu. Si tu as des penchants dépravés, c'est ton affaire. J'ai vu des choses bien pires, et à mon âge, on n'entreprend plus de corriger le monde. Mais je vais être clair avec toi : ou bien tu laisses ces idées sur le pas de la porte, ou bien je chercherai un autre apprenti.

— Il a dit cela ? fait Mẽg en éclatant de rire. Il a osé ? L'honnête Gurde... Heureusement qu'on ne meurt pas d'hypocrisie !

La nuit baigne la petite demeure-ludion. Cassiãn, à demi nu, s'est allongé sur la gélatine du divan. Le bras souple, il lève son verre au-dessus de la flamme des murex, qui jette dans l'alcool un éclat pourpre.

— C'est toi, l'hypocrite, dit-il posément. Et tu l'as blessé dans son orgueil... Avec les autres, pourtant, tu avais l'air plus compréhensive !

— Quels autres ?

Il tourne la tête vers elle.

— Au salon... Tu en as bien laissé un ou deux te frôler, non ?

— Des Gurdes ?...

A travers le cristal, les petits crins bleus se hérissent d'indignation.

— Allons, sourit Võrgh. Laisse la pruderie aux cinglées de *Foi et Loi.* Une masseuse est un boulanger qui pétrit la chair à la demande. On ne lui demande pas de juger de sa forme, ni de son degré de cuisson.

— Tu es fou, Cassiãn ! J'exerce mon métier honnêtement. Pas comme une pute. Ni en bafouant la Loi d'Instinct.

L'œil allumé, il avale une rasade d'alcool.

— Ne renie pas tes rêves, dit-il. Tu réserves aux squameux des déhanchements qui te trahissent. Encore une fois, ça ne me dérange pas. Mais l'admettre t'éviterait de jouer les saintes nitouches.

— Moi, tu voudrais que je sois transverse !...

— Tous les habitants d'Erda-Rann le seraient, si on ne leur avait inculqué le dégoût de *l'autre* en guise de foi.

Les doigts de Mẽg labourent le varech qui noie les murs. Ce cynisme de délinquant l'exaspère. Depuis qu'il s'est installé ici, il s'amuse à débusquer le mal au fond d'elle, l'accrocher avec son harpon et l'amener au grand jour... Oh ! l'insupportable pouvoir qu'il a sur les femmes !

— Mais toi, la première fois, reprend-elle. Cela ne t'a pas effrayé ?... Tu étais vraiment si précoce ?

— Sept ans !

— Sept ans... Moi, à cet âge-là, j'ai commencé à me demander ce que les mains de mon père faisaient sous ma robe... Et *l'autre ?*

Un reflet glisse sur les pommettes rayées d'or du garçon.

— C'était un petit Gurde très mignon. Dans les quatre ans, peut-être. Il s'appelait Arthur, et tout le monde le croyait muet. Lui compris. Je l'ai tiré des poings d'une bande de garnements qui voulaient l'écharper. Comme il avait eu la peur de sa vie, je l'ai pris dans mes bras. Pour le rassurer, tu vois ? Il n'a pas protesté. Alors, nous sommes devenus amis. Il jouait avec les mots comme avec des bulles, et je lui ai appris à nager dans la Loumka. Je me demande ce qu'il a pu devenir...

Mẽg a envie de pleurer. Ce Cassiãn-là, heureux parmi des souvenirs qu'il faut accepter sous peine de le perdre, elle ne le reconnaît pas. Le printemps semblait si clément jusqu'à ce soir ! Quand un Yrvène a un tel penchant pour les écailleux, quel charme peut-il encore trouver à une fille de sa race ?

Elle se retrouve blottie contre lui. Il la serre avec la force qu'il prodigua, jadis, à cet enfant gurde auquel elle ne pardonne pas. Et il lui parle. D'une voix de sexe, de roc, qu'elle ne lui a jamais entendue, et qui transforme le doux chuintement de leur langue en un sabir guttural.

— Tu ne t'es jamais demandé pourquoi ils nous traitent de *Pieuvres ?* Je l'ai compris le jour où j'ai touché ce gosse. Pour eux, le plus fort d'entre nous reste un mollusque. Il lui manque la colonne vertébrale, la structure de l'esprit qui lui vaudrait leur estime. Eux, ils se tiennent droits comme des pylônes. L'intérieur de leur tête ressemble non à une méduse, mais à un réseau de poutrelles bien agencées. Et leur épiderme en est le fidèle reflet. Le premier contact donne un choc. On croit qu'on va rester paralysé. Ou dingue. Mais ensuite, c'est l'impression inverse qui s'installe.

— L'impression inverse ?

— Un sentiment de très grande confiance.

— Je ne comprends pas, murmure Mẽg avec un frisson. Comment des gens dont chaque pensée est une prison m'inspireraient-ils confiance ? Quand on leur parle, passe encore : il y a toujours moyen de s'esquiver. Mais un contact physique... C'est ta propre peau qui se retrouve dans un carcan.

— Au contraire. Elle puise en eux cette sécurité qui nous manque : la logique.

— Je suis libre. Je nage en moi-même comme au-dehors. A quoi me serviraient leurs repères ?

— Quand tu parles à un Yrvène, tu as une idée de ce qu'il pense ?

— Je le devine comme il me devine.

— Sauf quand ses mensonges s'ajoutent aux tiens. Qu'ils s'y mélangent et forment un mirage où vous vous perdez ensemble.

Mẽg ne répond pas. Les yeux dans les phosphorescences de la paroi de goémon, elle prend conscience de l'ossature de Cassiãn. Plus encore que le voyou, ce qu'elle aime en lui, c'est la charpente qu'il a édifiée avec ses expériences.

— Tu vois, reprend-il, si le contact des Gurdes m'a conduit en prison, il m'a aussi aidé à en sortir. C'est par l'affrontement des corps que la sagesse se transmet ; voilà ce que mon vieux n'a jamais compris. S'obstiner à défier les lois humaines est stupide. Elles ne méritent pas cet honneur. La seule contre laquelle il y ait un sens, une grandeur, à lutter jusqu'au bout, c'est celle de Dieu.

— La Loi d'Instinct ?

— Oui.

Il serre le bras de Mẽg avec une vigueur accrue, et un soupçon la prend. Un sale soupçon comme il lui en venait, petite, quand son père à elle la couvrait d'un regard trop aimant.

— Cassiãn..., balbutie-t-elle. De quoi essaies-tu de me convaincre ?

De nouveau, cette lueur dans l'œil de Võrgh.

— De rien, répond-il avec un naturel parfait.

Pauvre Mẽg ! Sa poitrine se soulève. Une brume intempestive lui brouille la vue. Et la voilà debout, là, à arpenter la pièce. Elle écarte les fucus, ouvre le hublot, interroge les voix ironiques de la nuit... Seule la Loumka lui répond, par la rumeur des vagues et l'âpreté des embruns.

— J'ai compris, murmure l'adolescente. Tu veux que je me prête aux fantaisies de Hans !

— Peut-être.

— Un homme aussi rebutant, aussi malsain ? Mais ses squames me dessécheraient le mucus ! Tu ne sais pas qu'on risque des lésions ? Des complications méningées ?

— Tu parles comme un dermato-juge ; et encore, du siècle dernier.

— Je n'invente rien, je t'assure.

— Ne prononce que des phrases inédites. Ça nous évitera les lieux communs.

A pas lents, une gaucherie de vieille femme dans les gestes, elle revient s'asseoir sur le sofa. Sa main pétrit un instant la gélatine. Puis elle prend son verre et le contemple, sans boire, sans rien, sans même voir les lueurs corail qui y dansent.

— Tu es prêt à tout pour qu'il t'apprenne les techniques d'incrustation ! lâche-t-elle. C'est cela, hein ?

— Puisque ses verrous sont bloqués, il faut y mettre du lubrifiant.

— Je ne le laisserai pas me tripoter, Cassiãn !

— Et une fois que je posséderai les deux métiers, que je saurai orner chacun selon son dogme, je commencerai à prendre des risques.

— Des risques ?...

Võrgh s'empare du verre de Mẽg, et lui en fait boire une gorgée. Les palmes pourpres de ses pectoraux brillent comme des flammes.

— Eh bien, déclare-t-il, quand plus personne ne doutera de mon art, je créerai une école nouvelle. J'incrusterai des écailles aux pigmentés, et j'injecterai des pigments aux écailleux. Personne, jamais, n'a même osé y songer. Et nous verrons bien, cette fois, si Dieu y trouve à redire.

4. *Deuil et racines*

Été 562

Mois d'Or, mois des morts. Les premiers jours du Mois d'Or, quand la chaleur envahit les dédales de l'hospice, sature les alvéoles transparents, s'incruste dans la moiteur des lits. Le sablier à perfusions distille des heures toujours plus arides. La fièvre s'écoule des corps en vagues sèches, qui les drainent peu à peu hors d'eux-mêmes.

Depuis son grabat, Carl contemple les hexagones trop parfaits. Il ne sait pas que le prochain convoi portera son nom. A force de travailler dans les zones pathologiques de la Lagune, il a intériorisé l'aversion de la Loumka pour l'élément solide. Anticorps contre ses nerfs, anticorps contre ses os, c'est l'ensemble de ses fluides vitaux qui a commencé, avec méthode, à le détruire.

Il ne voit plus grand-chose du monde réel. La plupart du temps, le sommeil l'enferme dans des ailes grises, pleines de nervures, si compliquées qu'il s'y perd. Hier est-il encore revenu ? Ou bien est-ce demain qui a ce goût de cendre, ce relent de moisi, pareil à des vomissures que l'on contient ? Ses moments de conscience s'effilochent de plus en plus. Tout Gurde qu'il est, il supplie qu'on lui instille du liquide, plutôt qu'une poudre. Parfois, il aperçoit Edith, installée à son chevet, un sourire chagrin sur les lèvres, aussi calme et attentive qu'elle le peut. Assise là depuis quelques minutes, ou peut-être depuis toujours. Parfois il distingue aussi son fils, son échec bien-aimé, qui entre avec un drôle de visage comme du pain rassis. Comment imaginerait-il que l'instant d'avant Arthur a prié pour qu'il soit encore en vie, mais également pour que son agonie ait pris fin ?

Le garçon lui rend visite un jour sur deux. Le reste du temps, il prépare son diplôme de fin d'études. La nuit, il rêve qu'on l'interroge au scalpel dans la salle d'autopsie, et que les râles de son père sont autant de questions auxquelles il ne sait répondre. Pour lui aussi, depuis le printemps, les semaines sont parsemées d'hexagones limpides, étiquetées de blanc, parfumées au crésyl et au camphre. Il oscille entre les figures de géométrie et les courbes de tonus sanguin. Les coupoles du lycée dominent Vornève, monstrueuses à force d'assise et d'indifférence, quand son panthéon va s'écrouler. Des écailles de vieillard jaunissent sur les joues maigres de Carl. Le timbre de sa voix s'amenuise de jour en jour. Même la fourchette qu'il porte à ses lèvres pèse des kilos.

— Papa, c'est aujourd'hui que tu vas mourir ?

Les phrases que le garçon ne prononce pas. Depuis quelques minutes, il tient la main de son père, le mutisme de jadis dans la gorge. Peut-être le malade dort-il. Peut-être ses yeux clos regardent-ils l'avenir avec confiance, posés sur les chemins qu'il compte encore tracer entre les peuples. Il ouvre la bouche. La referme. Maintenant qu'il va mourir, chaque mot omis est un diamant perdu. Arthur voudrait le presser de questions, lui arracher les grands secrets de sa vie : la guerre, la paix, quels combats il a livrés, quels démons l'ont vaincu, comment il a atteint son idéal, et si c'est de s'être accompli qu'il meurt. Mais rien ne sort. L'ingénieur ne soupçonne pas que sa route s'achève. Dehors, le cri des engoulevents trace sur le bleu du ciel des stries presque foncées.

— Tu dois trouver que je ne suis pas bavard, murmure Carl.

— Ce n'est pas grave, Papa, répond Arthur.

Le cœur lourd, il mesure l'ampleur du pardon échangé. Mais d'en être seul conscient l'oblige à garder son calme. S'il faut à un Gurde le contact de la mort pour entendre au-delà des paroles, il y a longtemps que les Yrvènes lui ont enseigné la fonction sacrée du mensonge.

D'autres plages de silence s'écoulent. A la maison, le soir, les gestes d'Edith prennent une raideur de cire. Elle coiffe à présent ses cheveux en bandeaux, sans même les teindre, en attendant que le deuil vienne les blanchir. Pour la mère comme pour le fils, les phrases ne s'écartent plus du quotidien. Elles s'égrènent, en contournant savamment le mot qui les rendrait dérisoires, et que personne ne prononce. Des périphrases, seulement : *quand ce sera fini ; quand il ne sera plus là.* Et le froid s'étend, un froid qui fige les jours, les heures, bien qu'au-dehors — et parfois même à la lisière de la peau — ce soit tellement l'été.

Tout le temps qu'a duré la maladie, l'alvéole a paru au garçon un lieu spacieux, avec ses grands rideaux de lin et ses parois hexagonales. Puis un glissement s'est produit. L'entrée dans le coma, cet obscur sommeil qui sert de préambule à l'éternité. Et les cloisons transparentes ont commencé à ternir. Un faux jour s'est installé, on ne sait comment, en dépit du soleil qui baignait la ville. Une grisaille, que chaque souffle du mourant a accentuée, comme si la pièce entière n'aspirait plus qu'aux ténèbres.

Aujourd'hui sera aujourd'hui. Arthur soulève la main de son père. Elle est toujours tiède, et le sang y compte encore les secondes. Mais elle n'en sait déjà plus rien. Elle ne reconnaît pas l'étreinte de cette paume, le tremblement de ces doigts. Ce que ses écailles perçoivent n'a plus de forme ni de nom. Alors, il la repose avec précaution sur le drap, blancheur contre blancheur, tandis qu'un nœud lui serre la gorge.

— Il ne souffre pas, murmure l'infirmière, le sourire embué. Une toute jeune Gurde dont le parfum voudrait effacer, ne fût-ce qu'un instant, cette odeur de rêves morts qui s'incruste.

De l'autre côté du lit, Edith, en tulle gris, baisse les paupières vers l'abîme qui l'attend. Ridée par le chagrin, un tic à la commissure des lèvres, elle le regarde s'ouvrir devant elle, en sonde chaque recoin au risque de s'y perdre, jusqu'à ce que le vertige la fasse tressaillir. Alors elle secoue la tête, promène sur l'agonisant un œil égaré, puis dévisage son fils comme l'ultime gardien de sa raison.

— Quand je pense, balbutie-t-elle, que j'ai tellement prié pour partir la première... Quelle dérision !

Puis, se ressaisissant :

— Va prendre l'air un instant dans le parc. Je ne serai plus jamais seule avec lui...

Lâchement, le garçon cède à sa requête. Des escaliers le mènent à un jardin aux massifs éclatants. D'allée en allée, il laisse l'air frais balayer les miasmes de son cerveau. Puis il gagne le kiosque d'accueil, un bar avec des crincrins, des voix sonores, des gens qui rient. Le brouhaha lui secoue la moelle des os. Sur sa langue, le sel d'orange a un goût de brûlure, qui le rattache fugacement à lui-même. Comment deux lieux aussi opposés peuvent-ils coexister sans qu'on se sente coupable ?

Lorsqu'il regagnera l'alvéole, la pénombre lui adressera un signe. La fixité des choses le lui confirmera. Les spots, la table opalescente, le sable de la perfusion, tout est figé, sans odeur, sans mouvement. Sur le lit, le silence de Carl a pris une consistance de marbre. Arthur demeure planté au milieu de cet espace trop immobile. Il ne pense à rien. Déjà, comme en un songe, Edith s'est levée, une phrase clouée sur les lèvres. Déjà, il la serre dans ses bras, et gémit avec elle, le front contre ces cheveux que plus personne ne viendra caresser.

La mort d'un père est un étang noir qui s'ouvre sans fin dans la poitrine. Mais les Gurdes ne pleurent guère. Aucune larme ne parviendra à en troubler la surface.

Le cinquième matin, Arthur accomplira comme un automate les gestes qu'on attend de lui.

Déplier la tunique rituelle que Carl a portée aux obsèques de son propre père. En lisser la soie blanche, le satin anthracite. Puis l'enfiler avec soin. Aider sa mère, habillée de manière identique, à recouvrir ses cheveux d'un damas cendré. Monter dans le glisseur qui mène aux cités mortuaires du désert. Faire route entre les dunes brûlantes, en compagnie de somnambules qu'un malheur semblable conduit vers des cimetières semblables. Descendre enfin sous un soleil si hautain, si théâtral, que le cérémonial qui s'apprête prend une allure d'oratorio, un oratorio où un figurant tient le rôle du jeune Estrevann.

La famille attend, les amis, les relations de l'ingénieur, tous vêtus de la tunique de rigueur, dont l'uniformité réduit leurs visages à des symboles. Seul le défunt, ce jour-là, a le droit d'être lui-même. Des enfants, trop jeunes pour assister à une calcination, s'amusent à l'ombre d'un figuier. La plupart de ces gens, le garçon ignore qui ils peuvent être. La mine grave, il lui faut les saluer, leur parler, échanger avec eux les marques d'estime qui rachètent cette défaillance. Ou du moins commander au figurant qui le représente d'exécuter ces devoirs à sa place. Le vrai

Arthur, lui, est ailleurs, on ne sait où. Au fond de l'étang, peut-être.

Les tubas se répandent en accords sinistres. Le corps de Carl, raidi, drapé d'une longue chemise en fil d'argent, est amené sur un brancard. Avec précaution, on le descend dans la fosse, pour l'étendre sur le lit de laves qui va lentement consumer sa chair. A cela, son fils devra assister sans frémir, sans se dérober. Emplir ses narines de cette atroce combustion, accepter que sa mémoire en reste marquée au fer, y puiser l'énergie de survivre. Voir des pelletées de pierres ardentes ensevelir le silence de son père. Etreindre le bras de sa mère, brutalement changée en veuve. Le lâcher, ensuite, imperceptiblement. Attendre, en comptant les battements de l'éternité, que la fosse soit pleine à ras bord, et que la chaleur le force à reculer, mettant brusquement terme à l'hypnose.

Partir, enfin. L'abandonner non sans remords à la calcination. Regagner la ville. De lui, il ne restera qu'un squelette inclus dans un bloc translucide, insecte parmi les insectes, fossilisé par la main déjà lointaine des vivants.

Seule l'inscription sur la stèle funéraire,

Carl Estrevann
514-562

avec cette date qui marque le point final, aura arraché à Arthur de vrais sanglots.

A présent, il étire ses après-midi sur la terrasse. Son diplôme, l'automate qui l'avait relayé le jour des obsèques l'a soutiré avec indifférence, presque malgré lui, à un jury qu'on supposera distrait. A moins que le fils Estrevann ne soit réellement plus futé qu'on ne l'a dit. Bref, le voilà oisif, écartelé entre un passé qui vient de s'effondrer et un futur qui ne ressemble à rien. S'inscrire à l'université ? Le savoir officiel ne lui inspire que du mépris. Entrer dans la vie active ? Cela sonne trop comme *entrer en religion...* Fichue alternative ! Même Léonore, dont l'embonpoint a pris avec l'adolescence une majesté imposante, est trop peu intuitive pour l'aider à y voir clair.

— Pars en vacances, suggère-t-elle en s'éventant avec son grand chapeau d'aloès. Qui t'oblige à rester à Vornève ?

— Partir ?... Mais pour aller où ?

— Dans ta famille. Ou bien... chez vos amis qui ont acheté une isba près des Aiguilles Rousses.

Il fait la moue. Autant de gens à qui il n'a rien à dire.

— Et Arangwad ? lance-t-elle, pas très sûre de son raisonnement. Depuis le temps que tu rêves d'y retourner... Ton copain doit être sorti de prison, maintenant.

— Cassiãn ? murmure le garçon. Aller voir Cassiãn ?...

Un sourire lui éclaire les écailles. Puis il se rembrunit. Edith a toujours considéré l'Yrvène comme le diable. Et depuis la mort de Carl, elle se débat seule face à une meute de rapaces — créanciers, percepteurs, juristes... Est-ce qu'elle va accepter que son fils la quitte ?

— Va, dira-t-elle simplement. Je te retiens une chambre à la pension des Caboteurs. Pour quinze jours, je peux encore me passer de toi.

Cassiãn, il ne cherchera pas tout de suite à le retrouver. Les fragments de paradis reprendront d'abord leur place, un à un, au terme d'un savant jeu de chausse-trapes. Est-ce la folie inhérente à Arangwad ? Après une journée de marche sur les presque-passerelles, entre demeures-ludions et maisons troglodytes, ses pas n'ont rien reconnu des trajets d'autrefois. Certaines distances ont triplé, d'autres fondu, sans qu'il sache si c'est sa mémoire qui triche ou le paysage. Mais surtout, la prolifération des ateliers, galeries, salles d'exposition, allant de la niche rocheuse à la maxi-bulle, a transformé le village de pêche en une incroyable ruche dédiée à l'art.

Le Castel, lui, n'a pas renoncé à écraser son monde. Seulement, avec l'âge, il est devenu aveugle. Ses volets clos ne surveillent plus les jeux ni les errements de personne. Il se borne à dresser au-dessus des mégalithes sa masse sculpturale, que des siècles de tourments ont marquée jusqu'à l'âme. Si parfois les puissances du mal viennent en villégiature, nul doute que le palace où elles descendent se trouve ici.

Car l'atmosphère d'Arangwad respire le soufre. Près de la lagune, des filles yrvènes aux couleurs hardies tournent autour des jeunes marins gurdes. Dans la partie aquatique du bourg, des groupes mixtes traînent au gré des pontons, l'air faussement désœuvré, un halo d'électricité à fleur de peau. Sur plusieurs quais, Arthur a repéré des portes un peu trop closes pour qu'on ne brûle pas de les forcer. Les enseignes, ambiguës sinon provocantes, ne feront que confirmer ce que ses écailles lui répètent. C'est là. Oui, c'est là, au son de bugles à opium qui leur décapent l'épiderme, qu'hommes et femmes accomplissent le grand sacrilège de l'après-guerre. Et soudain un sourire lui vient. Il comprend que si, en le poussant à partir, Léonore savait à quel démon elle l'exposait, elle n'a pas hésité une seconde à s'en rendre complice.

Tout le jour, on le verra errer parmi sa race à venir, celle qui n'est ni gurde ni yrvène mais simplement transverse. Rôder, épier, capter les signes, déchiffrer les visages, s'imprégner de tout ce musc maléfique. Pour renouveler l'expérience de jadis, pourtant, il est encore trop tôt. Son corps, ses squames ne sont pas prêts. L'émotion le submerge, l'emporte loin de ces quartiers à vous coller la fièvre. A seize ans, le moindre frisson sur la peau déclenche des prises de conscience comme des tempêtes. Le crime a été si parfait avec Cassiãn ! Si la récidive est confiée au premier venu, inutile d'en attendre plus qu'une contrefaçon.

Le soleil descend. Assis sur le rostre du Roi de Corail, protégé par cette mâchoire qui défie l'horizon, Arthur contemple la verticalité de la mer. Aujourd'hui, il restera rivé au granite. Mais son âme nage déjà dans la falaise liquide. Au-delà des reflets se trame le jeu des révélations. Il lui suffit d'y songer pour que les décisions qui se profilaient entre deux eaux parviennent à la surface.

Carl est mort. Il brassait des poutres, des tunnels, des presque-ponts : la réalité d'Erda-Rann. Arthur, lui, ne manie que des mots. Des choses qui n'existent pas. Simplement, à l'instant où il découvre comme ce père trop lointain lui manquera, le carcan qui lui étreignait les os commence à se relâcher. Plus rien ne l'empêche, désormais, d'inscrire son nom à sa guise dans l'Histoire.

— A l'automne, a dit Léonore, j'entrerai à l'Ecole Vocale pour devenir cantatrice. Et gare à celui qui osera hausser le ton devant moi !

Lui, le fils du Roi de Corail, il sera sculpteur de mots, ici, à Arangwad. Inutile de retourner à Vornève. Pour vivre, il saura toujours relever ses manches : clouer des charpentes, récurer les pontons loumkans, remplir les verres des pirates, facturer les hippocampes aux naïfs, donner des massages verbaux à ceux dont les articulations grincent, rendre les couleurs à l'aveugle et la musique au sourd. Et tant mieux s'il a choisi un métier d'Yrvène. Il sera le premier Gurde à s'y illustrer.

5. *Transversions*

Été 562

Le soleil entre par nappes rougeâtres dans l'échoppe troglodyte de Hans. L'heure est à la moiteur des désirs. Au-dehors, sur les passerelles, la foule déploie avec art ses tentacules, avide d'accueillir une nuit qui, en gommant les différences de peau, favorisera les contacts sacrilèges. La porte ouverte, Cassiãn laisse la tiédeur venir jusqu'à lui, détendre ses muscles noués par la fatigue. Le pistolet à écailles grésille entre ses mains. Allongé sur le divan, le client, une courtisane gurde aux seins baleinés, commence à gémir discrètement. Sur son cou, sur sa gorge, les lamelles de synthèse s'alignent, scintillantes, pour inscrire dans le derme à vif l'éternité d'une fausse rivière de diamants. Les séances de type transvers tiennent de la haute voltige. A la douleur de l'incrustation s'ajoute une multitude de parasites, méfiance, culpabilité, spasmes voluptueux qui diminuent la résistance des plus hardis. En général, Võrgh évite de les martyriser. Il sait trop le prix que Mẽg a dû payer pour que Hans ferme les yeux sur ses agissements nocturnes.

Cassiãn...

Le mot est apparu sur sa tempe, léger comme un moucheron. Son premier mouvement a été de le chasser ; mais il s'est installé, et résonne doucement sous son crâne. Le jeune homme lève les yeux. De drôles de choses lui traversent la mémoire : ce qu'il a dit, ce qu'il a fait, les souvenirs qu'un autre en a gardés... Machinalement, sa main termine la courbe entamée. Il la ponctue d'une écaille double, histoire d'arracher un petit cri à la dame. Puis il repose le pistolet.

— Cela suffira pour ce soir, déclare-t-il avec sa froideur la plus courtoise.

En un envol de soie et d'héliotrope, l'élégante s'évapore, non sans lui avoir glissé un billet dans l'échancrure du maillot. La porte reste béante. Au-delà, dans l'ombre, il y a quelqu'un qui l'observe, un visiteur qui prononce son nom en silence. Ses pigments palpitent... Le gosse gurde avec qui il a brisé la glace, cette confiance lorsqu'il a osé le toucher, le goût lucide de ses squames. Mais aussi son prodigieux langage de muet, et les frissons qu'il vous collait en promenant ses mots dans votre corps... Serait-il possible qu'il soit revenu ?

L'émotion rive le tatoueur au bloc de bulles qui lui sert de siège. Les deux syllabes *Cas-siãn* continuent de folâtrer sous sa peau, et il tremble. Qui, sinon ce faux muet, resterait ainsi accoudé au parapet, à la fois visible et caché par la pénombre ? En le quittant, Arthur lui avait dit : *si on veut se retrouver, on n'aura qu'à redevenir petits*. Pour un Gurde en barboteuse, bravo ! Mais qu'auront fait de lui douze ans de cette éducation insensée, qui taille au cordeau le moindre écart de l'âme ?

L'appel s'est tu, et Cassiãn se retrouve debout. Ce mutisme soudain, son instinct d'Yrvène le reconnaît. Le visiteur a peur. Peur qu'on ne l'entende pas, qu'on l'ignore, qu'on ait perdu tout souvenir de lui. Peur de lui-même comme de l'autre, et des rêves que distille Arangwad. Peur que les adolescents d'aujourd'hui ne trouvent à partager qu'un étonnement gêné, la mémoire d'un acte qui ne leur inspire plus qu'un peu de honte. Alors, Võrgh va jusqu'à la porte et s'arrête, bien en vue, décidé à remettre toutes ces peurs à leur place.

— Arthur ?...

La silhouette adossée à la rambarde s'est redressée. Celle qui s'encadre dans l'ouverture s'appuie tranquillement à la roche. Trois mètres encore les séparent, que ni l'un ni l'autre ne se hâte de franchir. Gurde ou Yrvène, il faut le temps d'admettre que l'enfant avec lequel on jouait à ne pas jouer est devenu un homme.

Les voici face à face. Doit-on vraiment faire les présentations ? Celui-ci est Cassiãn. Celui-là, Arthur. Le premier a une carrure de forain, une dégaine de gigolo, le cheveu et les favoris en brosse, le nez cassé, et toujours ces pommettes émeraude striées d'or. La crinière du second est raide, hirsute et noire, ses muscles secs, ses épaules anguleuses, et ses yeux pleins de mots qui prendraient leur essor si ses mâchoires ne les gardaient sous les verrous. Autour d'eux, comme autour d'un rituel païen, les passants hésitent puis s'écartent, pris d'une méfiance instinctive.

Bien sûr, Võrgh sera le premier à sourire. Réflexe professionnel, goût yrvène de la séduction, souci comme autrefois de rassurer celui qui entre dans son pouvoir. Et ce pouvoir, le jeune Estrevann entend bien s'y soumettre. Tête brûlée, Gurde renégat, il se jette dans les bras de son ami. Oui, là, sur la passerelle où clapote la Loumka les voilà qui s'étreignent sans vergogne, les mains de l'un sur la peau défendue de l'autre, insoucieux de la foule aux mille regards, indignée, envieuse, complice... Et le dialogue tacite se poursuit, sous les néons et les éclairs de chaleur que leur fièvre fait pâlir.

Tu as des marques de menottes sur les poignets, et les pigments assombris par deux ans de réclusion. Tu viens de perdre ton père, les murs de ton enfance ne savent plus ce qu'est un toit, et tes écailles sont desséchées par l'ennui. Si ta peau est lubrifiée par l'amour d'une femme, tes souvenirs ne cicatrisent toujours pas. Pour t'accomplir, tu es prêt à abandonner ta mère et demeurer à Arangwad. Tu as posé les mains sur tant de Gurdes, que les incruster ne te semble qu'une demi-profanation. La maîtrise des mots est devenue ta raison de vivre. Tu rêves de blasphèmes épiques, inoubliables...

— J'ai toujours su que tu reviendrais, observe Cassiãn. Attendre le retour d'un frère est le plus grand bonheur, chez nous.

La tête contre son épaule, Arthur savoure ce doux mensonge yrvène : dans la langue de son ami, *certitude* veut dire *espoir,* de même que nier l'existence d'une chose signifie qu'on en a peur.

— Et ton Orque ? interroge-t-il. Il doit être colossal, à présent !

— Mon Orque ?... répète Võrgh.

Sous l'eau, une lumière bleue clignote et s'éteint.

— Celui avec lequel nous avons nagé dans la Loumka.

L'œil absent, mais la poigne cordiale, le tatoueur dévisage son compagnon comme s'il ne comprenait pas.

— C'est une histoire que je t'ai racontée ? demande-t-il.

— Un bébé épaulard. Aveugle. Et toi, tu voyais à sa place... Tu ne t'en souviens pas ?

L'Yrvène hausse les sourcils.

— Il n'y a jamais eu d'orque à Arangwad. J'ai passé deux ans en taule au fond de la Loumka. Si des cétacés nous avaient lorgnés par les hublots, je m'en serais aperçu !

— Nous avons joué avec lui, Cassiãn !...

— Bien sûr. Les enfants inventent tellement de jeux... Les adultes aussi, d'ailleurs ! Allez viens. J'ai une bouteille de genièvre dans la boutique. Et pour toi, du sel d'absinthe. Un retour vaut mieux que vingt fantômes !

Tandis qu'il entraîne Arthur vers la clarté crue de

l'échoppe, sa main sur son épaule lui livre un dernier message. Il n'a pas menti. Il a vraiment oublié. Et cette fausse note, ce reniement pas même conscient, restera gravé dans la mémoire du Gurde comme un aveu de fragilité. Les sévices que peuvent s'infliger les Yrvènes sont terribles.

Pigments rétifs, crinière azur, Mẽg verra sans plaisir arriver l'intrus. D'elle, le premier soir, Arthur ne recevra qu'un sourire contraint. Les jours suivants, l'attention qu'on accorde à un reptile aux mouvements suspects. Il aura beau lui offrir du vin, de la liqueur de santal, elle ne se départira pas de cette froideur. Lui, pourtant, séduit au point de l'englober dans l'affection qu'il voue à Cassiãn, s'interdit d'en prendre ombrage. Son amour du peuple ennemi est trop grand, sa conscience de la guerre passée trop aiguë. Qui sait quelles tortures les soldats gurdes auront infligées aux aïeux de cet exquis glaçon ?...

Võrgh, par contre, cherche déjà un emploi pour son ami. Sur les docks, dans les tavernes, auprès des innombrables galeries d'avant-garde. Avec flegme, il déploie les sept ruses que lui ont enseignées les requins, jonglant avec annonces et relations en vrai fils de la Loumka. Soudoyer un intermédiaire lui est aussi naturel que de mettre de l'huile dans une serrure. Et les passés qu'il forge à Estrevann pour impressionner le monde rempliraient un coffre. Mẽg, cependant, ne bouge pas, n'intervient pas, toisant cette agitation avec l'indifférence d'une chatte bleue. Si Cassiãn le lui demandait, sans doute lèverait-elle un doigt pour les aider : ses mains tiennent assez de gens sous leur charme. Mais il ne veut plus abuser d'elle. La place de monteur d'aquariums qu'il obtiendra pour Arthur, en moins d'une semaine, il ne la devra qu'à sa propre astuce.

Voilà le garçon casé. Et tous les efforts de sa mère pour le ramener à Vornève n'y pourront rien. Au-delà des coups portés à la Loi d'Instinct, l'éclatement artistique d'Arangwad a pris une ampleur qui rend caduque la tradition des grandes villes. Dès que ses poissons de luxe lui laissent une minute, il écume les galeries, les bars, les ateliers, rencontre des peintres acoustiques, se lie à des dresseurs de lumière. Mais surtout, au contact de ses aînés, il aborde les vrais problèmes de la sculpture de mots.

Placer les vocables dans l'espace, régler leurs mouvements et leur intensité, en contrôler jusqu'à cinq à la fois, Georg Natkin l'a aidé à maîtriser ces techniques. Mais cela ne suffit pas. Il lui faut un système de relais pour édifier des structures plus complexes, des enchevêtrements verbaux qui demeurent en place indépendamment de lui. En général, on a recours à d'effroyables montages électroniques, dont la seule idée le hérisse. Pour un novice abreuvé de culture yrvène, la solution doit être de nature intuitive, non scientifique ; intégrer les paradoxes de la Loumka. Seulement, pour qu'elle lui apparaisse, il faudrait qu'il plonge davantage dans la sensibilité adverse. En particulier celle des femmes.

— Mẽg, dira-t-il un jour, en se frottant l'os du menton. Qui rejettes-tu au juste ? Le Gurde ? Le transvers ? Ou Arthur Estrevann ?...

— Aucun des trois, fera-t-elle avec une moue distraite. Pourquoi te rejetterais-je ?

— C'est bien ce que je te demande... Pourquoi ?

— Attends. Est-ce que Cassiãn a arrosé les algues, ce matin ?

Et le lutin yrvène de s'esquiver. Oh, dans son genre, elle n'est pas plus peste qu'une autre. Ou à peine. Mais le malaise que lui inspire l'intrus donne à ses revirements un tour insaisissable. Si au contact de Võrgh le garçon n'avait aiguisé sa subtilité, la situation s'ensablerait pour de bon.

— Mẽg, reprendra-t-il une autre fois, tandis que dans un coin de la demeure-ludion, elle hache des méduses pour en faire une crème. Ce n'est pas de moi que tu as peur. C'est de ton désir de connaître mes écailles !

— Tes écailles ?... se récrie-t-elle. Mer maudite ! Je ne suis pas une transverse...

— Oh si ! Mais voilà, tu ne parviens pas à l'assumer !...

Est-ce le couteau ? L'irritation ? Deux gouttes de sang sont tombées sur l'écume de la table. D'un geste nerveux, la jeune fille porte son doigt à sa bouche. En principe, les Yrvènes cicatrisent instantanément. Et pourtant, la tête lui tourne. Son cœur bat la chamade. Il lui semble que le goémon des murs l'aspire dans un abîme.

— J'ai déjà fait cette expérience, déclare-t-elle. Excuse-moi de te décevoir, mais c'est un souvenir ignoble !

— Tu n'as pas dû choisir *l'autre* qu'il fallait. Qui était-ce ?

Les petits crins bleus étincellent de rage.

— Choisir ? Je n'ai rien choisi ! Je me suis soumise, c'est tout. Si Cassiãn et toi n'étiez pas nés dans le vice, je n'aurais pas eu à subir une chose pareille !

Elle appuie sur la plaie pour la refermer. La scène, l'interminable scène lui revient en bloc. En même temps, elle voit ce garçon gurde assis dans le hamac de cuir, tournant vers elle un visage si attentif... Il faut bien un coupable. Alors, cette histoire qu'elle n'a reprochée à personne, surtout pas à Cassiãn, elle la lui jette à la face avec une douleur véhémente.

Une monnaie d'échange. Voilà ce qu'elle a été, lorsque Võrgh a contraint son maître à lui enseigner l'art de l'incrustation. Les nocturnes au cours desquels des Gurdes se font planter de luxurieuses écailles par un Yrvène, c'est elle qui les a payés. Avec sa parole, quand elle s'est prêtée aux manœuvres du tatoueur, en insinuant à droite et à gauche que le vieux lui reluquait l'épiderme. Avec son corps ensuite, lorsque les enchères ont monté et que, Hans la réclamant en échange de son consentement, Cassiãn la lui a vendue sans hésiter.

Elle détaille tout. La chambre troglodyte qui puait le benjoin. Le granite sale des murs. Le mobilier en faux corail, craquelé à souhait. Et puis les pattes râpeuses du vieillard, défaisant les attaches de sa robe pour lui palper les bras, la poitrine, les cuisses. Les frissons provoqués par chaque contact. L'abjection. Le désir qu'elle a vu monter chez cet homme, ce frémissement sénile qui lui a rappelé la lippe de son père, prête à la dévorer de baisers. La rugosité de cette bouche sur ses pigments. L'horreur où elle a basculé, enfin, lorsque Hans a ôté ses oripeaux, et que ses squames se sont mises à la meurtrir de toute part.

Quelque chose de dur, d'intransigeant, l'a pénétrée. Elle n'a pas su si c'était le sexe du vieux, ou les certitudes pétrifiées de son esprit. Mais l'impression était affreuse. Un squelette de grès rongé par l'âge, prêt à se fendre, et se superposant d'autant plus férocement au sien. Une de ces abominations qui étreignent les viscères, tétanisent les muscles, enferment dans la mort les ondulations souples de l'être. Elle a commencé à étouffer. Les craquements de cette carcasse l'écrasaient, la submergeaient de visions atroces. La guerre. Les pêcheurs qui s'entre-tuent. Les soutes à tortures. Les cris. Une mâchoire éclatée. Des muqueuses passées au lance-flammes. Le vagin d'une gamine forcé au harpon… Autant de cauchemars qu'elle a repoussés en gémissant, mais qui se sont incrustés dans ses pores. Le décompte des années à vivre et à mourir. L'odeur des charniers au soleil. L'odeur du sang, des pigments brûlés. L'odeur de la haine gurde...

— Calme-toi, Mẽg ! fait Arthur en descendant du hamac. C'est fini ! Il ne reviendra plus !...

Elle suffoque. Le lendemain, les jours suivants, elle n'a même pas pu pleurer. Le mal ancré dans son corps, chaque mouvement le lui rappelait, pour l'enfoncer davantage dans la honte. La nuit, elle aurait voulu s'arracher la peau, s'écorcher vive pour que disparaisse le champ où fut semé le poison. Et maintenant, la débâcle. Sa gorge se brise. Impossible de contenir ses larmes. Elle tombe sur le divan, le front contre le mur, ses épaules menues agitées de soubresauts.

Mẽg, murmure une voix. *Ne sanglote pas ainsi. Tout va bien...*

Un timbre comme un souffle, un baume de l'âme, qui la touche à l'endroit précis où elle a mal et la réchauffe. De profonds soupirs la soulèvent. Ses pleurs se font plus doux. Une main vient à son aide, caressant doucement son bras nu pour effacer les traces du viol. Elle ne sait pas ce qu'est cette main. Ce n'est pas celle de Cassiãn. Chaque mouvement en est songeur, chaque pensée plus naïve qu'une graine ailée. Ce n'est pas l'ignoble sûreté de soi avec laquelle Hans l'a broyée. Cela paraît ferme comme la douceur, doux comme la fermeté...

Alors, la porte que Mẽg cherchait dans les ténèbres s'ouvre soudain en elle, avec la grâce particulière de l'abandon.

Plus tard, elle regardera cette main. Elle la trouvera écailleuse, c'est vrai, mais d'une manière si différente que son aversion pour les squames acceptera de s'évaporer.

— Je ne sais pas..., risquera Arthur. Cassiãn n'est pas un saint, mais nous l'aimons tous les deux. Laisse-moi réparer pour lui. Le mal commis par Hans, peut-être qu'un autre Gurde, avec un minimum de tendresse...

Il en sera ainsi. Mẽg retrouvera un semblant d'équilibre en ouvrant au jeune Estrevann les jardins de l'intimité. Et le tatoueur, lorsqu'il l'apprendra, en sera étrangement heureux, ainsi que d'une nouvelle victoire sur l'ordre en place.

Puis une autre nuit viendra. Celle de la double éclipse, où les deux lunes d'Erda-Rann se retirent, plongeant terre et mer dans l'ombre, à seule fin diraiton de protéger la délinquance. Si tous les bordels d'Arangwad sont ouverts, il brille aussi un lumignon dans l'échoppe de Cassian. Le rituel qui s'y prépare est trop séditieux pour affronter le jour. Sinon en œuvre d'art.

— Je n'y participerai pas, a décrété Mẽg. Je ne veux même pas en être témoin.

— Tu as tort, sourit Võrgh. On ne change pas le monde en se mettant un bandeau sur les yeux.

Les deux garçons, si proches d'elle ces derniers temps, sont devenus deux sphinx dont les jeux barbares l'effraient. Elle a connu leur corps dans le lin, les algues. Atteint en chacun d'eux le point où force et douceur se rejoignent. Se serait-elle mystifiée ? Voici surgir des crocs tout neufs, une loi de fauves qui la rejette en prétendant la retenir. Aucune Yrvène ne se laisserait traiter ainsi.

— A plus tard, lance-t-elle, en pirouettant dans son petit domino mauve. Votre boussole, ce n'est pas à moi de lui indiquer le nord.

La porte fermée, son parfum flottera une seconde, incertain. Puis les parois de granite l'absorberont.

— Quel caractère..., constate Cassiãn avec bonne humeur. Avec moi, elle a le sexe. Avec toi, la tendresse. Que peut-elle souhaiter de plus ?

— Trouver le tout auprès d'un seul homme.

— Et que sommes-nous d'autre ?...

— La somme de ses parties !

L'œil complice, Võrgh obture la lucarne avec une vareuse.

— Pour un Gurde, fait-il, tu parles bien l'yrvène. Evite quand même les tournures trop scabreuses... Tu es prêt ?

Arthur ôte sa chemise et l'accroche à une saillie de la muraille. Puis il s'allonge sur la banquette, les yeux vers les fissures de la voûte. Hormis une lampe à plancton braquée sur lui, la pièce baigne dans l'entre-chien-et-loup. Torse nu lui aussi, Cassiãn s'est installé à son chevet, un crayon gras à la main. Du dehors viennent des chants d'ivrognes, des pétarades assourdies, des invectives à cette nuit trop charbonneuse. Autant de retombées d'une fête que le matin fera paraître superficielle.

— Le même motif que moi ? sourit Võrgh.

— Oui, répond Estrevann. Le même.. en négatif.

L'Yrvène avance le bras. D'un trait ferme, sur cette peau de sable sage, il reproduit les palmes de sa poitrine. Le dessin se développe sans retenue, dicté par le mimétisme. A chaque étape, l'artisan guettera les réactions de son ami : il n'en recevra que l'approbation d'un homme résolu à être marqué au fer.

— Selon l'endroit, déclare-t-il, je t'enlèverai une, deux ou trois rangées d'écailles. Peut-être quatre, ici ou là. Tu le supporteras ?

Arthur s'étire et rit. Que n'endurerait-il pas pour déjouer le sort qui l'a fait naître Gurde, fils de Gurde, squameux à en perdre la sensibilité, gauchi au point de s'en réinventer une !

— Très bien, approuve le tatoueur. Un sel d'absinthe ? Non ?... Bon, je commence.

Des heures durant, le grésillement du petit extracteur se promènera sur le corps du garçon, en y semant une souffrance entre aiguille et chagrin. Quelqu'un d'autre se déploie à travers lui. Une conscience à nu, une respiration comme jamais. Lorsque cela devient intenable, trop cuisant, trop céleste, Cassiãn applique sa paume sur les zones endolories. L'humidité de sa peau s'y étend comme une ondée. Et Arthur s'abandonne à nouveau, chaque écaille arrachée le dépossédant d'un fragment de son passé : le mutisme, le malaise familial, l'éducation gurde, la haine de ses condisciples, la mort de son père... Jusqu'au moment où, ses squames en sûreté dans le sérum, Võrgh lui signifiera qu'il est temps d'inverser les rôles.

— Allons-y, répondra-t-il, en s'extrayant non sans peine de la banquette.

Dépouiller le bourreau de ses pigments, c'est une vengeance honnête, qui aide à partager la responsabilité. Armé d'une seringue en trombone à coulisse, Estrevann suit avec soin le contour des palmes, en prélevant à mesure le principe coloré. Mais il ne peut qu'imaginer la douleur de ces mille piqûres. Le patient n'en exprime rien. Un soupir un peu rauque, tout au plus, lorsque l'aiguille va trop vite, ou qu'elle touche quelque nerf mystérieux de la sensibilité yrvène : la phobie du solide, le goût des faux-semblants, la logique de l'illogique. Là, il faudra qu'Arthur retrouve les gestes du guérisseur. Et ses doigts, là où Cassiãn n'est plus que béance, réinstaureront l'ordre gurde, si simple, si rassurant dans son abstraction.

Quand il aura terminé, s'écoulera entre eux un temps d'immense fragilité. L'un, vulnérable, contemplant l'autre, vulnérable. Soldats également parjures, leurs yeux caressent l'ennemi par les déchirures de sa cuirasse, et la nudité qu'ils y découvrent les pénètre en retour. Au-delà du grand divorce d'Erda-Rann, le roc et la Loumka n'aspirent qu'à la fusion. Les blessures que chacun s'est ingénié à ouvrir, c'est avec sa propre substance qu'il va les refermer.

— Je dilue les pigments, dit Võrgh, et je suis à toi. L'antiseptique... Le fixateur... Voilà. Quand on écrit l'Histoire, surtout sur sa peau, il faut respecter les règles de l'art.

Cela aussi nécessitera de longues heures. Le temps que le derme d'Arthur désapprenne l'effroi, que ses nerfs à nu acceptent l'instillation des sucs yrvènes. Le temps d'apprivoiser la muqueuse de Cassiãn, et de la convaincre que les structures qui vont y être implantées ne seront qu'une somptueuse architecture des sens.

A cette deuxième phase, la plus impie, Mẽg refusera également d'assister. Déments ou pionniers, elle a compris que la solitude les aiderait davantage qu'une présence réticente. Au matin, seulement, elle s'éveillera en rêvant d'un collier d'écailles éternelles autour de son cou. Et malgré ses boutades, cette image ne la quittera plus.

Cependant, les pigments de Võrgh commencent à colorer le tissu cutané de son ami. Méthodiquement, le tatoueur déplace le poinçon électrique sur les régions qu'il a lui-même mises à vif. Et Arthur, les yeux rivés aux siens, se mord les lèvres pour ravaler ses plaintes.

— Cela fait donc si mal ? demande Cassiãn, incrédule.

— Non... C'est plutôt... Je m'y habituerai, je le sais. Mais pour l'instant... Je n'arrive pas à le nommer.

Eh oui. Cela s'appelle... Cela s'appelle... L'océan se répand dans son corps, le flou yrvène l'aspire, l'avale, le digère, sa poitrine est soulevée de nausées inconnues. Trop de courants le parcourent. Trop de visions le boivent. Par pans entiers, sa charpente se dissout dans l'inexplicable. Ce n'est plus lui qui nage dans la Loumka, c'est elle qui le désagrège de l'intérieur. Noyé de vert, d'or, de pourpre, il devient la sueur d'un autre. Et la terreur de cette métamorphose est si grande, il lui semble vomir si vertigineusement sa propre mémoire, que par moments il ne voit plus son ami, et que d'étranges sanglots, minéraux, impersonnels, s'exhalent de ses poumons.

Alors, en un éclair, Cassiãn vient le rechercher, la fermeté de sa poigne lui rendant la loi qu'il croyait perdue.

L'Yrvène, d'ailleurs, ne tardera guère à suivre le même chemin. Ou plutôt sentira ce chemin s'égrener, squame après squame, sur les lignes les plus sensibles de sa peau.

— C'est la pointe dorée qui dirige, expliquera-t-il à l'apprenti graveur. Il n'y a pas besoin de réfléchir.

Entre les mains d'Arthur, le pistolet à incruster ronronne avec précaution. Le garçon s'applique à convertir en beauté les affres dont il émerge. Mais les volutes qu'il trace, si artistiques soient-elles, n'arrachent à son patient que des grognements de saxophoque maltraité.

— J'appuie trop fort, ou pas assez ?... s'inquiète-t-il, d'autant plus soucieux que la moindre faute semble irréparable.

— Tout va bien ! affirme Võrgh, dont les courts favoris se hérissent par saccades. Continue.

Parfois, il semble à l'Yrvène que c'est au cœur que les écailles le pénètrent. Parfois, qu'on lui plante des tringles dans la moelle des os. A mesure, des souvenirs l'assaillent, l'ongle cornu de son père, les morsures des murènes éducatrices, tout ce qu'il avait cru diluer dans les jeux de vagues et les faux-semblants. Son premier contact transvers, non avec le petit muet aux yeux indigo, mais avec les brutes qui s'amusaient à le rosser. La méchanceté, raidissant des barreaux le long de ses muscles. La haine, dressant une herse en travers de ses poumons. Et puis la loi, toujours, celle des aïeux, celle des crétins, contre laquelle ses écarts de vie les plus ingénus se sont brisés. Les murs de la prison, pour finir, cette bulle en fonte, carrée, immobile, qui l'a séparé durant quinze mois de la matrice vitale, et à jamais, sans doute, d'une partie essentielle de lui-même.

Trop de perpendiculaires s'entrecroisent. La pensée. L'aversion. Le devoir. Il a beau sentir au fond de chaque squame la chaleur d'Arthur, son propre sang lui élance, prêt à cristalliser en masse. Mais ce n'est qu'une fois l'ouvrage terminé, lorsqu'il se relèvera, couvert d'arabesques scintillant comme des chaînes, que son ami prendra conscience du danger.

— Qu'est-ce que tu as ?... s'écriera-t-il, en le voyant tituber gauchement, sans parvenir à étirer ses membres.

— J'étouffe..., lâche Cassiãn d'une voix gutturale. J'ai l'impression d'être devenu... mon propre carcan !

La lampe à plancton crache une lumière crue. Ils ont peur soudain de se haïr. Mais il est trop tard aussi pour cela. Le malaise de l'un s'est inscrit en l'autre et résonne à travers ses os, le long de ces lignes qui les rendent jumeaux. Si un remède existe, il se tient en un lieu qu'ils doivent affronter ensemble.

La Loumka.

Le mot a jailli brutalement. Il les empoigne, les galvanise, les entraîne dehors, clopin-clopant, à demi nus, à travers les rues désertes d'Arangwad. Il est cinq heures du matin. De trottoir en trottoir, de dune en dune, ils avancent d'un pas de fêtards sonnés. Le plus vaillant soutient le plus faible. Au milieu de cet égarement, seul le but à atteindre émerge en toute clarté... La grève du Roi de Corail.

Peu à peu, le profil du mégalithe se dégage des ténèbres, guidant leurs pas avec une phosphorescence narquoise. N'ont-ils pas commis le plus grand sacrilège de l'histoire d'Erda-Rann ? En dépit de la beauté qu'ils en retirent, et qui fera d'eux à jamais des aristocrates, il faut bien qu'un peu de terreur les submerge. Qu'ils chancellent sur le sable, pétris de froid et d'angoisse. Et que la double lune, sortant de sa léthargie pour les éclairer, soit accueillie par le jappement des hyènes.

Voici enfin la grève, le souverain, la muraille d'eau. L'espace redoutable qui sépare le concret et le magique.

— Viens..., murmurera l'un d'eux. Le Roi veille sur nous. Les vagues ne nous détruiront pas.

Les derniers pas seront de vase et de vertige. Ils les accompliront à l'aveuglette, éperdus, du crachin plein les yeux, déjà régénérés par les doigts fluides que leur tend la matrice.

L'entrée dans la Loumka, ce sera le froid qui trempe l'acier. Les moments qu'ils y passeront, égarés, au bord de l'inconscience, scelleront la métamorphose. Puis le rouge du levant, filtrant à travers l'eau, baptisera leurs épidermes neufs, en révélant au Gurde et à l'Yrvène quel reflet la substance de l'un a engendré sur le visage de l'autre.

Ce qu'ils ne sentiront pas, en revanche, ce seront les frissons de la houle, le courroux des profondeurs, tous ces signes de la réaction de la Loumka à la chose inouïe qu'ils incarnent.

Pour elle, une espèce dangereuse — innommable — vient de naître.

TROISIÈME PARTIE

1. *L'Écaille d'Encre*

Été 566

Arangwad, elle en aura rêvé, Léonore, pendant quatre ans. Depuis le jour où elle a infléchi le destin d'Arthur en le poussant, la coquine, à retourner en ce lieu dont elle le savait épris. Rêvé, oui, à travers les lettres qu'il lui a envoyées, les reportages cristallins, les commentaires de ceux qui en revenaient, choqués, incrédules, éblouis. Arangwad, la ville de pierre et d'eau, la cité des libertés brûlantes, le bastion où les contraires forniquent et s'exacerbent. Arangwad, la Babylone d'Erda-Rann, la capitale des passions et des débauches transverses. Arangwad, l'éclatement de la tradition, l'orgasme des arts, le défi à la Loi d'Instinct.

Arangwad, l'Avant-Garde, comme disent les dépliants touristiques.

Et la voilà qui s'y avance de sa démarche de reine éléphante, drapée dans une cotonnade écarlate, un havresac en tatou sur l'épaule. Les empilements de rocs, les maisons troglodytes, les passerelles, les demeures-ludions des Yrvènes se pressent autour d'elle, parfum de fête, rumeur d'excès imprévisibles, papillotement fiévreux de la foule. Elle dévore tout cela de ses yeux trop noirs, affamée d'impressions capables, une fois intégrées, de donner à sa voix un timbre adulte. La présence de la Loumka, tellement plus violente qu'à Vornève. La multiplication des vitrines d'art où s'affrontent couleurs épiques et matières décadentes. L'arrogante aisance des transvers, hommes et femmes, qui se prennent par le cou, se palpent sous le maillot, exhibent au soleil les désordres de leurs épidermes. Bref, le mélange d'euphorie et de relâchement qui caractérise les villes bâties sur un abîme. Venant de la métropole, elle se sent soudain étrangement provinciale. Arthur, pris entre exil et fascination, n'a rien exagéré.

Cependant, à mesure qu'elle chemine, s'égare, interroge les passants, certaines dissonances commencent à lui apparaître. Regards fuyants des uns. Mines racoleuses des autres. Réponses évasives, ou trop chargées d'intention. Tel est le nouveau visage de la haine civile. Contrairement à Vornève, si Arangwad est divisé en deux, ce n'est plus entre Gurdes et Yrvènes, mais entre *conformes* et transvers. Et selon qu'on la place dans l'un ou l'autre camp, l'attitude change.

— La lagune ? s'exclame un vendeur de souvenirs en crachant par terre, les écailles grises de mépris. Il y a longtemps qu'on aurait dû l'ensabler. Et les bons à rien qui l'infestent avec.

— La quoi ?... rétorque une poissonnière yrvène, bariolée de violet. Je ne sais pas, ma fille. Je ne suis pas d'ici.

— Vous voulez dire le lagon, marmonne une jeune Gurde au regard d'huître. Mais on y est tous, dans le lagon... C'est ici, c'est partout. Il n'y a plus de limites...

— Une seconde, lui glisse un marchand de santal aux pigments égrillards. Je vous y accompagne. C'est ravissant, ces squames brunes... Vous permettez qu'on y goûte ?

A chaque fois, la bonne humeur de Léonore descend d'un cran. A tourner en rond sur ces passerelles, avec son sac lourd des bijoux qu'on traîne à dix-huit ans, elle commence à être harassée. Les indications d'Arthur étaient pourtant précises. Mais plus gurde que nature, elle n'a pas le moindre sens de l'orientation. Heureusement, voici que vient vers elle une femme yrvène au visage ocre et bleu, dont le chemisier sent bon le fucus.

— Vous avez l'air perplexe, mademoiselle ! déclare-t-elle. Je peux vous renseigner ? Les gens d'ici sont si égoïstes... Ils laisseraient en rade leurs propres gosses !

— Je cherche la côte des Albatros, à l'entrée de la lagune.

— Ah... Eh bien, voyons, à partir d'ici...

Suit une explication relativement claire, pendant laquelle les pigments de la femme examinent en douce l'étrangère. Une attitude qui en dirait long à Léonore si elle avait plus de pénétration. Mais le brouhaha du marché alentour l'étourdit. A Arangwad plus qu'ailleurs, la différence entre sympathie et courtoisie lui reste inaccessible.

— Je vous remercie beaucoup, sourira-t-elle, en rassemblant les courroies de son sac pour repartir.

— Un mot encore... Laissez-moi vous mettre en garde. Ce n'est pas un quartier pour vous, mon petit. C'est un des plus mal famés de la ville. Si vous vous promenez, pourquoi n'allez-vous pas plutôt vers la baie ?

— Me promener ?... Oh, non ! Je viens ici pour travailler.

— Vous ne trouverez rien de convenable, par là-bas ! frémissent les pigments.

— J'ai déjà un engagement.

— Ah... De quel genre ?

— Je suis cantatrice.

— Merveilleux !... Mais vous risquez quand même d'être déçue. Aux Albatros, il n'existe ni opéra ni salle de concerts. Ce n'est pas le style !

— Il faut bien débuter ! répond Léonore, sa large figure soudain illuminée.

— Certes, certes. Seulement... Vous connaissez le lieu où vous allez vous produire ?

— Oui. Un local polyvalent ouvert depuis l'année dernière. Il accueille les jeunes artistes, gurdes comme yrvènes.

— Et il s'appelle ?...

— L'Ecaille d'Encre.

Le visage de la femme a changé. Au milieu des pigments qui ternissent, les sourcils se dressent avec indignation.

— Vous ne vous rendez pas compte, ma petite, s'insurge-t-elle. C'est un bouge tout ce qu'il y a de douteux ! En fait d'art, vous allez être servie, croyez-moi... Vous n'aurez qu'un auditoire de vauriens. Des tatouages contre nature, voilà ce qui s'y fabrique ! Une fille de votre talent ne peut pas se commettre dans un endroit pareil.

Léonore a laissé son sac rouler à terre, et pose ses mains sur ses hanches.

— Ce sont des amis qui le tiennent, madame, déclare-t-elle. Je suis sûre que j'y serai à ma place.

La métamorphose de l'Yrvène s'achève d'un coup. Sous l'afflux des émotions, l'ocre et le bleu ont viré à un olive sinistre.

— Maudit roc..., siffle-t-elle. On croit rendre service à quelqu'un d'aimable, et voilà !... Une gamine qui n'a même pas vingt ans ! C'est donc toute votre génération qui a perdu le sens ?

— Nous pensons...

— Mais qui vous demande de penser ? Le respect de ce qu'il y a de sacré en vous, on ne vous l'a jamais enseigné ?...

Avec une placidité de baobab, Léonore affronte la tourmente. Un mélange de pitié et de fureur qui, par manque de logique, tourne à l'hystérie. Y répondre ne ferait qu'empirer les choses. Voir un adulte se déchaîner ainsi sous l'œil des passants, elle a classé cela depuis longtemps parmi les séquelles de la guerre.

— Je vous remercie de m'avoir indiqué le chemin,

dira-t-elle simplement. Mais ne vous inquiétez pas pour nous...

Sans brusquerie, souriante presque, elle lève sa main droite à hauteur de visage :

— Ce qui nous guide, vous savez, c'est une forme d'amour !

Et cette main épaisse se fait plus légère qu'une fauvette pour déposer, du bout des doigts, une caresse sur la joue pétrifiée de la femme.

— Splendide ! s'est exclamé Cassiãn. Et qu'a-t-elle dit ?

— Rien de mémorable... Elle était tellement indignée ! Dans le désert, ce geste est un cadeau. Celui qui le refuse, on le plante là, et que la caillasse l'avale ! Moi, j'ai ramassé mon sac, et je suis partie.

— Et si elle porte plainte ?

— Elle n'existe plus. Comment m'atteindrait-elle ?

Raisonnement yrvène, songe Võrgh, attentif aux similitudes entre les peuples. Et il sourit. Dès le premier instant, cette fille qui a sublimé sa corpulence lui a été sympathique. Son récit achève de le séduire. Quand tout à l'heure, en quelques vocalises, elle testera l'accoustique du lieu, sa voix l'empoignera aux tripes. Malgré lui, sa bouche s'ouvrira pour mieux s'en rassasier. Sur son territoire, cette salle bâtie de roc, de poutres et d'une voûte d'eau solide, que surmonte l'étage où il vit avec Arthur et Mẽg, il ne tolère que ceux dont l'idéal lui en impose.

— Vos clients, lance-t-elle d'un air radieux, je vais les terrifier avec mes arias des Hauts Plateaux ! Des chants de mareyeurs feraient mieux l'affaire...

— Ce sont des gens spéciaux, répond Estrevann, occupé à régler les bassins où la Loumka palpite au rythme des marées. Accueillir l'ordre ennemi dans sa peau, cela renverse bien des valeurs.

Le trac la prend. L'appréhension de s'adresser à ces pionniers qui, en pliant leur corps à l'ultime exigence, sont devenus la caste du scandale. Sur les bras noueux de son ami, elle voit luire des pigments émeraude, insolemment issus de l'organisme de Cassiãn. Dans un sens comme dans l'autre, les greffes ont été ratifiées par la nature. Un nom, désormais, désigne Gurdes et Yrvènes, lorsqu'ils arborent ainsi les attributs de la race adverse. Les *transcrits*. Et à la joie de retrouver son compagnon d'enfance, moins sombre, moins taciturne qu'autrefois, se mêle une gêne. Quel équilibre a-t-il trouvé en poussant le déséquilibre à un tel extrême ?

— Dans la rue, dit-elle, rien de clair ne se dégage de la foule. Chacun suit sa règle, en ignorant celle du voisin. Au besoin, il s'y opposera avec rage. Quand vous avez ouvert l'Ecaille d'Encre, il y a eu des réactions hostiles ?

Au-dessus des bassins, les gargouilles ricanent. Mille souvenirs saillent dans la pénombre. Ici, une entaille dans le plancher, une tache de sang : les marques d'un silex lancé du dehors le soir de l'inauguration. Là, un martèlement de tessons de bouteilles : une bagarre avec trois nervis du groupe Race à Part, mis en déroute par les marins d'un thonier des îles. Le long du comptoir, les coups de couteau hystériques d'une mère de famille affiliée à la secte Foi et Loi. Sur la mezzanine, face à la scène, là où s'alignent les divans de massage et d'incrustation, des giclées d'huile et de pigments, œuvre d'un client soudain saisi par la honte. Et en dessous, les séquelles d'un début d'incendie, dont on ne saura jamais si l'auteur fut un ivrogne ou un fanatique, avec en rouge, à moitié effacées à la brosse d'oursin, les traces du mot *ORDURES*.

Le bois des poutres, cependant, embaume la cire. Les accords d'une cithare ponctuent l'après-midi. Et la voûte d'eau solide laisse deviner les premiers vols de cigales migratrices.

— Mais la Loumka, interroge encore la métisse, en reprenant une pincée de sel de mangue. Ces *transcriptions,* elle ne les ressent pas comme une offense ?

Les deux garçons échangent un regard.

— Ce qu'elle perd d'un côté, elle le gagne de l'autre, répond Võrgh. La barrière des squames permet aux Yrvènes de distinguer l'eau de leur corps et l'eau de mer. Quant aux pigments, ils aident les Gurdes à dialoguer avec ce qui est mouvant. Tôt ou tard, elle s'habituera.

Et comme Léonore hausse les sourcils :

— Elle a des réactions bizarres..., admet Arthur. Des lames de fond qui restent suspendues à mi-course. Des tourbillons qui ralentissent et se figent... C'est un changement brutal que nous lui avons imposé !

— Il est impossible qu'elle le refuse, tranche le tatoueur en grattant les écailles qui soulignent son biceps. Ce dont nous souffrons le plus, c'est de notre incapacité à saisir les deux faces du monde. Cette souffrance, comme le besoin d'y remédier, elle les porte déjà dans sa mémoire.

— Rejoins nos rangs, Léonore. Plus nous serons nombreux, plus vite elle intégrera notre expérience.

En silence, la jeune fille prend une nouvelle pincée et la pose sur sa langue. Le grésillement. L'aridité. Le goût âpre qui enivre. Avec son architecture hybride et les liens qui s'y créent, l'Ecaille d'Encre est-elle le théâtre ou l'autel du désir ?

— Je ne sais pas, lâche-t-elle. Une mutation si radicale... Je ne veux pas mettre ma voix en danger.

— Je n'ai pas perdu mon pouvoir sur les mots, sourit Estrevann. Il s'est même plutôt affiné.

Forte et douce, elle lui passe un index sur le front.

— A se rendre trop perméable, dit-elle, c'est la faculté de concentration qu'on perd. Un artiste doit demeurer opaque.

— Pour vivre, répond-il, je suis barman. Régisseur.

Factotum. Les gens dont je m'occupe, il faut bien que je parle leur langue.

— Justement. Ne renie pas ton talent. Un don de la Loumka à un Gurde est une rareté. Il ne faut le compromettre ni pour de l'argent ni par défi. Surtout si elle est mal lunée.

Sans un bruit, Mẽg s'est coulée près de la métisse, et lui pose une main mutine sur le bras.

— Laisse..., murmure-t-elle. Ce sont des hommes. Ils ont acquis une certaine subtilité, remporté quelques victoires, mais pas au point de savoir en parler. On bavardera toutes les deux. Tu comprendras.

Mẽg danse. Léonore chante. Le soir, pendant l'heure qui précède le spectacle, la petite salle de maquillage devient leur scène secrète, le théâtre des confidences, des aveux en trompe l'œil, des rires inavouables. Pour discuter avec les garçons, l'appartement de l'étage suffit. Ici, c'est le domaine exclusif des femmes.

Mẽg danse. La première fois qu'elle l'a vue nue, Léonore est demeurée sans voix. En arabesques hardies, les écailles qu'on lui a incrustées soulignent d'argent son camaïeu de naissance — nacré sur le visage, mauve sur le dos, indigo le long des bras et des jambes — et surtout cet or ténu qui auréole son nombril et la douceur de ses flancs. Lorsque les projecteurs s'emparent d'elle, chacun de ses mouvements s'envole en jets de lumière. Et le public, attendri par ses petits cheveux bleus de naïade, ne tarde guère à lui rendre les armes.

— Eh oui ! badine-t-elle. Je les frôle. Je les happe. Je les repousse. Je les emporte !... Au début, ils n'en croient pas leur peau. Ensuite, ils me dégustent, pire qu'une drogue. Pourtant, quand je t'ai touchée, l'autre jour, j'ai eu peur de t'avoir offensée.

— Pourquoi ?

— Entre deux êtres de races adverses, le premier contact peut apporter la paix comme la mort.

— La Grande Squelette ? Allons donc... J'ai trop de vitalité pour ses esquilles !

Léonore chante. De sa bouche largement ouverte, l'amour de la vie coule avec vigueur, jusqu'à des pianissimo de cristal. D'aria en aria, c'est la lumière des Hauts Plateaux qu'elle balance aux inconnus qui béent dans la pénombre. Et les yeux s'agrandissent, les poitrines se soulèvent, le sang suspend sa course. Devant sa voix comme devant la danse de Mẽg, il n'y a guère que les gargouilles des bassins qui demeurent insensibles...

— Me rajouter des pigments, rit-elle, quel intérêt ? Que je porte une robe de cuir ou de soie, je suis la même ! Le premier commis du ciel m'a taillée dans un bloc de suif. C'est ça que le public doit aimer.

— Avec des couleurs, il t'aimerait encore plus.

— Mes écailles sont déjà colorées... Je suis *née* transcrite !

— Tu as peur de la Loumka, ma douce.

— Je ne veux pas la défier... Beaucoup de gens disent que d'année en année elle est plus lente. Plus visqueuse. Comme si elle méditait un mauvais coup... Toi, ces incrustations, elles t'ont blessée, en fin de compte.

— Non.

— Oh, si. Et pas seulement en surface. Très loin, là où personne ne peut le voir. Tu n'en voulais pas, et tu les affiches pour vivre. Ça te meurtrit, forcément.

Mẽg danse. Violée, oui, violée. Par la douceur, la tendresse, au nom des libertés à venir. Lorsqu'elle entre en scène, elle protège encore sa nudité sous des voiles. Mais la musique — les rythmes de la cithare, les mugissements du requin alto — n'a de cesse qu'elle les ait retirés. Et c'est l'éblouissement. Devant des dizaines de regards, chaque pan de son anatomie révèle des stigmates sans pareils. L'image d'un viol si beau, si rutilant, comment le public ne l'adorerait-il pas ?

Elle seule ne ressent qu'un peu de vide, parfois, sous le feu des projecteurs.

— Ces écailles, tu sais, elles me protègent. Chacune capte une lumière différente, l'émotion d'un spectateur unique. Avec ces regards qui les frôlent, elles me tissent un collant invisible qui rend mes mouvements plus précis. Si je suis belle, c'est de le porter, alors que tout le monde me croit nue.

— Et dans dix ans, mon petit sucre, il en restera quoi ?

— Tais-toi... La vieillesse m'écorchera bien assez tôt. Et jusqu'à l'os, je ne me fais pas d'illusion ! Ah, si je pouvais être aussi solide que toi !...

Léonore chante. En elle, dans sa carnation sculpturale, Rose de Sable vit toujours. Lorsque la métisse attaque une de ses fameuses arias, chant du feu, de la pierre, chant de l'esprit des bois, où sa voix devient chaleur, matière, rayon ailé, le bébé secret n'y prend pas toujours part. Une fois par mois, peut-être, quand il sort de son repli autistique pour clamer son désir de naître. Mais ces soirs-là, le timbre de la chanteuse emplit le silence comme si elle plongeait un fer dans l'âme du public. Et les gens s'exclament d'une seule voix qu'elle a chanté « avec son cœur », « d'une manière divine », sans pénétrer le fond des choses.

— Je voudrais avoir un enfant, avoue-t-elle à Mẽg, la porte de la loge refermée. Mais les Gurdes, ici, ne s'intéressent pas à moi. Et les Yrvènes auront beau se dépenser... Oh, pourquoi la Loumka est-elle si garce ? Pourquoi ne peuvent-ils pas nous féconder ?

— L'inverse non plus n'est pas possible.

— Et tu n'as jamais de regrets ?

— Moi ? Tu imagines une danseuse de couleurs enceinte ? Mon corps ne me le pardonnerait jamais ! Quant à Cassiãn...

Mẽg danse. Léonore chante. Le sommet du spectacle est un duo pour mezzo gurde et Yrvène transcrite. Une fastueuse danse vocale où, ensemble, le timbre de l'or massif soutenant le lutin qui s'immole, elles donnent au bouge de Võrgh ses plus étonnants titres de noblesse.

Mais le public n'est pas invité à partager leurs secrets.

Le public… En quelques jours, Léonore apprendra à le connaître, orageux, intempestif, boudeur, versatile, enthousiaste. Elle en extraira vite les figures les plus marquantes. Ceux qui caressent le comptoir de six heures du soir à deux heures du matin. Ceux dont l'épiderme préfère les divans de la mezzanine ou les bassins à étages. Ceux qui ne portent qu'un tatouage discret, une incrustation de pur snobisme. Ceux que l'on voit, semaine après semaine, se transformer en fresques dont la réalisation tient du feuilleton épique. Ceux qui passent toujours en coup de vent, chic et relax, *bonjour, bonsoir, si tu vois un tel, tu lui diras que…* Ceux qui jugent la danseuse sublime et la chanteuse impossible. Ceux qui *pas du tout, vous n'y comprenez rien, c'est l'inverse.* Ceux que l'une et l'autre fascinent au point que la table d'où ils les acclament, soir après soir, finit par porter leur nom. Ceux que le spectacle assomme, mais que l'on retrouve l'après-midi, affalés sur les tables de massage où les deux vedettes jouent des phalanges avec le talent adéquat.

Certains sont devenus des amis. Ainsi Olev, le dermato-juge du port, avec sa barbe rousse doublement insolite chez un Gurde. Un collectionneur vicelard, au demeurant. Depuis deux ans qu'ils se connaissent, Arthur l'a déjà vu amasser — outre les figurines, gravures et lépidoptères de rigueur — des fossiles, des flacons d'huiles funéraires, des crânes de reptiles, des masques en perles, des reliques de guerre, des instruments de torture, des sous-vêtements de poupée, des rasoirs hors d'usage et des photos de condamnés à mort. Actuellement, il se spécialise dans les filles à pigments, que ses yeux d'océan salace font chavirer. Mais il ne désespère pas de dénicher dans les eaux troubles d'Arangwad quelque étrange maladie, dont les symptômes seraient le fleuron de sa collection de collections.

La seule Yrvène qu'il se refuse à courtiser est Jennĩfer, une journaliste dynamique dont la sacoche déborde de rendez-vous, de pétitions, de stylos menteurs et de pièges à ondes, et qui crible le gouvernement de pamphlets plus transvers que nature. Eté comme hiver, elle porte de sulfureuses robes de serpent. Son ennemi de base est la Loi d'Instinct, ce python cacochyme dont elle s'est juré d'avoir *la peau*. Mais si elle a forcé la porte et le lit de plus d'un magistrat, récompensée de ses efforts par de substantiels amendements, elle réserve ses faveurs aux deux musiciens de l'Ecaille d'Encre : Enzo, le joueur de cithare, un Gurde rieur qui puise son énergie dans l'éther d'anis ; et Mõrris, le maître du requin alto, qui dirige son cétacé au doigt et aux pigments. Olev, elle s'en occupera quand il verra en elle une femme, non un porte-étendard.

D'autres sont moins bruyants, mais tout aussi fidèles. Ainsi Yanne et Bõb, elle Gurde et dentelière, lui Yrvène et ferronnier, qui abandonnent une fois par semaine leur presque-maison du cap pour venir s'encanailler jusqu'aux oreilles. Ou Jăck, Jĩm et Jeff, les tenanciers du restaurant d'à côté — le Rostre de Homard — pour qui la vie ne commence pas avant une heure du matin. Ou encore ce vieux couple vêtu de blanc, que les années d'opprobre ont tellement patiné qu'on ne sait plus, aujourd'hui, si ce sont ses écailles à elle qui se sont polies, ou ses pigments à lui qui ont fané. A force d'usure, leur ressemblance leur a valu le surnom de Père et Mère Lustrine. Mais s'ils viennent chaque jour à l'heure d'alcool-et-sel, c'est pour y noyer aussi gaiement que possible leur chagrin d'être restés stériles.

Le plus pittoresque, cependant, demeure Barnãbé, le marchand d'oiseaux, qui tient commerce dans l'ancien cimetière. Dès l'aube, parmi les tombes et les stèles, il vend outardes, vanneaux, toucans et cacatoès, aux touristes comme aux autochtones. Et sa jovialité de petit pot à tabac est si vive qu'au milieu de l'après-midi il peut fermer boutique et faire son apparition, chapeauté de vert, au bar de l'Ecaille d'Encre. En quelques années, il est devenu une des figures les plus populaires d'Arangwad, à tel point que l'invraisemblable mélange de pigments et d'écailles qu'il affiche n'étonne plus personne. Seule Léonore, la première fois qu'elle l'a aperçu, a contenu un mouvement de recul.

— Quel tableau ! s'est-elle esclaffée, tandis qu'il se baignait à grandes éclaboussures dans un des bassins de verre. Où diable a-t-il appris l'esthétique ? C'est un Gurde ou un Yrvène, d'abord ?...

— Bien malin qui le dira, a répondu Mẽg dans une pirouette. Même le tilde au-dessus de son nom est suspect !

Longuement, la métisse a observé les ébats de l'oiseleur, perroquet aquatique, funambule sur son propre corps, éclairant d'une fraîcheur de mosaïque les coins les plus sombres de la salle. Puis elle s'est retournée avec une grimace.

— Il ne vivra pas vieux, a-t-elle déclaré. Renier à ce point ce que l'on est, c'est le début du suicide. Si un jour le malheur entre chez nous, ce sera ce genre d'excès qui lui aura ouvert la porte.

2. *Coquillages hypnotisés*

Hiver 568

A Arangwad, désormais, plus personne n'ignore que la Loumka brasse des idées noires. En maints endroits, alors que le froid n'avait rien d'excessif, elle a pris en masse tel un glacier. Jamais on n'avait vu cela. Même les Yrvènes ont du mal à y vivre. Congelée ici en icebergs qui reproduisent à l'infini les mégalithes du sol, elle se hérisse ailleurs de milliers d'aiguilles translucides, frémissantes comme des piquants d'oursin. En d'autres lieux, elle érige de gigantesques vagues de glace qui restent suspendues, sans déferler, à des hauteurs vertigineuses. Monstre à demi cristallisé, elle hiberne au fond d'on ne sait quel cauchemar. Et rares sont ceux qui s'aventurent dans ses failles, l'oreille tendue vers les craquements de la masse, tant on craint la brutalité de l'éveil à venir.

Pour Arthur, cependant, l'univers commence à se mettre en place. A l'exception de sa mère, qui vieillit parmi les pierres froides de Vornève, sans (trop) lui faire sentir qu'il est cruel d'égrener seul la cinquantaine, tous ceux qu'il aime se sont regroupés à Arangwad. Il s'en faut, pourtant, que les transvers échappent aux lois de la mésentente ordinaire. La rencontre de Cassiãn et de Georg Natkin, récemment muté au Collège de la Baie, lui a ôté ses illusions à ce sujet.

Cela a commencé lors de la fête d'anniversaire de Mēg. Georg est arrivé, avec sur les traits ce mélange d'exaltation et d'éreintement qu'affichent les gens qui vivent trop tard ce dont ils ont toujours rêvé. En face de lui, Cassiān étalait une sensualité de muscle et de blasphème, moins éméché que résolu à affirmer la suprématie de l'instinct sur l'instruction. Leur antipathie, Arthur l'a sentie physiquement dès la première seconde, puis vue se cristalliser avec la précision d'une vitre. Le salut de convention qu'ils ont échangé. Le ton faussement cordial de leurs propos, dont aucune phrase n'atteignait son but. Le son de sa propre voix, aussi, trop anxieuse d'établir ce lien qui se dérobait... Loin du bonheur de voir réunis les deux arbitres de sa jeunesse, il n'a éprouvé que le choc de les découvrir rivaux.

Le reste de la soirée, chacun d'eux, peu soucieux de se laisser mépriser par l'autre, s'est appliqué à l'ignorer le premier. Personne n'y a prêté attention. Mēg, un peu grise, taquinant les musiciens. Léonore s'ingéniant à faire manger les Yrvènes et boire les Gurdes. Jennīfer et Olev jouant à ne pas se séduire. Barnābé et le reste de la bande menant joyeux tapage, sans souci des états d'âme du voisin. Arthur est resté seul avec sa déception. Quelque chose comme une fêlure au fond de sa poitrine, l'empêchant de respirer librement.

Les jours suivants, les efforts qu'il a pu faire pour réparer, ou simplement comprendre, sont lamentablement tombés à plat.

Plaider la cause de l'un auprès de l'autre, par exemple :

— Tu dis que Georg est un transvers honteux. C'est pourtant lui qui a demandé un poste à Arangwad.

— Qui ça ?...

— Georg Natkin. Mon instructeur de mots !

— Ah oui...

— Venir dans cette ville perdue, c'est quand même

le signe qu'il s'affranchit, non ? Qu'il assume mieux ses désirs...

— Question de camouflage. Là où personne ne vous connaît, c'est très facile de ne pas se sentir coupable. Mais ça change quoi ?

Et de l'autre côté :

— Sans l'aide de Cassiãn, vous savez, je n'aurais jamais réussi à m'intégrer ici.

— Ni lui, sans la tienne, à monter son entreprise.

— *Notre* entreprise.

— Tu plaisantes... Pourquoi es-tu venu à Arangwad ?

— Vous le savez bien.

— Pour y devenir sculpteur de mots. Et tu te retrouves quoi ? Homme de peine. Moi, j'appelle ça un idéal trahi.

A mesure que les semaines passent, les griefs se précisent, les arguments s'affûtent, et cette aversion que chacun voue à l'autre se condense autour de lui, jusqu'à devenir une idée fixe.

Cassiãn : — Il n'a pas de chair, ton mentor. C'est un front à principes, sur une carcasse inhabitée.

Georg : — C'est un voyou. Hormis quelques combines de bas-fonds, il n'a aucune éducation. Aucune culture.

Cassiãn : — Honteux à en crever, quoi que tu en dises. A quarante-cinq ans, n'avoir de contact transvers qu'avec les putes, quel héros !

Georg : — Un inconscient, oui. Les transcriptions, je n'ai rien contre le principe. Mais en couvrir ses clients sans le moindre contrôle médical, il faut être irresponsable !

Cassiãn : — Même quand on essaie de le mettre à l'aise, il reste frigide ! Il vient chez moi : je lui tends la main. Tu crois qu'il va la prendre ? Non ! Monsieur s'incline avec raideur, et je reste en plan comme un lépreux. Pour un homme qui me juge mal embouché, bravo !...

Georg : — C'est cette vulgarité, tu comprends. Profonde, constitutive, toujours prête à s'étaler. Aucun respect des autres, aucune conscience de leur existence, sinon le pouvoir qu'il a sur eux, le plaisir qu'ils lui donnent, l'argent qu'il pourra en tirer. Pour moi, le fond de l'âme de ce type, c'est le goût du viol.

Cassiãn : — Parce qu'il t'a aidé à travailler tes dons ? Comme si tu avais besoin de lui ! Et épargne-moi les siens : en matière d'art, un enseignant, ce n'est jamais qu'un créateur raté. Tant que tu le mettras sur un piédestal, tu resteras dans l'ornière !

Georg : — Parce que tu portes ses pigments et lui tes écailles ? La belle affaire ! Tu pourrais être un des artistes les plus en vue d'Arangwad, et tu traînes dans la livrée de ce maquereau ! Il t'a poussé à créer ? Il t'a introduit auprès des directeurs de galerie ? Moi, quand tu veux, je te fais rencontrer Alenka Yrès. Elle te sera plus utile que tous ces jouisseurs !

— Assez !... a tonné Arthur, lorsqu'il en a eu par-dessus la tête. Vous êtes tous les deux mes amis. Mais si vous tenez à garder vos œillères, tant pis pour vous ! Moi, je suis sculpteur de mots, et j'ai assez de problèmes à résoudre. Je ne veux plus entendre une phrase à ce sujet !

Alenka Yrès est une de ces femmes gurdes que l'âge a placées au carrefour de la culture et de l'argent, et dont l'élégance se compose de perspicacité, d'une voix ravinée par le sel d'ambre, et des fards qui donnent aux écailles des allures de pigments. Sa galerie, NéoMorph, sans être la plus importante d'Arangwad, brille d'un rayonnement spécial. Sans doute à cause de son ouverture à l'étrange, aux créations encore inexplicables, dont elle sent une décennie à l'avance qu'elles s'avèreront essentielles.

— Transverse, dira-t-elle un jour à Arthur, je ne le serai jamais. Ni par goût ni par snobisme. Mon père a été jeté dans l'acide par les milices yrvènes, il y a trente ans. Mais ce n'est pas la rancœur qui me retient. Notre soldatesque ne valait pas mieux, et ces haines ancestrales sont stupides. Les gens de la Loumka, d'ailleurs, leur instinct de la beauté m'a plus appris que les meilleures écoles gurdes. Non. Si je ne les touche pas, c'est que la communication peut prendre des formes plus hautes, et que je n'aime pas les actes inutiles.

— Vous ne condamnez pas les transvers, pourtant.

— Mon mari l'a toujours été, et au grand jour. Croyez-vous que j'aurais épousé quelqu'un dont je réprouvais les choix ?

— Si vous me permettez... L'expérience que vos cicatrices vous interdisaient, vous avez même dû la vivre à travers lui. Je me trompe ?...

Elle ne répondra pas. Son visage, osseux et maquillé, esquissera seulement un sourire de connivence. Meurtrie comme Edith, elle a su mettre entre ses épreuves et elle-même la distance de la culture. Si l'âge adulte permet de reconnaître ses parents idéaux, Arthur doit s'en rapprocher, car elle ressemble à la mère qu'il aurait aimé avoir. Mais il lui faudra la fréquenter longtemps pour s'en convaincre. Lors de la première entrevue, rien d'aussi intime — ni même de chaleureux — ne transparaîtra. Il n'aura en face de lui qu'une dame en fourreau anthracite, les yeux cernés par les servitudes de l'art, le sens esthétique si abrupt que ses mots se rencogneront dans sa gorge.

— C'est Georg qui vous envoie ? déclarera-t-elle. Je ne peux quand même pas accueillir tous ses élèves, il devrait le savoir ! Enfin... Passez-moi votre dossier.

— Mon ?...

— Vous n'êtes pas venu les mains vides, je suppose.

— …

— Décidément… Et votre domaine, qu'est-ce que c'est ? La sculpture liquide ? La peinture en phase gazeuse ? Pas la triangulation spatiale, j'espère : c'est laid et sans aucun avenir.

Silence d'Arthur. Les bras croisés, un infime sourire sur les lèvres, il se concentre, et envoie trois mots simultanément à Alenka : *émeraude* entre les sourcils, *amande* dans la paume gauche, *turquoise* dans la droite.

— Ah… Je vois ! fait-elle après un temps d'arrêt. Eh bien, allez-y. Montrez-moi ce que la génération transcrite entend aux couleurs.

Couleurs ? Si pendant quelques minutes, il la soumet à une succession de camaïeux vivants, en faisant rayonner à travers son corps *vert bouteille, malachite, céladon,* puis — quand *vert d'eau* aura viré au bleu — *azur, cobalt, outremer, marine,* et encore *indigo, mauve, violet,* amenant la gamme flamboyante des rouges, *pourpre, carmin, écarlate, corail,* jusqu'à *jaune d'or* dont il l'irradie entièrement, il ne s'en tiendra pas là. Voici que s'y ajoutent *étincelant, profond, sonore, chromatique,* superposant au vocabulaire du pinceau celui du diapason : *arpège* le long des vertèbres, *trille* dans les poumons, *basse continue* à hauteur des chevilles, et puis *tierce, quarte, quinte augmentée, septième mineure,* qu'il laisse résonner sur les traces des couleurs qui s'évanouissent. Mais ce n'est pas encore assez. *Intense, fugace, violent,* ouvrent la gamme des émotions, et le voilà qui sécrète *nostalgie, chagrin, tristesse,* puis *irritation, courroux, colère, fureur,* mais également *frénésie, enthousiasme, satisfaction, joie* et *bonheur,* et les instille au plus profond des fibres d'Alenka. Celle-ci subira ces vagues successives, sans que son visage trahisse autre chose que l'attention. Lorsqu'il lui assènera l'accord final, pourtant, un composé de six termes obtenu au prix d'un effort frôlant le sublime, elle abaissera un peu les armes. Il faut dire qu'avec *or, fanfares, lumière, gong, stupeur* et *extase,* il aura jeté dans la bataille l'artillerie la plus clinquante de l'histoire d'Erda-Rann.

— Très intéressant, dira-t-elle en allumant sa pipe à gingembre. Il faudra un peu affiner votre goût, mais vous avez du talent. Pour les œuvres fixes, vous utilisez quels appareils ?

Avant de répondre (oh ! qu'il déteste cette question !), Arthur prendra le temps de s'essuyer le front d'un revers de manche.

— Je n'en ai aucun, madame, avouera-t-il bravement. Pour l'instant, je n'ai travaillé qu'en improvisation.

— Hmmm. J'aurais dû m'en douter. Et j'imagine que vous allez me réclamer une subvention pour vous procurer le matériel dernier cri ?

— Pas du tout. Ces engins bourrés de fils et de cadrans ne valent rien. Ils sont la négation parfaite de ce que je cherche.

— Ah bon, lâche Alenka, sans exprimer autrement la surprise. Vous avez donc une solution meilleure. A moins que vous ne refusiez aussi l'idée de sculpture autonome ? Ce serait dommage. Dix termes à la fois est le maximum auquel même un génie peut prétendre. Cela limite l'audience.

— Je ne refuse rien. Au contraire. Si je me suis adressé à vous, c'est plutôt pour vous demander un conseil.

— Technique ? !...

— Oui. Enfin, non. C'est du principe de l'art qu'il s'agit. De son rapport avec le corps, avec l'élaboration du langage. Les relais à utiliser ne peuvent être électroniques. Ils doivent, d'une manière ou d'une autre, participer de la Loumka. Sinon, ce que j'inscrirai dans le public ne sera pas vivant, ne touchera sa sensibilité qu'en surface.

Voilà le combat engagé. Le vrai. Celui qu'il doit

mener contre cette technologie gurde qui entrave un art d'essence yrvène : impressions tronquées, mécaniques, sans subtilité ; fac-similés de sentiments ; décalcomanies singeant ce que l'on n'éprouve pas. Mais à son étonnement — ou bien est-ce une tactique ? — voici qu'elle abonde en son sens. Avec retenue, certes, du bout de la pipe, mais quand même. Les phrases hachées, le discours moite d'émotion qu'il lui déverse, ne suscitent plus ni sarcasme ni dédain. Elle écoute, simplement, ses démêlés avec la parole, avec sa peau et celle des autres, les outrages, la réparation. Il lui parle du choix transvers, de la solitude, de la mort. Il lui avoue son désir de graver ses mots dans la mémoire des enfants à venir. De leur laisser une œuvre qui éveille dans leur corps les affres et la volupté d'un rapport amoureux, et cela alors même qu'il sera devenu un squelette, calciné au fond d'une des cités du désert...

— Je pense que vous vous posez les bonnes questions, Arthur, énoncera-t-elle, en lâchant un rond de fumée ambigu. Malheureusement, elles dépassent un peu les compétences d'une directrice de galerie. Le mieux que je puisse faire, c'est de vous indiquer à qui vous adresser.

— Mais n'êtes-vous pas ?...

— Non. Aucun être humain, d'ailleurs, ne le pourrait. Les réponses que vous cherchez, il n'y a que la Loumka qui les connaisse. Interrogez-la.

Et voici Arthur, à nouveau, sur la grève du Roi de Corail. Il est dix heures du matin, et la pâleur du soleil ne suffit pas à réveiller le dieu de son enfance, pris sous les coulées de glace. Botté, calfeutré dans une combinaison en phoque, le Gurde hume les odeurs gelées que colporte la brise : os brûlés ou goudron peut-être, ou poisson mort. Sous ses pieds, le sable crisse avec froideur. Le cri des faucons de mer, entre les brumes qui s'étirent, a la stridence d'un cristal qu'on ébrèche.

La falaise liquide de l'été s'est muée en muraille de glace. Par endroits, il s'y trouve des grottes où l'on peut aller à pied sec, de rocher en rocher, sous des voûtes qui se déforment silencieusement. La lumière qui y règne blesse les yeux. De toute part émergent des éperons, des saillies, des flèches, dont la transparence surgit d'on ne sait quelle noirceur. Un panier de cuir sur la hanche, Arthur s'avance parmi les salles où clapote un ressac mauvais. Est-ce l'effet de cette hostilité ? Sur tout son corps, là où Cassiãn a instillé ses pigments, il sent comme une brûlure qui s'installe. Il continue, pourtant. Si menaçante soit-elle, cette architecture détient les secrets du langage ; et sous les courants qui la sillonnent transparaissent les signes d'une attention équitable. Ici, quels que soient les crimes de sa peau, l'homme qui s'interroge a encore droit de cité.

— Alors ? lance-t-il à la cantonade. Que dois-je faire ?...

Seule sa voix, après avoir erré un moment entre les congères, lui revient en vagues narquoises :

— Or... or... or... Fer... fer...

— J'ai besoin d'un conseil !

— Veille... veille... veille...

Bien sûr. La Loumka joue avec les mots. Mais ce n'est pas ce qu'elle leur fait dire qui est important. C'est le jeu lui-même, avec ses règles et ses mensonges. Les messages divinatoires ont la simplicité des sources...

Dans la tête d'Arthur, *écho* s'est condensé de lui-même.

Avec circonspection, il le projette devant lui, puis le fait glisser comme un pinceau de lumière sur les remous cristallisés.

Echo... Qui va répondre ? Une hallucination ? Un double ? La matière dans laquelle il s'aventure ? Au niveau zéro de l'être, trop de choses ne portent pas de nom. S'il devait dire par quel moyen son cerveau s'est forgé un langage, il en serait bien incapable. Alors comment imaginer, dans ce froid, sous la clarté de ce bleu ancestral, le support auquel les mots vont s'accrocher pour le relier au monde ?

Echo.

Le vocable a retenti sous son front, distinct, comme prononcé par son image dans les murs de glace. Arthur frémit, puis le renvoie. Au bout d'une seconde, le voici qui reparaît, à peine plus bas, plus près des yeux. Il vient de cette petite mare, là-bas, où les goémons sont couverts de givre. En quelques pas, le garçon est dessus. Son interlocuteur reste caché. Arthur lui parle en silence. L'autre répond de même, égal, rêveur, comme si aucune des émotions en jeu ne le concernait. Alors, le Gurde relève sa manche et plonge son bras, nerfs et écailles, dans l'eau glacée.

Entre les doigts, il tient un coquillage minuscule. Une sorte de buccin, grand comme l'ongle de l'auriculaire, et dont la carapace — presque fossilisée — est recouverte d'un fin duvet d'algues. Minéral, végétal, animal, en lui coexistent les trois règnes de la nature, prêts à entendre les mots et à les reproduire.

Toi ? demande Arthur, incapable de croire qu'un être si petit ait un tel pouvoir.

Une seconde s'écoulera. Limpide. Magique. Puis l'autre répliquera sans s'émouvoir le moins du monde :

Toi.

Dénicher d'autres bulots, en remplir son panier tout en veillant à les maintenir en vie, lui demandera des heures. Mais il s'en rendra à peine compte. Au sein de la Loumka, le temps possède un rythme propre qui échappe aux horloges. Lorsque la fatigue lui fera reprendre le chemin de la lagune, le couchant cernera déjà les séracs. En ville, les cèdres à néon luttent contre les premières nappes de brouillard. Arthur, lui, marche comme un vieux pêcheur. A son bras, les buccins pèsent leur poids de pierre et d'eau. Mais d'en avoir éprouvé la sagesse les lui fait paraître immatériels.

La nuit venue, il ira à l'hôtel du Roc Blanc, récupérer par dizaines les mini-bocaux d'héliotrope dont le parfum rehausse rituellement l'heure d'alcool-et-sel. Avec leur couvercle ajouré, ils feront de parfaits aquariums. Pourtant, quand il les aura lavés, remplis au bassin du bar et que chacun aura reçu son locataire, il pourra serrer les dents : le véritable travail va exiger de lui des semaines de patience.

Prendre chaque coquillage à son tour. L'étudier. Chercher quels mots lui conviennent, s'il préfère les noms ou les adjectifs, les couleurs ou les sons, combien de temps il faut les lui appliquer pour qu'il s'en souvienne. Lui apprendre à les placer dans l'espace, et à les y maintenir aussi longtemps que possible. Eviter les interférences de l'un à l'autre. Surveiller la précision, la clarté, la stabilité de leurs émissions. Veiller surtout — ce qui réclame des trésors d'humanité — à ce que la servitude ne les fasse pas mourir de chagrin.

Au début, cela frise le cauchemar. Quatre heures d'efforts en valent cinquante. Lorsque Arthur prend son service à l'Ecaille d'Encre, la fatigue lui fait voir double. Ses idées cristallisent en migraine. Le tintamarre le rend teigneux. Au troisième verre cassé, le doute s'en mêle : sur ses chances de succès, sur le sens de l'entreprise ; en dernier recours, sur son talent lui-même... Ces êtres supérieurs, plongés dans un rêve que rien n'ébranle, méprisent les desseins de son art. Certains jours, si ce n'était la pipe à gingembre d'Alenka, il les recyclerait volontiers en plateau de fruits de mer.

Et puis un matin, le miracle. Il s'en souviendra toujours. Celui qu'il tenait entre le pouce et le majeur se montrait particulièrement rétif. Le jeune homme avait beau l'orienter en tous sens, il s'obstinait à envoyer *nuage* vers le plafond. Excédé, Arthur a décidé de passer outre. Après avoir focalisé le mot dans cette chair obtuse, il l'en a fait sortir avec précaution, afin de l'amener lui-même où il voulait. Lorsqu'au bout d'une minute il a interrompu le message, le buccin a soupiré imperceptiblement dans son bocal. Alors, le sculpteur a traversé la pièce jusqu'à l'endroit clef. Et *nuage* a flotté dans sa poitrine, docile ; une perception si nette qu'il en est resté bouche bée. Jamais il n'avait éprouvé dans son corps l'émerveillement que son pouvoir prodiguait aux autres...

Une semaine plus tard, il a présenté à ses amis sa première œuvre autonome : un fragment d'espace à l'intérieur duquel une soixantaine de buccins faisaient rayonner des sensations aux contrastes naïfs. Tour à tour ils s'y sont plongés, incrédules d'abord, puis fascinés. Chacun, ensuite, s'en est imprégné à sa manière. Léonore, avec l'enthousiasme d'une femme du désert devant un gri-gri de luxe. Mẽg, dans le ravissement de découvrir une jouissance permise. Cassiãn, en exprimant sincèrement la moitié de son émotion, et en gardant l'autre pour lui.

Ce soir-là, sels gurdes et nectars yrvènes ont libéré un vent de folie sur l'Ecaille d'Encre. Soutenu par une cithare sauvage, le requin alto s'est déchaîné dans son bassin jusqu'à l'aube. A l'exception de Natkin, allergique au fief de Võrgh, chacun y est allé de son numéro. Danse acrobatique de Mẽg sur un échafaudage de tables. Apologie du génie transvers par une Jennĩfer moulée à la diable. Ovations de la foule et ricanements d'Olev. Hymne des bas-fonds par Léonore, allumée au sel de pavot mais digne. Refrain par une escouade de mareyeurs transcrits. Strip-tease de Barnãbé au milieu d'un vol de perroquets et chute dans la vasque du requin alto. Fracas des fioles qui se brisent en gerbes étincelantes. Trépignements et vociférations à faire écrouler la voûte d'eau solide... Le héros de la soirée devra se cramponner à plusieurs rampes, avant de retrouver le chemin de sa chambre.

Une demi-heure plus tard, pourtant, la porte s'ouvrira, et Cassiãn y pénétrera, torse nu, plus saoul qu'il n'est permis — même pour un Yrvène.

— Qui es-tu ? demandera l'intrus en se laissant tomber sur le lit. Un transvers ou un sculpteur de mots ? Un étranger ou mon frère ?

Dans la pénombre, les écailles incrustées dans sa muqueuse luisent fébrilement. Son masque est plein de haine, de peur et d'amour. A travers l'ivresse, Arthur découvre soudain que le tatoueur a cessé de tricher, et que ses propres silences ont été au contraire lourds de mensonges. Alors, sans réfléchir, il le prend par les épaules pour l'attirer contre lui. Et Võrgh s'abandonne, compact et meurtri, fort des mots que le Gurde a inscrits en lui, démuni de ceux dont il voudrait le combler en retour.

— Reste dormir avec moi, souffle Estrevann. Ton ami se doit d'être le meilleur sculpteur de néant du rivage. Et il te le doit aussi.

— Je lui conseille d'accéder à la gloire, maugrée Cassiãn en s'affalant parmi les draps. Sinon, il y a peu de chances que je pardonne jamais à ces sales bêtes.

Par la lucarne rocheuse, le jour commence à apparaître, avec une pâleur de gueule de bois. Les buccins obtiendront leur pardon, Arthur n'en doute pas une seconde. Et bien avant sa première exposition. Mais ce qu'il ne soupçonne pas, c'est le soutien qu'ils lui fourniront par la suite. D'ici trois ou quatre ans, peut-être, quand la Loumka aura achevé son cycle, et que des relents de mort commenceront d'envahir la plage où ils avaient cru semer la liberté.

[illegible]

[illegible]

[illegible]

[illegible]

[illegible]

[illegible]

3. *Fête du contact*

Printemps 571

Arangwad jubile, Arangwad exulte, Arangwad triomphe. Et avec elle les transvers des autres villes d'Erda-Rann, ceux du désert, ceux des cités lacustres… Le gouvernement a cédé. Est-ce l'approche du tiers-conseil ? La pression des manipulateurs de cristaux ? Celle des magistrats dont le fils ou la sœur appartiennent à l'engeance maudite ? Est-ce le temps qui s'est écoulé depuis la guerre, rendant anodin l'ennemi de jadis ? L'avènement d'une nouvelle génération, vierge des haines qui ont conduit ses ancêtres à s'entre-tuer ? Ou simplement l'évolution de la culture, le poids d'une réalité déjà entrée dans les mœurs, et revendiquée par huit à dix pour cent de la population ? La Loi d'Instinct, en tant qu'institution juridique, est abrogée. Elle survit comme règle morale, mais la transgresser n'expose plus aux tribunaux. Les dames patronnesses de Foi et Loi peuvent se lacérer le front, ceux qu'elles montraient du doigt hier encore à la police ne sont plus des délinquants.

Dans la rue, sitôt la nouvelle connue, Gurdes et Yrvènes se sont étreints comme des fous. Hommes, femmes, enfants des deux races, ont dansé sur les pontons, jusque devant les postes miliciens. Mais à Arangwad, l'exubérance exige les fastes d'une mise en scène. Dès le soir, un comité s'est créé, qui a mis sur pied, pour le prochain Jour d'Epice, une kermesse à tout casser. La première Fête du Contact. Parmi les organisateurs, nombre d'artisans de la victoire, dont bien sûr Cassiãn, coq de la subversion depuis l'affaire du Traquenard, et Jennïfer, qu'Olev s'abstiendra pour un temps d'appeler « Je milite ou je meurs ».

— Vous avez accompli un exploit superbe, mademoiselle ! ont dit Père et Mère Lustrine, les larmes aux yeux, à la journaliste. Permettez-nous de vous embrasser. Voir cela de notre vivant, nous n'y comptions plus !...

— Merci, a-t-elle répondu simplement. Mais les vrais pionniers, c'étaient les gens de votre génération. Sans eux, nous serions encore dans les limbes.

Un printemps d'épopée s'empare de la ville. Partout, on tend des guirlandes d'algues roses, on installe des bassins à musique, on accroche des résonateurs. Le temps est résolument superbe. La brise charrie des fumets de cannelle et de torches à l'encens. De tous côtés, retentissent tam-tams, coups de squales-marteaux, barrissements de saxo-phoques. D'ordinaire, l'euphorie des passants a un côté factice, comme si vivre ici les obligeait à s'affirmer sans cesse beaux et bien portants. Cette semaine, c'est différent : un bonheur réel les habite, qui balaie masques et attitudes pour rayonner presque malgré lui.

La Loumka seule rumine. Quatre hivers de suite, on l'a vu se congeler en bloc. Et maintenant, elle oppose à cette exubérance une surface impassible, des mouvements excessivement lents. Mais en profondeur, c'est le chaos. Des tourbillons. Des secousses. Des pans d'eau qui s'effondrent. Un bouillonnement dont la violence, à se refermer sur elle-même, semble ne plus savoir sous quelle forme déferler.

— Le Jour d'Epice, dit Léonore, je chante six psaumes yrvènes le matin. Et l'après-midi, neuf arias des atolls. Tu veux en plus que j'anime la soirée ?

— Pourquoi pas ? a répliqué Cassiãn. Un ou deux numéros, seulement ! Entre la naine avec ses fennecs et le montreur d'ombres marines. Tu ne pourrais pas improviser un duo parodique, avec Mẽg ?

— Elle a déjà une heure de danses de couleurs, sur le podium du Castel, avant la mise à feu des effigies racistes.

— Justement. Elle n'aura pas besoin de se chauffer. Et le public sera déjà en transes.

— Il sera drogué à mort, oui !

— C'est ce qu'il faut ! Le Jour d'Epice, Arangwad fera sauter la soupape. Et les conformes ne s'en remettront jamais. Rends-toi compte : la ville qui a contraint Dieu à reculer ses limites !...

Puis le Jour d'Epice est arrivé. Tranquillement, sans heurt, un matin frais et doré. Dans son sommeil, Mẽg a cru entendre les dernières gouttes d'une averse. Pourtant, en écartant le rideau de fucus, elle n'aperçoit que quelques nuages, chassés par le vent à grands coups d'azur. Et sur la vitre, un escargot noir qui chemine en diagonale, sans laisser de trace. Elle aide Léonore à nouer sa lourde tresse. Pensivement. Une bestiole aussi inoffensive, les vieilles des atolls y verraient un présage de malheur.

— Quelle idée ! proteste la Gurde, les yeux brillants. Aujourd'hui va être une journée de pure gaieté. De celles qui laissent à jamais un goût d'amour dans la bouche.

— J'espère que tu as raison. Dans les cités lacustres, on se méfie de ce genre de signe... Tiens, je te donne mon pendentif. Une phalange de dresseur de vagues. Il te protégera !

Arthur, lui, s'est levé à l'aube, pour terminer de régler ses coquillages. Sous la voûte de l'ancienne tannerie troglodyte, des centaines d'aquariums minuscules sont alignés. Quinze sculptures, dont une bonne moitié n'a été révélée à personne. L'exposition ouvre en début d'après-midi mais déjà de nombreux gamins pointent leur nez, impatients de s'offrir des sensations de cocagne. Et il reste au jeune homme tant de nuances à mettre au point ! Il lui faudrait huit jours de calme total. Au lieu de quoi... Bref, il s'agite comme un robot, irritable et joyeux, traversé par douze pensées à la fois, courant d'un coin à l'autre de la salle, houspillant la marmaille, mettant les plus turbulents dehors, les rappelant aussitôt pour un coup de main, vivante image de l'artiste en ébullition, poussiéreux, hirsute, à la fois certain d'être prêt à temps et de ne pas l'être.

Dehors, le soleil chauffe insensiblement la ville et les esprits. D'une rue à l'autre, les résonateurs harmonisent les sons. Les annonces répondent aux airs de contre-vielle, les homélies aux abois des saxo-phoques. Ici, un groupe hululeur de l'archipel. Là, un tympanon aux syncopes liquides. Sur la place, un orchestre de corail. Au-dessus de la lagune, des accords électro-aquatiques. Et encore des chants, des crécelles, des sifflets à eau, des fusées rhapsodiques... Tout cela se mêle, se heurte, engloutit pontons et passerelles, canaux et presque-places, emportant les fêtards dans les flonflons, pour ne laisser aux autres que de rarissimes plages de paix. Mais là, ce sont les odeurs qui les assaillent : fritures poiscailleuses, gaufres au sirop de cactus, laitance, origan, torches de balsamier, alcool et sel de plancton, pipes d'algues hallucinogènes... A mesure que la matinée passe, Arangwad devient un magma de bruits et d'exhalaisons, dont beaucoup ressortiront saouls avant d'avoir rien avalé.

Et puis le tourbillon des toilettes, aussi provocantes, aussi folles que l'exige l'événement. Lanières de tatou, entrelacs de corde, velours et soie des sables, latex marin, cuir de guerre, dentelle de métal, tout est mis en œuvre pour évoquer la nudité, la rehausser, la porter au pinacle. Perversité des simples transvers, qui excellent à rendre canailles les parties cachées de leur corps. Agressivité des transcrits, dont les ornementations s'exhibent au travers de vêtements échancrés, ajourés, semés de déchirures. Tout cela tangue, ondule, embaume la chair et la sueur, le parfum de l'autre, l'amour de l'autre, le désir de le toucher et de l'étreindre. Partout vibre le sentiment que s'ouvre une ère nouvelle, sans barrière ni tabou, où l'on pourra enfin aimer son contraire à gogo.

— Décadence !... a proféré Georg. Heureusement qu'il y a ton exposition... Cela rachète le reste.

Avec son habit en fil de bois, il tranche sévèrement sur l'ensemble des visiteurs. Même leur enthousiasme l'irrite. Sur sa lèvre, la moustache a l'élégance d'un trait de plume. Mais le tracé en est si amer que personne n'aurait l'idée de la prendre pour une transcription.

— Je ne comprends pas, dit Arthur, en s'essuyant les mains aux larges mailles de son pantalon. On dirait que l'abrogation de la Loi d'Instinct ne vous cause aucun plaisir.

— Si, bien entendu ! Seulement, est-il nécessaire d'abandonner toute décence ? On peut se réjouir de l'évolution des mœurs sans tomber dans l'obscénité !

— Pour vous, des gens qui font la fête sont obscènes ?

— Là, ils se retiennent encore parce qu'il fait jour. Mais attends un peu ce soir... Chacun de leurs gestes est un appel à l'orgie !

— Et mes sculptures, Georg ! Vous trouvez que les propos qu'elles tiennent sont convenables ?

— Elles les glissent à l'oreille du visiteur. Ce n'est pas pareil. L'intimité — de n'importe quel type — ne devient scabreuse que si elle s'étale sur la voie publique.

Pourtant, Arthur sait à quoi s'en tenir sur ses œuvres. Les premières étaient rigides, impersonnelles : une structuration de l'espace un peu trop gurde. Depuis, il s'est amélioré. A partir de sa propre anatomie, il a conditionné les buccins à focaliser chaque terme dans l'organe adéquat. Souplesse du mot, complicité des glandes et des viscères, et voilà le spectateur livré à des sensations que la morale réprouverait, si seulement elle savait comment s'en emparer. Car, bien sûr, *cela ne s'appelle pas*. D'où le trouble engendré par des créations telles que « Flux Ethériques » (*sel d'ambre, absinthe, genièvre,* répartis entre les veines et les artères), « Métamorphose Aviaire » (*vol* dans la moelle des os, *apesanteur* parmi les ganglions lymphatiques), et surtout « Volcan Mâle » et « Volcan Femelle » (*Chaleur* dans les gonades — merci à Mẽg pour son obligeance — *lave* sous la thyroïde, *incandescence* au fond des surrénales) d'où les gens ressortent en état de choc, mais prêts à recommencer au plus tôt l'expérience.

— Elles ne m'ont pas tellement frappé, celles-là, élude Georg, cramponné à son rôle de pisse-froid. J'ai surtout remarqué celles qui jouaient sur les sons et les couleurs.

— Très cher, intervient Alenka, squames fardées et tailleur panthère, tu vas décevoir ton disciple. Retourne donc explorer ses cratères. Je ne me risquerai pas à juger le mâle. Mais la femelle doit instruire plus d'un tendron sur ses richesses cachées... Très intéressant.

Comme elle tend à Arthur le bout des doigts, l'idée redoutable qu'elle n'ignore plus rien de lui assaille le jeune homme. *Intéressant?* Quand il a œuvré avec son corps, ses écailles, les pigments reçus de Cassiãn dans la douleur?... La honte le prend. Le voilà qui se raidit, incapable d'articuler une civilité, artiste à cran d'arrêt face à la directrice d'une galerie chic. Heureusement, les yeux d'Alenka trichent moins qu'elle. Dans leur éclat, derrière l'attention nouvelle qu'elle lui porte, il devine les émotions qu'elle vient d'éprouver. La volupté. La peur. La conscience d'appartenir à l'aristocratie vieillissante du monde. Une inquiétude indéfinissable, liée justement à ce sentiment du temps qui fuit. Et le fait qu'elle les lui livre ainsi, lui apprend quelque chose sur cette femme : contrairement à Georg, elle peut admettre que l'obscène soit une forme supérieure de l'intime.

— Cette foule me fatigue ! dira-t-elle pour casser l'hypnose. Passez donc me voir à NéoMorph. Si vos engagements vous le permettent, j'aimerais vous y avoir un mois ou deux, l'hiver prochain... A bientôt.

Le crépuscule est descendu sans hâte. Graduellement, il prend possession de la ville, recouvre les canaux, s'étend le long des passerelles. A mesure qu'il progresse, les deux lunes s'élèvent dans le ciel, jusqu'à surplomber les lumières de la fête, lampes à plancton, girandoles, torches, feux d'émeraude. De la Loumka monte une brume de chaleur bizarrement âcre, à presque irriter la peau. Les résonateurs, cependant, brassent un invraisemblable mélange musical qui s'exacerbe sur les esplanades, fait vibrer les demeures-ludions, s'effiloche en accents rêveurs entre les places d'eau. Partout, comme à l'instant qui précède un blasphème, les regards s'aiguisent et étincellent.

Neuf heures. Sur le podium du Castel, Mẽg a commencé sa danse de couleurs. Tout le jour, elle s'est imprégnée de l'euphorie d'Arangwad. A présent elle la lui restitue. En plus de la cithare et du requin alto, un tambour du désert et un cymbalier des îles rythment ses déhanchements. Peu à peu, la foule se rassemble autour d'elle : des hommes surtout, mais aussi nombre de femmes, tous en proie à l'obsession de toucher l'intouchable. Sous la main de Cassiãn, il est vrai, les projecteurs leur en livrent une image de rêve : des formes au délié ravissant, un camaïeu de pigments mauves nimbés d'or, des écailles semées là où l'on n'oserait le souhaiter. Et cette grâce exquisement perverse envahit le cœur de l'assistance comme un poison.

Gong. Mẽg se dresse sur la pointe des pieds, les cuisses écartées, les bras tendus vers le ciel. Portée par la voix rauque du sélacien, elle draine l'énergie du public et la fait rutiler en mille éclairs. Les sexes frémissent, les corps tremblent. Un lutin si rayonnant, qui croirait que ses blessures n'ont jamais cicatrisé ?... Tambour de guerre. Ses petits crins azur narguent la nuit. Elle se plie, elle se rompt, ses pieds frappent l'estrade avec fureur. Sa danse trace des signes occultes sur les murs du Castel. Et dans l'ombre, Gurdes et Yrvènes suspendent leur souffle à ses gestes. Par les seins, le plexus, par le vagin, elle les entraîne dans son tourbillon ainsi que des pantins bienheureux.

S'égaler à la Loumka est la voie de la sagesse. Se placer au-dessus, un défi un peu imprudent...

Onze heures. Les premières effigies racistes sont brûlées. De grandes caricatures d'osier figurant les défenseurs de l'ordre ancien : le vice-juge de la santé, le meneur de Race à Part, la fondatrice de la secte Foi et Loi. Leurs emblèmes également, caducée-balance, croix cannelée, crosse à trois pointes, qui s'embrasent au milieu des ovations. Quelques célébrités de second ordre avec leur blason. Le texte des décrets infamants. Et surtout, pour finir, les douze lettres de l'ennemi vaincu, LOI D'INSTINCT, qui, livrées aux flammes, cracheront dans les ténèbres des flots de guêpes incandescentes. Portées au paroxysme, les harmonies que se renvoient les résonateurs rapprochent obstinément les torses, les bras, les jambes, les bouches, les sexes... Le long des canaux, toutefois, dans la lagune et même au large, la Loumka demeure de marbre. Pas un clapotis, pas une ride. Les bouquets rutilants s'y reflètent comme dans la pupille de l'œil d'Erda-Rann, sans y éveiller la moindre vie.

A l'Ecaille d'Encre, la chaleur est torride, les vapeurs d'éther de fruit saoulent les épidermes, et le tumulte du dehors force la porte par rafales. Léonore chante. Mais la puissance de sa voix, son intense beauté, ne suffisent pas à couvrir le brouhaha, les rires, le bruit des fioles. D'ordinaire, on l'écoute religieusement. Là, elle se voit reléguée au rang de meuble, comme si l'exubérance du public rendait son talent déplacé. Alors, d'une strophe à l'autre, sa petite fille secrète proteste plus fort, humiliée, et la mélodie en retire des accents amers qui ne font qu'aggraver les choses.

— Sel d'ambre pour la diva ! déclare soudain un homme, en lui tendant une coupe au milieu d'une vocalise. Ce soir, personne ne sera épargné !...

Léonore s'est arrêtée net. Médusée, elle dévisage l'intrus : tunique de deuil, bandeau noir sur l'œil gauche, monocle sur le droit. Une peur absurde la saisit. L'escargot, l'escargot de ce matin, sur la vitre, avec son sillage invisible. Et maintenant ce type, entre prothèse et double vue, étalant une hilarité macabre... Mẽg avait raison. Du pouce, elle effleure la relique accrochée à son cou. Puis, avec une violence incontrôlable, elle s'empare de la coupe qu'on lui offre, et la fracasse par terre.

— Je ne trinque pas avec la mort !... rétorque-t-elle.

Et la main en battoir, elle envoie l'individu valser parmi les tables, avant de se frayer un chemin jusqu'à la sortie.

Minuit. Arangwad s'enfonce dans les cercles du contact, de l'étreinte, de la nudité. Grisés par la musique, des hommes au torse luisant de sueur serrent contre eux des femmes dont les robes se dénouent. La main pigmentée se pose sur les écailles du sein. Les doigts râpeux pétrissent la cuisse à la moiteur de caoutchouc. Les vingt-quatre coups de la grande Clepsydre ont eu raison des dernières traces de morale. Est-ce l'électricité de la foule ? Plusieurs cèdres à néon ont pris feu spontanément, et brûlent sous les acclamations. Les oiseaux qu'ils avaient séduits ont péri carbonisés. Mais personne n'en a cure. A la grande transgression de la peau s'ajoute celle de la nourriture. En dépit des haut-le-cœur, les Gurdes qui jamais ne boivent engloutissent des litres de cidre fumé, d'alcool de mangue, de faux vin, d'élixir de mer. Les Yrvènes, en revanche, se gavent de croustades, de sablés au narval, de poissons candis, de sel d'opium. Ouvre ta gorge à mes croquettes, j'ouvre la mienne à ta piquette. Et ça rote et ça vomit dans tous les coins, cordialement, avec un sentiment de joyeuse liberté que même la puanteur résultante n'entame pas.

Une heure du matin. Sur la place des Mascarets, un projecteur a capturé Barnābé l'oiseleur en plein envol, et livre ses ébats à l'assistance en délire.

— Je suis gurde et yrvène ! vocifère-t-il, perché sur l'encolure du cheval marin de granite qui trône au milieu du terre-plein. Yrvène et gurde !...

Des accords d'airain se déversent autour de lui, sous-tendus par une percussion qui bat depuis des heures. Galvanisée, la foule tape des mains, frappe sur des bidons, casse des bouteilles en cadence. Il enlève sa chemise, la fait tournoyer au-dessus de sa tête, puis la lance aux mains qui se tendent vers lui.

— Gurde et yrvène !... hurle-t-il.

Sistres et clameurs. Des serpentins phosphorescents jaillissent de toute part. Une nuée d'oiseaux-mouches l'entourent, affolés par les éthers de poivre. D'un coup sec, il arrache la fermeture de son pantalon. Puis il le fait glisser le long de ses jambes, jusqu'aux chevilles. Tambourins, sirènes, quolibets. Le voici nu, debout sur le colosse équin, offrant aux yeux qui le transpercent le dédale de son épiderme, exhibant l'ahurissant mélange d'écailles et de pigments où s'est perdue son identité, affichant une innocence si monstrueuse que seuls l'attendrissement ou l'horreur peuvent y répondre.

— Je ne suis pas humain ! Je suis le drapeau transvers !...

L'assistance éclate en ovations, en huées, en sifflets obscènes. Certains suivent son exemple, et jettent leurs vêtements dans les fontaines où la Loumka les absorbe sans frémir. Un montreur de serpents lui tend un boa de trois mètres de long. Il s'en empare, le brandit, puis le serre entre ses cuisses et l'enroule autour de lui avec un balancement extatique. Les squames du reptile glissent sur celles de l'homme, muscles et anneaux s'étreignent, les couleurs de l'un ne se distinguent plus de celles de l'autre. Une fusée, en explosant au-dessus de leur accouplement, l'incendie d'un rouge de catafalque.

— Le drapeau transvers ! rugit-il de plus belle. Vivant !...

Trois heures du matin.

Tout s'effondre, tout se déchire, tout s'englue. Dans les rues pendent des laminaires ensanglantées, les lanternes bleues et vertes éclatent, on a déjà signalé quatorze débuts d'incendie. Avec la marée basse, des relents de chair en décomposition flottent au-dessus des pontons. Ils se mêlent aux odeurs de musc, de sueur, de sperme, pour porter l'ivresse jusqu'à la nausée. La pénombre se fragmente en trous opalescents, rougeâtres, dans lesquels les corps se frôlent et se happent, se prennent et se quittent, atteignent ensemble à des extases forcenées, qui fleurent parfois l'amour, parfois seulement le caniveau. Et le miroir de la Loumka reste impassible, si hautain qu'il serait vain de l'interroger sur le sens profond du mot *dérèglement*.

Une encoignure de porte. Un Yrvène, vêtu d'une peau de requin, enlace une jeune Gurde à moitié saoule. Il la pénètre, et part avec elle dans un tangage à trois temps. Un viol bancal, mais d'autant plus voluptueux que l'un comme l'autre le savent stérile.

Une plate-forme de bois, que la houle ne berce plus. Deux squameux caressent un couple pigmenté. Du sperme coule sur les épaules de la femme, sur ses seins, le long de ses cuisses. Les trois hommes l'étalent avec leurs mains, la lèchent, le lui recrachent dans la bouche, la mordent...

Plus loin, des grappes s'agglutinent, sexes et races mêlés, mâles et femelles, Yrvènes et Gurdes. Soupirs, chuchotement des chairs ennemies qui se palpent, bruits de succions tendres ou carnassières. Les hanches frémissent, les verges écument. On allume des feux d'algues hallucinogènes. Leur rougeoiement trahit la douceur, la fièvre, la cruauté. De toute part on chancelle contre les balustrades, on roule au bas des escaliers, on s'empoigne, on s'écrase, on se dévore, on s'aime...

Ici, ailleurs, partout, des serpents se mêlent aux étreintes, lubrifient les accouplements. On ne sait d'où ils sont venus. Etaient-ils vraiment si nombreux dans les caisses du montreur au monocle ? Il y en a des centaines, qui se glissent avec calme et volupté entre les épidermes moites. A moins qu'ils ne soient qu'un leurre, une multiplication par la drogue de celui qu'a brandi Barnãbé sur le cheval de granite. Peut-être chaque homme, chaque femme, est-il l'anaconda de ceux auxquels il s'unit. Peut-être la Loumka les a-t-elle enfantés, à l'image des siècles de haine que les deux peuples ont inscrits dans sa mémoire.

Quatre heures du matin.

Déglingue, déglingue. L'urine qui pue l'alcool. La sueur qui a le goût du fiel. Ici et là, le sang a coulé. Giclées sur les maisons de roc. Nuages pourpres dans les flaques d'eau. On a retrouvé une petite Yrvène de huit ans, étouffée dans une bousculade pas-de-son-âge. Un bateleur gurde, aussi, tué d'un coup de poignard dans le flanc, on ne sait par qui. Ailleurs, on jouit avec des bêtes, on vocifère, on dégueule, on les éventre. Il faudrait dépasser toutes les bornes. Plonger dans l'ignoble. Pousser le plaisir jusqu'à l'atroce, jusqu'au meurtre...

Cinq heures et quelques.

Les ruelles, de plus en plus sales, blêmes de cette luxure qui refroidit, frissonnantes sous une aube couleur de crachat.

Les canaux, jonchés de détritus, entre lesquels grelottent les dernières étoiles, englouties dans l'épuisement général.

Passerelles et places. Ultimes sursauts de ceux que l'excès de débauche renvoie chez eux, titubants comme des morts en transit. Balbutiements des premiers oiseaux, dont les ailes n'osent encore balayer les miasmes de l'air nocturne.

Le Jour d'Epice est fini depuis longtemps. Ce devrait être le Jour d'Encens. Mais personne n'arrive à s'y résoudre. Personne ne veut quitter personne. Sinon, encore et toujours, pour une nouvelle ombre à étreindre, à souiller d'amour, avant de la rejeter dans l'oubli. Son ombre à soi, en dernier recours. Personne n'a la force d'affronter l'idée que, peut-être, l'équilibre séculaire d'Erda-Rann a été rompu trop brutalement.

Porte qui s'ouvre en rabotant le sol. Lumière du dehors, comme un coup de poing dans les yeux. Mots qui se bousculent sans parvenir à prendre un sens.

— Qui ça? demande Cassiãn en plissant les paupières. Où ça?...

— Juste à l'angle, répète Georg. Sur les presque-passerelles qui mènent à la place d'eau. Aidez-moi à le transporter ici. Après tout, c'est avec vos élixirs qu'il s'est démoli!

— Barnãbé? grogne Võrgh, décidément mal

réveillé. Ça m'étonnerait ! Il n'a pas mis les pieds à l'Ecaille d'Encre de la soirée.

— En attendant, il est ivre mort, à deux pas d'ici. Il vous tient pour un ami, non ? Vous n'allez pas le laisser crever en pleine rue !

— Evidemment !... Sa poésie, je n'ai pas eu besoin de vos cours pour la comprendre. Il aura voulu épater ses oiseaux en volant aussi haut qu'eux. Et l'atterrissage a été plus dur que prévu... Voilà l'histoire !

Il est neuf heures du matin. Une brise opiniâtre s'affaire à assainir les ruelles, sales et empuanties. Seul, le bras autour d'un balustre cassé, Barnăbé gît au bas de l'escalier, plus nu que nature, dans la froideur des marches semi-liquides. Une fiente de pigeon s'étale sans façon sur sa poitrine. Sa figure, d'ordinaire joviale, est crispée comme un masque. Et par la fente de ses yeux passe un regard moite, bouillonnant de visions mauvaises.

— Il n'est pas saoul, déclare Cassiăn après lui avoir posé la main sur le front. Il a une fièvre de cheval. Vous me direz qu'après ses exploits équestres, ça n'a rien d'étonnant... Bon ! Prenez ses pieds, je me charge du reste. Il lui faut un médecin.

— Moi, c'est d'un café-râpé que j'ai besoin ! dira Olev en débarquant, une heure plus tard, la rousseur réjouie et des poches sous les yeux. Sinon, au lieu d'une épave, vous en aurez deux sur les bras. Où l'avez-vous mis ?

— Là-bas, entre la couverture et la banquette. Sous la vessie à glace. Il ne risque pas de s'envoler, le malheureux !

Un air ensoleillé entre à flots par les fenêtres, chassant les remugles de sueur, d'éthers, toute cette moiteur dont on ne sait trop si elle stagne dans l'atmosphère, ou seulement dans les mémoires. L'odeur du café-râpé achève la métamorphose. Il fait bon, à présent, et calme, et un peu las. Arthur est descendu de l'appartement, affublé d'un kimono de corde. Tout en mâchonnant ses copeaux, il guette sur les traits du dermato-juge un diagnostic qui tarde.

— Je crois qu'il nous a inventé une maladie ! glousse enfin Olev, après avoir examiné Barnãbé sous toutes ses coutures. Et du genre succulent, encore... Sa peau est poisseuse comme un pot de confitures, à croire que les écailles se décomposent. Et les parties pigmentées ne valent guère mieux. Il faut le ramener chez lui, et faire des analyses. Où demeure-t-il ?

Un type qui vend des perruches dans les cimetières, et dont personne ne peut dire s'il est gurde ou yrvène, comment saurait-on où il vit, ni même s'il habite quelque part ?

— Très bien, tranche le rouquin. Dans ce cas, à l'hôpital. Il sera furieux, mais c'est le meilleur endroit pour y voir clair.

Attente, encore, pendant que la ville commence à s'étirer. Puis arrivée fantomatique de l'ambulance des eaux. Gestes empreints de prudence, réfléchis, hors du temps. Barnãbé n'est pas quelqu'un d'essentiel. Mais un tel cérémonial s'accorde mal avec ses allures de colibri ventru. Le voir si apathique, si *ailleurs*, quand sa pétulance lui a valu la popularité des bouffons, a quelque chose de sinistre.

— Pauvre diable..., commentera Georg, la porte refermée. A force de danser sans garde-fou, voilà ce qui arrive ! Encore heureux si on ne nous en rapporte pas un tombereau, en aussi piteux état, d'ici ce soir !

— Prophète de malheur !... ripostera Cassiãn. Il est malade, voilà tout. Attendez de savoir de quoi, avant d'aligner vos anathèmes. Bon Dieu ! Vous enverriez la ville entière à la morgue, rien que pour justifier votre mauvaise conscience !...

4. *Contrepoint*

Automne 571

L'été n'en finit plus... Survenu la semaine qui a précédé la fête, il s'est répandu à travers les mois comme un flot de lave, en calcinant roc et sable face à une Loumka impassible. Dans sa chaleur, la folie des transvers a continué de fermenter. Quand l'ordre qui a géré les siècles est renversé, le monde s'en va cul par-dessus tête. La mode 571 restera dans les cristaux, les histoires du costume et les dictionnaires médicaux, la plus insane qu'ait rêvée perversion de styliste. En fait, à l'instar de bien des révolutions, elle n'a même pas été conçue. Juste orchestrée à partir des mouvements obscurs que ruelles et canaux ont enfantés, et que des pionniers (ou des voyous) ont portés au grand jour.

— Je ne comprends pas, dit Arthur. Quel est le sens d'une pratique pareille ?

— Et nos transcriptions à nous, sourit Cassiãn. Elles en ont un ?

— Oui. Echanger des parcelles de soi avec l'ennemi ancestral, jusqu'à ce que le mot *ennemi* devienne caduc. Mais là ?...

— Aucune différence. L'âme universelle circule des pierres aux humains, en passant par les plantes et les animaux. Plus l'homme s'y ouvre, plus il est grand.

— Cassiãn, si je porte des pigments, c'est parce qu'ils viennent de toi. Que les gens se fassent injecter ceux du premier venu, soit, ça les regarde. Mais que le monde transvers sombre dans la fosse aux bestiaux, non ! Le point de vue des iguanes ou des truies de mer, on s'en fout, tu comprends ? Eperdument !

— Et les vocables que tu distilles, les effets d'oiseaux et compagnie, on en retire quoi ?

— Des traces imaginaires. Ni cicatrice ni mutilation.

Pourtant, Arangwad en est arrivée là : aux transcriptions animales. Où et quand cela a débuté, on n'en sait trop rien. Certains disent dans les canaux troubles du port. D'autres sur l'archipel, près des docks. Des échoppes volantes sont apparues en divers endroits, la ria, le cimetière de bateaux, les casemates de l'Est. Et la folie gagne. Il semble que les gens n'auront jamais assez d'épiderme pour tout y inclure. Les écailles des congres mauves, celles des pythons, des najas, des couleuvres ambidextres, les squames à suspense des caméléons ; la poudre des ailes du *Papilio priamus,* la pourpre du murex, le bleu des plumes de paon, l'encre verte des pieuvres-malachite ; et encore le duvet des colibris, le pelage blanc des écureuils, les gaufrures de la peau de tortue, la douce fourrure des mygales, le caparaçon des tatous... Rien n'est trop étrange, trop bestial, qu'on ne se le fasse implanter. Et si nombre de greffes refusent de prendre, certaines réussissent miraculeusement, transformant ceux qui les arborent en créatures entre deux règnes, fascinantes ou hideuses, mais qu'une énergie surhumaine possède.

— Cela m'effraie, avoue Arthur. Abolir ainsi ses limites... Ma carapace se hérisserait, ou volerait en éclats.

— Ta carapace ? Il y a longtemps que je t'en ai débarrassé !

— Sérieusement... Tu n'envisages pas de massacrer tes clients de cette manière ?

— Je ne pourrais plus venir dormir avec toi ?

— Réponds-moi, au lieu de jouer les maquereaux !

La peau de Cassiãn est rusée. Et l'épiderme d'Arthur s'y laisse volontiers prendre. Mais pas au point de croire la Loumka favorable à une nouvelle mutation, dans laquelle l'homme intégrerait les pièges de l'âme animale.

— J'ai déjà commencé, déclare Võrgh. Et je compte poursuivre. D'ailleurs, j'ai bien l'intention de m'y soumettre moi-même, dès que l'occasion se présentera.

Depuis la nuit d'orgie, la santé de Barnãbé suit le cycle des deux lunes. Chaque rechute s'accompagne d'une petite dégradation supplémentaire. Mais personne, ni Olev ni les médecins de l'hôpital, n'arrive à déterminer ce qu'il a. Ses analyses sont normales : sang riche et capiteux, nerfs en solide fil de pêche, voies respiratoires aérées à souhait. Seule sa peau se délabre insensiblement. Et les états d'épuisement qui en résultent sont tels qu'il n'en émerge qu'au bout de deux ou trois jours, à force de perfusions. Un traitement frôlant l'acte de foi, pourtant. Une fois remis sur pied, on ne peut que le renvoyer chez lui, un peu diminué mais vaillant, pour y attendre avec courage la prochaine lunaison.

Olev connaît bien, à présent, la petite hutte derrière le cimetière. Bâtie sur pilotis dans une poche de la Loumka, elle est à ce point couverte d'algues et de vermine qu'on imagine mal qu'un homme puisse y vivre. Pour y entrer, il faut écarter des grouillements d'anguilles, et ne pas craindre de glisser sur la couche de fiente qui recouvre le sol. Le seuil franchi, on est accueilli par le tapage des mille et un volatiles — libres ou en cage — qui s'agitent de tout côté. Des perruches se posent sur le crâne du visiteur. Des canetons viennent lui mordiller les mollets. De grands aras bleus le soufflettent de leurs ailes. Et une nuée de passereaux plus minuscules, plus bariolés les uns que les autres, tourbillonne en pépiant à lui rompre la tête. Au milieu de ce charivari, Barnãbé vêtu d'un pyjama sans âge, qui évoque tristement ses rutilants strip-teases de jadis, est affalé sur son lit, dans la pénombre d'une vitre noyée de mousse.

— Enlève ta veste, dit le roux médecin. Il faut que je t'admire de près. Il y a une semaine que je ne suis pas venu.

— Je n'y arrive pas, bafouille l'oiseleur. Elle me colle tellement à la peau... Cela m'arrache les écailles.

— Je vais t'aider. Essaie seulement de me répondre une bonne fois. On te les a incrustées, ou tu les portais à la naissance ?

— Je n'ai pas toujours fait ce que je voulais, vous savez... Les petites gens ne choisissent pas leurs galoches.

— Voilà de la philosophie ! Mais leur passé, d'où ils viennent, ils se le rappellent comme tout le monde, non ?...

Un soupir. L'humidité dans la pièce a quelque chose de lénifiant qui rend les questions inutiles. Barnãbé pense à la vitesse de ses murs. Peut-être ne sait-il même plus s'il est homme ou oiseau.

— Ma mère n'a pas toujours été morte, marmonne-t-il d'un air pensif. L'année dernière, je crois qu'elle vivait encore. Ils s'en souviennent bien, eux... Je n'avais pas de mouchoir pour lui essuyer le front. Les gens qui partent, pourquoi vous regarderaient-ils en face ?

Impossible d'en tirer autre chose. Les oiseaux commentent chacune de ses mimiques avec des *cui-cui* et des *krrrûûûû* approbateurs, et cela lui semble une caution suffisante. Olev n'insiste pas. Pour collectionner les secrets des autres, la première règle est de se montrer patient.

— Allons, dit-il. Tu la déboutonnes, cette veste ?

Déboutonner, passe encore. C'est ensuite que les

choses se compliquent. En dépit des lotions, l'épiderme du malheureux est de plus en plus poisseux. Par endroits, le tissu paraît prêt à s'y dissoudre. Ailleurs, il s'en arrache avec de longs filaments, pareils à des fils d'araignée. Çà et là, des écailles se détachent, emportant avec elles un peu de la vitalité de son regard. Et les pigments continuent de pâlir, délavés, blanchâtres, comme s'il devait perdre en même temps son appartenance à l'une et l'autre race.

— Tu as eu des malaises, cette semaine ? interroge le rouquin, fasciné par la tournure que prend le désastre.

— La maison a tourné plusieurs fois..., répond Barnãbé après un silence. Je crois que les oiseaux n'ont plus le crâne très solide.

— Ah.

Avec une lampe de poche, Olev scrute les reflets au fond de son œil. Fantômes sans vigueur, pensées sans mémoire, la lassitude n'y égrène que les étapes d'un chemin déjà trop long.

— Je vais te ramener à l'hôpital, décide-t-il. Rhabille-toi.

— *Où* allez-vous m'emmener ?

— A l'hôpital. Tu sais, la chambre transparente avec des tuyaux à sable. Et la jeune fille qui te donne des bains.

Barnãbé hoche lentement la tête. D'une main lourde, il entreprend de reboutonner les lambeaux de sa veste.

— Il faudra que vous la punissiez, observe-t-il. Elle m'en veut. La dernière fois, quand elle m'a dit d'entrer dans la baignoire, elle ne se souvenait même plus de mon nom.

Georg a vu se répandre la mode des transcriptions animales comme un démon lâché sur Erda-Rann. Lui qui stigmatisait à tour de bras l'inconséquence des transvers, il ravale son effarement. Les marbrures papillonnesques, les squames de crocodiles, les coïts parmi la plume et les tentacules, autant d'excès qui le laissent sans voix. Seuls ses yeux s'arrondissent pour refléter, outre la stupeur, une humeur si acerbe qu'elle ne parvient même plus à s'exprimer.

— Qu'avez-vous donc ? finira par lui demander Arthur, étonné par sa froideur devant les préparatifs de l'exposition d'hiver. Ce sont mes dernières sculptures qui vous rebutent ? Vous pensez qu'elles vont choquer Alenka ?

Une lueur sardonique traverse les lunettes de Natkin.

— Alenka ? lâche-t-il. A part un vernissage sans sel d'ambre, je ne vois pas ce qui réussirait à la choquer ! Et toi, il y a longtemps que j'ai renoncé à juger tes principes... Non. Ton exposition clouera le bec des critiques. C'est juste moi qui...

Il se tait. Et le silence des buccins frémit sous la voûte.

— Eh bien ?...

— Oh, rien. Je ne m'aime guère, en ce moment. Et je supporte de moins en moins mes semblables. Devenir vieux a un goût de fiel mal remâché.

— Vieux ? Allons... On ne vieillit que lorsqu'on s'y résigne !

— On a l'âge de ses désillusions. Et les miennes m'ont à peu près conduit à la sénilité.

— Vous leur prêtez une oreille trop crédule.

Bien sûr... Il n'y a rien à répondre. Juste assumer le fait qu'on appartient à une autre génération, et que pour celle qui monte, deux et deux ne font plus quatre depuis longtemps. Croiser à l'épicerie marine une fille affublée de barbillons de coq, cela donne le vertige. Est-ce qu'on les lui a greffés sur les joues ou plantés dans la mâchoire ? On voudrait l'interroger... Impossible. Au mieux repartira-t-on en oubliant son pain d'iode. Mais les rêves qui se déchaîneront la nuit suivante, comment les fuir, quand la ville entière en fait sa réalité ?

— Vous vous compliquez la vie, murmure le jeune homme, conscient d'avoir soutenu le contraire à Cassiãn. Pourquoi jugez-vous notre mouvement sur ses outrances ? Ce qui compte, ce sont les acquis : le dépassement de la haine, l'ouverture au peuple d'en face et à ses perceptions. Et au fond, qui nous dit que le règne animal n'a rien à nous apprendre ?

Arangwad, en tout cas, se vautre jour et nuit dans le stupre, la bestialité, les scarifications. L'épiderme le plus sage ne rêve que de s'approprier les balafres d'autrui. La peau se fend à la rencontre de la peau, la chair à la conquête de l'os. Le monde envahit les corps par leurs blessures. Les âmes se gorgent d'ignobles atavismes. Et chaque désir comblé en engendre dix, cent, mille, dans la quête insensée d'un éblouissement beau comme la mort.

— Non, Arthur, tranche Georg. Cette ville court à sa perte. En quatre ans, j'ai eu le temps de le comprendre. En y venant, j'avais foi en ta génération : née après la guerre, elle n'avait pas vécu de drame, et pouvait offrir à Erda-Rann des valeurs neuves. Mais vous ne respectez aucun garde-fou. Moi, j'ai passé mes vingt premières années dans la vertu. J'ai beau comprendre votre désir de réparation, la folie des mœurs actuelles me fait frémir !

— Ne trichez pas, Georg. Votre vrai conflit, il est interne, et vous le savez.

Avec son habit ligneux, Natkin s'est à peine tassé sur son siège.

— C'est drôle, dit-il. Ton ami Cassiãn est à bien des égards une crapule. Je dois pourtant lui rendre justice. Pour un transvers — il a raison — la chose la plus honteuse, c'est la honte. Elle s'incruste comme la crasse dans les rides, et d'en prendre conscience n'y change rien. Etre honteux d'avoir honte, tu imagines ?... Cela ne laisse aucune échappatoire !

La main d'Arthur s'est posée sur un des aquariums. A l'intérieur, dans son bain de Loumka, sommeille le gardien de l'art. Et Georg, là, sur une chaise d'écume, les mains à plat sur la raideur du pantalon... Pauvre prédicateur sans ouailles !

— Que comptez-vous faire ? demandera le garçon.

— Quitter Arangwad. Mon temps y est fini.

— Mais où irez-vous ?

— A Vornève. A Kmor... Quelle importance ? La solitude des métropoles est la même partout. Quant à celle de l'empêcheur de jouir en rond, j'espère que tu ne la connaîtras jamais.

Depuis combien de temps Barnãbé est-il dans la chambre transparente ? Lui-même n'en sait rien. Mais cela ne le tracasse plus vraiment. Parfois, il pense à ses oiseaux, se demande comment ils vivent sans lui, s'ils sont tristes ou bien s'ils chantent toujours. Le plus souvent, il les oublie. Olev lui a vaguement promis de veiller à ce qu'ils aient leur content de graines et d'eau. Cela lui suffit. Et puis ils sont trop loin, de l'autre côté de ces murs invisibles où on l'enferme avec tant de prévenance. L'irréalité de l'extérieur les engloutit comme le reste.

— Ne bougez pas... On va vous changer la perfusion.

Un jour, on lui instille du liquide. Le lendemain, des poudres. Comment procéder avec un patient dont on ignore la maladie comme la race ? Lotions, frictions à la pierre, injection de pâte, incubations gazeuses, il supporte tout avec une égale patience, pourvu qu'on ne lui applique pas deux fois le même traitement. Moyennant quoi, il mettra autant de bonne volonté à guérir le matin, qu'à aller plus mal le soir.

— Votre bain de vase, monsieur Barnãbé.

Il sourit. L'infirmière, maintenant, s'applique à l'appeler par son nom. Après les années d'incertitude, puis l'exaltation qui a précédé la maladie, sa peau est enfin devenue le centre du monde. On la tartine, on l'oint, on en prélève de minuscules fragments, on la saupoudre de mille et une attentions. Les uns le questionnent sans trêve à son sujet, les autres lui consacrent leurs palabres de corridors, les spécialistes les plus exotiques viennent lui rendre hommage, et chacun à son tour déverse sur elle un plein tombereau d'hypothèses.

Elle ne lui fait pas mal, non. Mais pigments et écailles l'ont entièrement désertée, la laissant d'une blancheur désolante. Et l'infortuné oiseleur est devenu plus adhésif qu'un résineux. Dans un premier temps, on a dû lui interdire le port du pyjama, ce qui — ses ornements perdus — l'a mortifié jusqu'à l'âme. Ensuite, il a fallu équiper son lit de draps semi-liquides, afin d'éviter qu'il ne s'étouffe en dormant. A présent, les filles de salle doivent en permanence le protéger de sa maladresse. Un crayon, la clef de son dentier, sa brosse à cils, l'ont déjà envoyé en salle d'opération, où seuls des bistouris de fée ont pu en débarrasser son épiderme. Mais cent petites choses d'une méchanceté imprévisible menacent à chaque instant de s'y engluer : un gravier, une miette de pain, un morceau de coton, un insecte entré malencontreusement par la baie… Pis encore, hélas, ses propres mains.

— Ne vous grattez pas, surtout ! lui a-t-on recommandé.

La nuit, comme à un gosse vicieux, on lui attache les poignets aux montants du lit. Il se laisse faire docilement. Pourtant, dans ses yeux passe la lueur de l'innocence humiliée. Quel est son crime pour qu'on le traite ainsi ? Et les infirmières de s'enfuir, gentilles, honteuses, ôtant à peine sorties leurs gants de protection, pour les jeter avec un frisson dans l'incinérateur.

— Le pauvre, dit la plus jeune. Je deviendrais folle, à sa place. Où a-t-il pu attraper une horreur pareille ?

— Oh, il doit bien le savoir ! répond l'autre. Parce que d'après les rumeurs, il l'a un peu cherché. On m'a même raconté que...

Etendu, entravé, les yeux mi-clos pour guetter un sommeil qui viendra quand il pourra, Barnãbé n'entend que la pluie d'automne. Il voudrait s'ouvrir aux averses, voler à travers les gouttes, les sentir ruisseler sur son dos, sur ses jambes. Saluer les fenêtres d'Arangwad. Les voir s'ouvrir et se peupler de visages radieux. Savoir que les gens de la ville l'aimaient vraiment, qu'il n'a pas été que leur bouffon. Il rêve. Il gît sans force, les bras en croix, dans la froideur diaphane de sa cellule, et personne depuis des semaines n'est venu le voir. Dans un paysage de fête, il fait partie du décor et tient son rôle à la joie générale. Mais une fois les lampions en cendres, il faut bien admettre qu'on ne se soucie guère de lui.

— Jamais de visites ?... a fini par s'étonner Olev, dont la rousseur fouineuse émerge parfois des murs. Tu n'as donc aucune famille ?

— Les oiseaux ne sont pas admis dans les hôpitaux, a-t-il répondu. Il paraît qu'ils sont sales et remplis de microbes... Comme moi.

Et puis l'automne a fini par s'abattre. Trop longtemps contenu, il crève sur Arangwad en trombes d'eau grises, qui noient mégalithes et demeures-ludions. Sur le port, le long des grèves, la Loumka lance des paquets d'écume vers les cataractes. Même les canaux, d'ordinaire limpides, charrient une boue aux flatulences de soufre, d'où monte un sale brouillard.

— Et voilà, murmure Arthur, les yeux sur la petite cheminée de corail. Le feu brûle... Mais Georg est quand même reparti.

— C'est dommage, répond Cassiãn sans ironie, en jetant une pincée de granulés sur les bûches. Dommage, oui. En fin de compte, j'aimais bien l'honnêteté avec laquelle il me détestait.

Jour d'Encens, jour morose, illuminé tant bien que mal par l'ambre noir, une nouvelle drogue arrachée à la Loumka, et ramenée du sud par des contrebandiers au visage d'ange. L'ambre noir, luxe des intouchables, qui vous change le cafard en bien-être, et le moindre bout de grotte en salon rutilant. Sous son emprise, les mots qu'échangent les deux garçons déploient dans l'espace des ailes phosphorescentes. Et Léonore, occupée à peindre ses ongles de pied au rouge de murex, se transforme en éléphant sacré, rendant hommage à la déesse des grands fastes...

Mais la porte s'est ouverte. Mẽg est entrée, sa cape cirée ruisselante de pluie. Et un air froid a envahi la pièce. Un frisson, qui fige d'un coup le nuage d'or dans lequel baignaient les jeunes gens. Sans rien dire, elle laisse glisser son vêtement à terre, et vient se réfugier près du feu, un sourire un peu trop pâle sur les lèvres. Ils la regardent. A travers le filtre de la drogue, c'est cette pâleur, justement, qui les frappe. Un éclat qui sonne faux. Aucune averse ne peut donner à une Yrvène ces traits de cire figée.

— Tu pleures à l'intérieur, observe doucement Cassiãn, qui lit en elle comme dans la Loumka. Où étais-tu ?

— Olev m'avait dit..., murmure-t-elle. Personne ne va jamais voir Barnãbé, à l'hôpital. J'ai pensé que je pourrais peut-être...

Elle se tait.

— Et alors ?... s'enquiert Arthur.

Silence. Les yeux sur les tisons, elle se frotte nerveusement les bras, comme s'ils étaient gelés.

— Tiens, dit Léonore, en lui couvrant les épaules

avec un châle en soie des sables. Il est donc si mal-en-point ?...

Silence encore. En secret, la danse des flammes dans l'âtre lui fait trembler le menton.

— Je... Je ne sais pas, balbutie-t-elle. Je crois qu'il va mourir...

Ce qui restait du nuage de couleurs part en poussière. Instinctivement, ils se rapprochent d'elle, comme des bêtes entourant la charmeuse qui va les perdre.

Elle chuchote. La nudité si blanche, si terriblement adhésive de Barnãbé. Les soins qui le traversent sans l'atteindre. Son mutisme, quand il pépiait à rendre jaloux ses canaris. Son détachement de tout, lui qui buvait la vie à plein goulot. Et puis la morgue des dermato-juges, incapables de cacher leur impuissance. Les mains des infirmières, si maladroites avec leurs ongles ras. Et plus encore, le léger surcroît de clarté qui entourait chaque chose dans sa chambre : cette aura qu'en vraie Yrvène, hélas, elle n'a guère eu de peine à déchiffrer.

L'adieu des objets à un homme qui va bientôt s'éteindre.

— N'allez pas le voir..., leur demande-t-elle. Cela ne sert déjà plus à rien. Il est bien suffisant que moi...

Elle ferme les yeux. Du geste qui façonne le pain, Léonore lui masse lentement les épaules. Peu à peu, dans le craquement des braises, l'ambre noir reconstitue un nouveau nuage, plus doux, nourri de chaleur et de chagrin.

Mais les yeux d'Arthur, grands ouverts, voient au-delà. Fort des pigments qui ont délié sa carapace, il regarde les ténèbres. Et l'angoisse le prend. Celle d'avoir, seul ou en groupe, été trop loin, d'avoir dépassé une limite qu'il ne peut définir, mais dont il pressent brusquement la gravité.

Cela s'appelle...

Non, il n'existe aucun mot humain pour la désigner.

Alors, comme jadis, le jour où leur enfance naïve et rusée avait inventé la transversion, il se blottit dans les bras de Cassiãn, lequel sans comprendre le serre contre lui.

— Tu portes mes écailles, murmure Arthur. Il faudra que tu t'en contentes... Je ne veux pas que tu te fasses incruster ni injecter quoi que ce soit d'autre.

5. *Mourir en papier tue-mouches*

Hiver 572

A NéoMorph, le jeune Estrevann apprendra que ni la création ni la gloire ne préservent des drames de la vie réelle.

Alenka, magicienne vieillissant dans des grottes aux relents de mélisse, lui a ouvert une à une les portes de la galerie. Il en a pris possession avec une fougue de pionnier, montant des praticables, installant des échelles, disposant dans les airs tout un réseau d'étagères et de tablettes. Et les buccins y ont fleuri par centaines, par milliers, dans leurs bocaux soigneusement étiquetés, prêts à engendrer dans le corps des visiteurs les hallucinations de la décadence.

Le vernissage rassemblera une faune disparate, à quatre-vingt-quinze pour cent humaine, moitié professionnels blasés, moitié transvers en goguette. Seul Georg, rencogné dans les pierrailles de Kmor, manquera à l'appel. Une absence de marque, au milieu de cette cohue papillonnante.

— Je ne comprends pas toujours ce que tu veux suggérer, dira Edith, arrivée le matin même de Vornève, et soucieuse de tenir son rang. Mais les œuvres qui parlent de couleurs et d'oiseaux m'ont plu. J'y retrouve bien mon fils. Celui qui construisait des châteaux de bulles sur la plage…

Squames polies, mante en fibre de faux pin, elle

vieillit sans trop de heurts. Une dernière fois, Arthur la verra faire le tour des salles, de son pas d'adolescente. Puis elle grignotera un sablé au musc pour remercier la directrice de veiller si gentiment sur lui. Et le soir, elle reprendra seule le chemin de l'embarcadère. Heureuse un instant. A jamais mélancolique.

— Votre mère est charmante, lâchera Alenka, qui ne dédaigne pas les vannes en demi-teinte. Elle n'y entend rien, d'accord. Mais au moins, elle vient avec son cœur, et la volonté de s'ouvrir. Si on pouvait en dire autant des critiques... Enfin, trois de vos engins ont trouvé un acquéreur. Pour un débutant, ne nous plaignons pas !

Il ne relèvera pas la hauteur avec laquelle elle a nommé « engins » les architectures de son âme. Sous le fard des lèvres, les dents de la femme d'affaires restent précises. Plus que des sentiments, ce qu'elle attend de lui, c'est qu'il veille à la longévité des buccins, pour garantir la survie des sculptures vendues. Et ce n'est pas un travail de poète.

Cependant, tandis qu'il jauge le degré de fossilisation où les plonge l'hypnose, et qu'il cherche dans la Loumka à moitié gelée les phases capables de les immortaliser, son nom commence à apparaître çà et là dans les cristaux de presse. Troublé, ravi, frustré, il fait l'apprentissage de cette chose étrange, plus traîtresse que les courants des séracs : ce que les autres pensent de lui.

— Eh oui, dira un soir Cassiãn. C'est cela, la gloire. Se voir embaumé ou pétrifié, selon l'humeur des eunuques de l'art.

— Et moi ? rétorque Estrevann. L'être humain qui s'appelle « moi » ! Il se situe où, là-dedans ?

— Ici. Sous la voûte de ton atelier, en train de surveiller Mẽg qui donne leur jus de plancton à tes bestioles. Et à la rigueur dans ton œuvre. Mais seulement pour ceux qui savent t'y voir.

Près de l'entrée, Léonore est occupée à épouiller un minuscule lémurien qu'elle a rapporté du désert et materne outrageusement.

— Le cristal de Jennīfer sera diffusé demain, Arthur, intervient-elle. Oh, elle a très bien compris ton histoire ! Ton refus de la parole, sa transmutation, tout. Et puis l'élargissement de tes limites par le choix transvers. (Sage, Kouki !) Ce sera superbe !

— Je n'en doute pas, fait l'intéressé. Et à usage interne, uniquement ! On dira encore que le succès est fait de complaisance.

— Tant pis pour les aigris ! Quand on veut lire son nom en grosses lettres, il faut s'en donner les moyens.

— Il faut surtout rester en vie..., lâche Mēg.

Le silence, soudain. Et les bulots qui se rétractent.

— Hé là, lutin..., murmure Cassiān. Ne fais pas tes yeux de panique !

Seringue, flacon, elle a tout reposé au hasard. Les pigments de son visage sont ternes. Elle considère le vide comme quelqu'un qui voit s'effondrer sa maison. Sa main cherche une chaise. La trouve. S'y cramponne. Puis, d'un mouvement doux, elle s'y affaisse sans répondre.

— Qu'est-ce que tu as ? s'exclame Arthur en se levant.

— Il... Il est mort, balbutie-t-elle. Je crois qu'il est mort.

— Mais qui ?

— Barnābé... Il vient de mourir. Là, maintenant. Je le sens...

— Barnābé... ?

L'horloge sonne. Au-dehors, le vent souffle et se tait. Ils se regardent sans parvenir à occulter le verdict. Dans la paume de Léonore, la petite bête gémit et tremble comme si elle avait la fièvre.

Le récit d'Olev viendra plus tard. Un rapport calme et un rien vicieux, juste assez froid pour éviter les épanchements auxquels un médecin répugne, mais porteur de ces détails que les proches tiennent à connaître, tout en sachant qu'ils en souffriront.

Les derniers jours de l'oiseleur ont eu l'absurdité d'un sacerdoce. Oui, voilà ce qu'il faut imaginer. Une pièce de plus en plus diaphane, à mesure que la vie s'en retirait. Des baies qui, à force de givre, avaient fini par ne plus s'ouvrir. Un silence à vous nouer la gorge. Et sur sa couche semi-liquide, cet être à la nudité si monstrueusement adhésive que des débris de tout et de rien y demeuraient collés, en dépit de la vigilance des soignantes.

Des insectes morts, surtout. A la fin de cet interminable été, de nouvelles générations de mouches avaient surgi, nées des vasières de la Loumka. On les a vues proliférer malgré l'hiver. La peau de Barnãbé, avec ses sucs poisseux, les a attirées comme du pourri. Le temps qu'on réalise le danger, il en était couvert. Un grouillement de bestioles agonisantes. Un grésillement d'ailes et de pattes qui, en le chatouillant sans relâche, lui arrachaient d'étranges gémissements de volupté.

— Les oiseaux se nourrissent d'insectes…, balbutiait-il, au bord de l'extase. Je suis en train de devenir oiseau !…

En hâte, pour le sauver de l'asphyxie, on le conduit en salle d'opération. Des blouses violacées viennent à sa rencontre. Des scalpels luisent affablement dans le faux jour. Mais il s'insurge. Des cris, des sanglots si déchirants que les chirurgiens, pourtant blasés, se prennent à douter d'eux-mêmes.

— Ce sont mes mouches ! répète-t-il en hoquetant. J'en ai besoin pour m'alimenter. Vous n'avez pas le droit de me les prendre !…

En fin de compte, l'intervention sera suspendue. On l'installe dans une chambre stérile. On le laisse en paix.

Et bientôt, telle une plante carnivore, il commence à digérer les créatures qui jonchent son épiderme. Pendant une semaine, il va s'en repaître avec des mines de bébé ivre, comme s'il s'appropriait ce qu'on lui avait toujours refusé. Une odeur de vomi stagne dans la pièce, décourageant toute approche. A l'issue du festin, cependant, sa peau sera redevenue parfaitement nette.

Mais plus gluante, plus affamée que jamais.

— Je n'avais jamais vu pareille chose ! affirmera Olev, avec le sourire noir de ceux qui ont approché l'inhumain. Il était clair qu'il allait mourir. Mais il n'exprimait qu'un bonheur sinistre, qui lui tordait la figure. A croire que cette maladie le comblait !...

Les sages, quand ils sentent venir la fin, essaient d'économiser leurs forces coûte que coûte, afin d'en garder encore une miette pour le lendemain. Lui continua de dépérir tranquillement, l'air d'un gourmet qui se dévore lui-même de l'intérieur, faute de mieux.

— Il faut que je me fasse léger, répétait-il. Comme un passereau. Sinon, je ne pourrai jamais m'envoler.

— Oui, monsieur Barnãbé, bafouillait l'aide soignante, avant de se réfugier peureusement dans le couloir.

Et les journées d'hôpital de s'égrener, goutte à goutte, avec leur lenteur de compte à rebours...

Et puis le dernier matin. Cette pathétique statue qu'ils trouveront, debout sur le lit, un pied en l'air, le buste incliné, les bras à demi fléchis sur les côtés. Cette forme qui n'est plus humaine, puisque des milliers de plumes la recouvrent, blanches, grises, brunâtres, réparties du crâne aux orteils sur toute la surface de son corps émacié, tandis que les deux oreillers, éventrés, achèvent de se vider sur le dallage.

— Je... Vole..., énoncera-t-il d'une voix infiniment lasse. Dans un mouvement, un souffle, infiniment lents. Avec un regard, lui aussi, infiniment proche de la mort. Je... Vole...

Le toucher, non, ce n'est pas possible. Ceux qui se tiennent là ne se sentent plus médecins ni infirmières. Etres humains, seulement. Confondus par sa métamorphose. Figés par la pitié. Ils le verront s'affaisser parmi les draps semi-liquides, ainsi qu'un albatros en fin de course. Recroqueviller sans hâte ses membres sous son ventre. Puis se raidir... Un oisillon fœtal, mort de n'avoir pu trouver son œuf.

Il a fait froid et doux, ce jour-là, comme chaque fois que disparaît un illuminé sans gloire.

— On l'incinère demain, conclura cyniquement Olev, en lissant sa barbe de ce geste d'apaisement qu'il n'a pas eu l'idée de lui accorder. Les peurs médiévales nous hantent encore. Personne, à l'hôpital, n'a consenti à faire son autopsie !...

La soirée s'étire sans joie, sans remous, ni rien qui lui donne goût ou couleur. La surface des choses reste inchangée. Ce qui a disparu avait si peu d'importance... Arangwad s'est-elle seulement aperçue que son bouffon était mort ? Sur les pontons, le froid pétrifie les pommettes des passants. Le verglas tend aux vieux ses habituelles chausse-trapes. Et en contrebas, l'eau des canaux remue avec la douceur d'un python qui somnole. En ce milieu de semaine, l'hiver a rendu les âmes si provinciales qu'on ne se hâte plus que de rester chez soi.

Peu de monde à l'Ecaille d'Encre. On parle de Barnãbé, bien sûr, mais aussi des Jeux culturels, des fontaines que le gel a fait éclater, des nouvelles transcriptions de panthère, des échos d'une orgie à l'ambre noir dans un blockhaus. Tout est normal, morne, faux. Alcool et sel emplissent docilement les coupes. Langues et gosiers les vident non moins docilement. Le trou que l'oiseleur a laissé dans les mémoires a la grosseur d'une tête d'épingle. Au fond, mourir ainsi faisait partie de son folklore...

Cassiãn ne parle guère. Pendant l'après-midi, il a incrusté et tatoué des gens qui, entre deux gémissements, lui tenaient des propos si vains qu'il a fini par laisser le poinçon répondre à sa place. Si l'aiguille lui semblait plus rétive que de coutume, cela ne les regardait pas. Et la question que lui posait leur peau, tandis qu'il y imprimait sa marque, bien moins encore.

Ce soir, il est sorti un instant sur la passerelle. Dans le halo du cèdre à néon, un oiseau volait sur place, obstinément, battant des ailes à une cadence affolée, flap-flap-flap, tel un idiot occupé à se donner des gifles. Aussi longtemps qu'a duré sa danse, Võrgh est resté là, appuyé des deux mains à la rambarde, incapable de le quitter du regard. Au bout d'un moment, pourtant, il l'a vu s'éclipser dans la nuit. La gorge sèche, il a prié pour qu'il revienne. Puis il a regagné le bar. Dans la fumée, personne n'a remarqué l'éclat anormal de ses yeux.

Sauf Léonore, bien sûr.

Elle ne l'aimait guère, Barnãbé. Sa mort ne lui a inspiré qu'une compassion de principe, comme on en accorde au perroquet d'un voisin. Mais elle a senti les doutes de Cassiãn — lui qui ne doute jamais —, entendu cette question qu'il se refusait à formuler, compris quel remords le menaçait. Alors elle chante pour lui. Et sa voix, en l'entourant, le pénètre d'une chaleur si puissante, si animale, qu'il en éprouve malgré lui un bien-être.

Rose de Sable a peur, cependant. Elle a joué avec l'escargot noir, le matin de la Fête du Contact. Et l'effroi que l'animal a éveillé chez Mẽg ne l'a guère ébranlée. Mais maintenant que la minuscule prophétie s'est accomplie, que la joie a bel et bien engendré la mort, le bébé secret tremble de froid. Par instants, même, il se retire du chant *ex abrupto*.Bouche fermée, il se réfugie dans les recoins matriciels où le monde ne risque pas de l'atteindre, et grelotte.

Quant à Arthur — lui qui ne boit jamais —, il sirote derrière son comptoir un jus de Dieu sait quoi, en oubliant de servir les clients. Dans les volutes vertes du liquide se déploient d'impalpables ailes, qui ne s'ouvrent que pour partir en charpie. Et il songe. La mort d'un funambule, est-ce donc tellement grave qu'on en retire ce vague dans la poitrine, comme s'il s'agissait d'un ami proche ?

Puis ses pensées elles-mêmes s'estompent. Il ne lui reste qu'une impression de vide, sans objet précis, plus vaste et douloureuse que la seule disparition de Barnãbé.

Peut-être est-ce simplement le fait que Mẽg ne soit pas là, avec ses pirouettes de couleurs.

Elle a annoncé qu'elle ne danserait pas, ce soir.

— Reste avec nous, dit Jennĩfer de cette voix d'hydromel à laquelle peu de gens résistent. Tu n'as rien avalé. Je te commande un *Lacrima mortis* : ça aide à sortir le chagrin.

— Je n'ai pas soif, répond Mẽg. Ce soir, ma propre salive a un goût de cendre. Il vaut mieux que je rentre.

— Allons, intervient le serveur (Jeff, probablement). Jeûner n'a jamais ressuscité personne. Jĩm vous a prévu un merveilleux fruité de sangsues. Ni solide ni liquide, un amour de légèreté... Il te réconciliera avec la vie !

Olev, lui, ne dit rien. Le Rostre de Homard reste ce théâtre où les problèmes existentiels se résolvent en soupe des trois harpons ou en sorbet aux praires. Cela va avec la décoration des murs — monstres des eaux profondes en massepain — et l'odeur sournoisement gastronomique des courants d'air. Que Mẽg soit bouleversée ne coupe guère l'appétit au rouquin. Mais un vieux réflexe gurde le retient d'ajouter ses propres arrière-pensées au pathos ambiant.

— Non, décidément, fait la jeune femme. Trop de bruit. Trop de lumières. J'ai besoin d'être seule. D'ensevelir cette mort dans le sommeil. Demain, cela ira mieux...

Elle se lève, et s'enveloppe dans le burnous démesuré que lui a prêté Léonore. Sous ses pas, tandis qu'elle se dirige vers la sortie, le plancher semble tanguer comme un ponton. Une ou deux personnes la suivent du coin de l'œil. Il restera de son sillage quelque chose d'incernablement fragile, que la porte fermée ne dissipera pas.

— Nous voilà livrés à nous-mêmes, observera Olev au bout d'un moment. Le genre de situation qui frôle l'inconvenance.

— Le hasard sait ce qu'il fait..., rétorque Jennīfer.

Elle le regarde. Tout à l'heure encore, il affichait une placidité à peu près plausible. Du moins aux yeux de Mēg. A présent, son masque se déforme et, dans l'ombre de ses paupières, elle entrevoit les passions malsaines qui l'agitent.

— Tu as quelque chose à me dire, déclare-t-elle en allumant un de ces mini-cigares iodés qu'il déteste.

— Oui.

— Et tu n'y es pas vraiment décidé.

Il sourit. A travers la fumée, sa barbe lui donne l'air affable et carnassier d'un renard.

— Tu voudrais parler à la femme, tranche-t-elle. Mais tu ne veux pas qu'elle te vende à la diseuse de cristaux.

— Il suffit qu'elle me promette le secret, répond-il. Au moins jusqu'à nouvel ordre.

— Le secret ? J'aimerais bien, mon beau... Malheureusement, c'est contraire à mon éthique professionnelle.

— Dommage… Parce que la mienne, tu comprends, m'impose un silence en rapport !

— La tienne en tant que juge, ou en tant que médecin ?

— Les deux.

Rieuse, elle mordille le bout du petit cigare.

— En tant que pourri, par contre, elle te pousse à vendre la mèche. Tu es aussi excité que devant ta collection d'os pubiens !

— Il pourrait justement s'agir d'une collection. Un peu sinistre, j'en conviens, mais sans précédent !

Autour d'eux, le bruit des voix s'estompe. Pied à pied, ils argumentent, penchés l'un vers l'autre comme deux prédateurs en rut.

— Se confier contre toute raison est un luxe, dit Jennîfer. Ne sommes-nous pas assez intimes pour y accéder ?

— Il faut y mettre le prix, ma belle.

— Et à combien l'estimes-tu ?

— Ton reniement contre le mien.

Les pigments en feu, elle écrase le cigarillo sous la table.

— Mais pourquoi ?

— Avant de livrer une planète à la panique, on doit réfléchir.

— La panique ?…

Olev tourna la tête. Emergeant de la fumée, voici le serveur qui revient, portant deux coupes du fameux fruité. Une mousse de sang assez impalpable pour combler les gourmets des deux races.

— J'ai ta parole ?… reprendra-t-il, sitôt Jeff reparti — auréolé des compliments de rigueur.

— Soit.

— Bois, alors. Parce que ça risque de te paraître amer… Voilà. Barnãbé n'est pas un cas unique. A Kmor, à Délée, à Vornève, et ici également, il en est apparu d'autres. Avec des symptômes variables, ahurissants parfois, mais qui relèvent à coup sûr de la même maladie.

— Ha... Combien de cas ?

— Déjà dix-neuf. Tous transvers. Et cinq d'entre eux sont morts. Un bon début pour une collection.

— Ce qui veut dire ?...

— Qu'une épidémie est en train de nous tomber dessus. Et qu'il va falloir réfléchir très vite.

Elle a reposé sa cuiller. Sous le bleu doré des pigments, derrière ses traits inflexibles, son visage s'est vidé de sa sève.

— Eh bien, lâche-t-elle. Voilà une bonne nouvelle !...

Les yeux plissés, elle cherche dans le sourire trop froid, trop cynique d'Olev, un démenti qui ne vient pas.

— A ta santé, dit-il en levant sa coupe vers elle. Je suis désolé...

Machinalement, elle absorbe une gorgée de fruité, comme pour diluer le poison qui lui tord en douce l'estomac. Puis elle ramène une mèche brune derrière son oreille, avec le flegme de quelqu'un qui vient de changer d'identité.

— J'espère, ironise-t-elle, que tu mesures de quoi tu me prives. Un cristal qui aurait transformé ma carrière...

— Tu le diffuseras un autre jour. Je te tiendrai même la main pour le rédiger, si tu veux.

Ils se taisent. Elle déguste l'entremets avec lenteur, en essayant de s'imprégner de ce goût ambigu, sucre et sang, cette onctuosité qui s'évapore sur la langue. Mais chaque cuillerée lui fait entrevoir une nouvelle face du désastre. La dislocation du monde transvers. Ses amis, dénaturés un à un. Le danger qu'elle court elle-même... De nouveau son bras qui retombe. Elle rit. Une angoisse si incommensurable, elle n'arrive pas vraiment à y croire.

— Tu as parlé à la journaliste, fait-elle d'une voix

égale. Mais tu as oublié la femme. Est-ce qu'Olev n'a rien à dire à Jennĩfer ?

Calmement, il achève sa coupe, s'essuie les lèvres, puis pose sur le poignet de la jeune femme une main de plomb.

— Il est temps de distinguer l'important de l'accessoire, répond-il. Je voudrais que tu abandonnes ton nid-ludion pour t'installer dans ma tanière. Et que, jusqu'à ce qu'on en sache davantage, nous imposions la plus stricte fidélité à nos épidermes.

Mẽg, cependant, s'est enfermée dans la bulle qui lui sert de chambre. Ce soir, elle ne dormira pas avec Cassiãn. Ni avec Arthur. Ni personne d'autre... A vrai dire, elle ne compte pas du tout dormir. La nuit pourra dérouler ses cycles noirs et rouges, elle les regardera en face, les lèvres entrouvertes, comme on lit un mauvais livre.

La paroi d'eau solide est brûlante. Les algues dégagent une âcreté de solfatare. La jeune Yrvène se déshabille avec des gestes las, anxieuse de se couler entre les draps de gélatine. Elle voudrait effacer l'empreinte du mort, rejeter son odeur, cracher son goût. Mais toujours les images lui en reviennent. La dernière, en particulier, dont il lui semble qu'elle ne se débarrassera jamais.

Le sourire de Barnãbé, il y a quelques semaines, quand depuis la porte transparente elle a murmuré : *au revoir*.

Un sourire ? Une pauvre chose tordue, avec des dents à l'intérieur, et un regard au-dessus qui disait : Nous ne nous reverrons plus, vrai, ce n'est pas la peine de faire semblant...

Et les mouches, surtout. Quand Mẽg l'a vu, ce jour-là, les garces commençaient à s'agglutiner sur sa peau. C'est pour cela qu'elle n'y est plus retournée. La pitié s'arrête lorsque survient le dégoût. La petite danseuse voudrait bien les oublier, elles aussi. Mais elles ont touché son point sensible. Elle n'a pas fini de les voir tournoyer — grasses, noires, bourdonnantes — prêtes à engluer l'air qu'elle respire.

Coupable ? Non, elle ne se sent pas vraiment coupable. Personne ne pouvait le sauver, et ces visites de lutin valaient mieux que l'indifférence des autres. Non. Malade, plutôt. Ebranlée à un niveau qu'elle croyait inviolable : sa capacité à discerner un corps sain d'un corps déchu. Il est vrai que le regard de son père avait ouvert la voie. Puis l'emprise de Võĩrgh, les immondes attouchements de Hans, et tout ce qui s'est ensuivi... Quelle folie de les avoir laissés séparer son cœur de son sexe !

Elle a peur. La mort a un visage, à présent. Sur le tard, elle entendra Arthur, Léonore, Cassiãn gravir l'escalier d'un pas morne, puis refermer leur porte. La maison se pelotonne sous l'hiver. Du dehors ne viennent que les chuintements de la bise, les *cui-cui* d'un oiseau frigorifié. Arangwad dort en retenant son souffle. Mais la Loumka, plongée dans son cauchemar de cristal, n'a de réconfort à offrir à personne... Mẽg comptera les heures sans repos, sans plaisir, et surtout sans en recevoir d'enseignement.

Et cela aura la lenteur et la malignité d'une obsession.

Le jour se lève, à présent. Une grisaille qui crachote de la neige fondue. Il faut reprendre corps. Retrouver les gestes du quotidien, l'odeur de miel noir et de maté qui remet les inquiétudes à leur place. Confier ses muscles à un de ces baumes qui, en absorbant les courbatures, aident une danseuse à se tenir debout.

Sur le lit, parmi les plis de la gélatine, brillent deux écailles. Elle les aura perdues, sans doute, pendant la nuit.

QUATRIÈME PARTIE

1. *L'épidermie*

Printemps 572

Au début, on a chuchoté. De ruelle en ruelle, de canal en canal, la rumeur s'est répandue furtivement, en distillant cette mauvaiseté qui empoisonne les conversations les plus badines. Elle s'est enflée à mesure, semant ici la stupeur, là l'incrédulité, ailleurs encore l'inquiétude. Et les esprits ont commencé à s'échauffer, tandis que montaient les fumerolles du printemps.

— Une derma... chose, là, une maladie de peau ! Inconnue. *Il paraît* qu'on en meurt...

— Encore un délire à l'ambre noir !

— Mon frère est dermato-juge. Il m'a raconté une histoire de ce genre... Ça ne touche que les transvers, de toute façon.

— Oh ! alors... (Rires.)

Trois nouveaux morts à Vornève. Une adolescente. Un colmateur de fuites. Une entremetteuse notoire. Trois petits décès parmi la foule des révérences qu'on tire, chaque jour, pour les motifs les plus futiles. Mais ceux-là, justement, on les a relevés. On en cause. On les montre du doigt.

— *Il paraît* que la maquerelle, ses écailles, pfuitt ! Toutes tombées en une nuit.

— Allez savoir les saletés qu'elle avait dû faire...

Un cadavre dans les murailles de Kmor. Et deux à

Délée, la ville yrvène où tant de Gurdes sont venus vivre après la guerre. Quant aux cités mineures, elles dorment d'un sommeil troublé. Dans l'une d'elles, l'épiderme d'un lutteur à gages s'est constellé de puits, tandis que celui de son partenaire, exsangue, se hérissait de crêtes.

— Les cristaux racontent n'importe quoi. Des crêtes, imaginez-vous ! Pourquoi pas des plumes ?

— Justement. Souvenez-vous du marchand d'oiseaux, à Arangwad. Je vous répète que le gouvernement nous cache la vérité.

La cité transverse, plus qu'une autre, s'est adonnée à ce dialogue-hésitation *moi, je sais tout / moi, je ne veux pas savoir.* Des mégalithes aux bulles à vivre, des phrases définitives s'échangent, tressant une conversation où angoisse et dérision s'entrecroisent. Le mot *maladie,* à lui seul, y use plus de salive que tout le langage de l'amour.

Puis la confirmation est venue. Brutale. Un coup de harpon à l'endroit exact où on le redoutait.

Le cristal de Jennîfer, d'abord ; abrégé sur le réseau transvers planétaire ; *in extenso* sur les circuits d'Arangwad. Ensuite, le jour même, plusieurs communiqués pirates, aussi contradictoires qu'alarmants. Le soir enfin, sur les écrans semi-liquides du gouvernement, un éditorial qui visait à rassurer les foules, mais a bien sûr produit l'effet inverse.

Ils savent, à présent. Sous le verdict, les lèvres sont restées entrouvertes. Les yeux ont eu cet éclair gris qui salue les catastrophes. Et si nombre de Gurdes ont haussé les épaules avec un rire sec, plus d'un Yrvène, les poings serrés, a craché par terre. La plupart pourtant, il faut le dire, n'y penseront plus le lendemain. Mais le pire des insouciants ne pourra nier une chose : la Loumka a particulièrement tardé à dégeler, cette année, et ses mouvements demeurent ceux d'un organisme épuisé par l'effort.

Une centaine de cas ont été recensés, dont un bon tiers sont déjà morts. Le mode de contagion divise encore la science. Mais si la diversité des symptômes témoigne de l'imagination de la nature, leur siège en revanche ne varie guère : la peau, la peau, et encore la peau. D'où les vocables avancés par les diseurs de cristaux, les linguistes, les dermato-juges, pour désigner le fléau : *Pseudo-Lèpre, Epidermie, Rage Cutanée, Syndrome de Psychodégénérescence Externe*... A ces louables constructions, la populace, mi-hostile mi-effrayée, préférera le terme de *Gale Transverse,* qui stigmatise d'un seul trait le mal et l'infortuné qui le véhicule.

Oui, les fanatiques de Race à Part, les bégueules de Foi et Loi, et les bonnes gens qui maugréaient secrètement derrière leur vitre, peuvent pavoiser : Gurdes ou Yrvènes, ceux dont la nouvelle peste a léché l'épiderme appartiennent sans exception à l'engeance du rivage. Et voilà démontrée la volonté de Dieu. La Loi d'Instinct relevait bel et bien d'un ordre supérieur.

Alors, tandis que les résonateurs colportent les détails de la malédiction, les langues se délient en un choral cancanier, où se côtoient la peur, la colère, le sarcasme, la détresse, les informations contrôlées et les délires superstitieux, la haine, le dévouement, l'égoïsme, la grandeur et la bassesse.

— C'est l'abus des contacts qui rend malade. Ces excités n'auraient qu'à se modérer un peu, et tout rentrerait dans l'ordre. Mais ils n'ont aucune mesure !

— Vous n'y êtes pas ! Il suffit de toucher *un* individu contaminé. Un seul, vous m'entendez bien ? Et hop, en route pour l'hôpital !...

— Allons... Il n'y a que les transcrits qui soient menacés. Forcément ! A trop secouer son métabolisme, on finit par le démolir.

— Le mareyeur qui est mort la semaine dernière n'était pas transcrit. Ni la petite serveuse du *Sablé d'Or.*

— En tout cas, c'est par la peau qu'on l'attrape, cette saleté. Même si les contacts conformes sont sans risque.

— Mais les symptômes... C'est vrai, ce qu'on raconte ? Qu'à la fin, certains sont entièrement défigurés ?

— D'abord, on se dépigmente, on perd ses écailles. Premier stade. Ensuite apparaissent les complications, du simple au spectaculaire. *Défiguré* est souvent un euphémisme... Enfin, au bout de quelques mois, la mort par épuisement.

— Grand bien leur fasse... Ça nettoiera un peu la planète !

— Taisez-vous ! Ces jeunes, ils étaient mus par l'amour. Le besoin d'effacer les atrocités de leurs ancêtres. Et voilà... La providence est en train de les détruire. La génération qui avait ensoleillé l'après-guerre.

— Je vous dis qu'ils l'ont cherché. Sans être puritain, il y a des limites ! Je ne parle même pas de leurs orgies, simplement de ce qu'on voit dans la rue. Ces types avec des squames de caïman. Ces filles couvertes de ventouses. Ils ont cru longtemps que tout était permis !

Et ainsi de suite... Le soleil caresse de plus en plus tôt les iris roses. Dans la Loumka, les derniers séracs ont fondu. Mais cette masse puissante, qui a combattu le roc durant des millions d'années, garde de l'hiver une raideur arthritique. Des failles s'ouvrent par endroits dans ses remous. Certaines arborescences se brisent en plein essor. Même ses zones de couleur, jadis subtilement mêlées, semblent en proie à la dislocation.

Que croire, sinon que c'est au cœur de sa cohésion, dans ce lien paradoxal qui l'unit aux hommes, qu'Erda-Rann a été frappée ?

— Je n'irai pas ! décrète Mẽg, ses petits cheveux bleus tout raides. Cela ne servirait strictement à rien.

Elle s'est réfugiée dans le jardin liquide attenant à l'Ecaille d'Encre. Recroquevillée sur une roche que cernent les imprévisibles mouvements de l'eau, elle voudrait devenir végétale, se fondre aux papyrus, ne plus être assaillie de conseils, de questions. Que les choses s'accomplissent d'elles-mêmes, ainsi qu'elles l'ont toujours fait. En suivant cette loi du flux et du reflux qui polit les aspérités de la grève, et rend à la vie sa fluidité. Mais voilà. Les gens qui l'aiment ne lâchent pas prise. Ils veulent soumettre son souffle à la logique. Et leur inquiétude la rapproche sans faillir de cette chose, à l'intérieur, dont elle cherche de toutes ses forces à s'éloigner.

— Ecoute-moi, reprend Arthur, qui patauge à pleines bottes parmi le clapotis de la mousse. Tu n'es pas raisonnable. Tes écailles tombent par poignées. Quant à tes pigments...

— Je sais ! rétorque-t-elle. J'ai l'air d'avoir passé la nuit dans une cuve à déterger !...

— N'exagérons rien... Mais tu es suffisamment pâle pour qu'on s'en préoccupe.

— Cela m'arrive chaque année, à la même époque. C'est une forme de mue. Ma manière à moi de renaître après l'hiver. Il n'y a aucune raison de s'affoler !

— Tes incrustations, tu les portes depuis huit ans. Elles sont entièrement intégrées à ton métabolisme. Pourquoi, aujourd'hui, prennent-elles le large sans se renouveler ?

— Mais je n'en sais rien ! Et puis, qu'elles aillent au diable, tiens... J'ai trop fait de concessions ! A ma race, à la tienne, à ma famille, à mes amants. Je veux me dépouiller de tout, tu m'entends ? De tout ! Redevenir vierge. Retrouver cet âge où aucun regard, jamais, ne s'était posé sur moi !

Elle a saisit les branches du fucus pleureur, et s'y enfouit absurdement la face, comme pour les mordre. Le jeune homme reste médusé. A ses pieds, entre les madrépores, l'eau trace des méandres anguleux, indéchiffrables. Du regard, il interroge Léonore dont le sari azur fait plier la passerelle.

— Tu as tort de te mettre dans ces états, petite sœur, déclare l'opulente fille. Si tu n'as pas confiance en Olev, consulte un médecin yrvène. Mais laisse quelqu'un t'examiner. Quand l'intuition ne distingue plus le blanc du noir, il faut s'en remettre à la science...

Opiniâtre, Mēg se berce parmi les lianes, se frottant contre elles à se griffer le visage. Puis elle les rejette avec violence, et darde sur ses amis des yeux gonflés.

— Mais vous ne comprenez pas que j'ai peur ! crie-t-elle. Peur à en perdre le sommeil !... S'il m'annonce que je vais mourir, hein ? Décomposée, monstrueuse, comme Barnābé... Je lui répondrai quoi ?

Dans le cœur de Léonore, le bébé secret a gémi, et ouvre sur les ténèbres des paupières apeurées.

— Il ne te dira jamais une chose pareille, murmure Estrevann. D'abord, rien ne prouve que tu sois contaminée. Ensuite, on connaît mieux cette maladie, maintenant. Et le microbe le plus bénin, il vaut mieux l'attaquer trop tôt que trop tard...

— Si au moins vous cessiez de mentir !... Cette saloperie, personne ne sait d'où elle vient, ni comment la soigner. Et moi, moi, je ne suis jamais allée à un enterrement. Je ne veux pas entendre la musique du mien. Ni imaginer dans quelle robe hideuse on me promènera, ce jour-là !

Elle sanglote. Elle rit. Puis la voilà debout, égarée, qui se cramponne aux lianes, se serre contre le tronc moite, pour s'en écarter aussitôt comme d'un contact obscène. En titubant, elle traverse un bouquet de lis d'eau, trébuche, et tombe à genoux parmi la houle, toujours, des papyrus. Arthur a fait un pas vers elle. Un seul. Mais elle a un mouvement de recul. Et l'épouvante de son regard est telle qu'il se fige, lui aussi, et qu'ils restent là à se dévisager sans mot dire... Cloués sur deux continents que les courants ont résolu de séparer.

— Ne m'approche pas..., balbutie-t-elle. Si ma peau est empoisonnée, vous ne devez plus me toucher ! Ni l'un ni l'autre. Et Cassiãn non plus. Je vous aime. Je ne veux pas vous entraîner là où je vais...

Le vent soulève le jardin liquide en vagues de gouttelettes qui tournoient autour d'elle. Comme prise d'une insatiable soif, elle leur ouvre la bouche, la paume des mains. Une fraîcheur vive l'assaillit, fraternelle, mais porteuse d'un arrière-goût fétide. Lentement, les sens à l'affût, elle s'affaisse parmi les algues détrempées. Ce que la Loumka chuchote entre les coraux, elle voudrait encore s'en nourrir... Illusion. Les paroles prononcées restent mécaniques, tissées dans une substance sans magie. Même en y trempant ses antennes bleues, elle ne parvient plus à les comprendre.

Sur la passerelle, Léonore n'a pas bougé. Les mains sur l'estomac, elle contient les sursauts affolés de Rose de Sable, sans parvenir à fredonner quoi que ce soit pour la calmer. Et de ne pouvoir s'exprimer, la compassion qui l'étreint lui tord la bouche, la rendant soudain laide et gauche, et honteuse d'en être à ce point consciente.

Quant à Arthur, le sourcil noir, les poings au fond des poches, il promène désespérément à travers le corps de Mẽg le premier mot qui lui est venu, quand il a pris la pleine mesure de sa panique.

Le mot *tendresse*.

Le cabinet d'Olev est blanc, roc et métal mélangé, avec vue sur la baie d'Arangwad. Un modèle de professionnalisme gurde, alliant le dépouillement à l'efficacité. La seule tache de couleur y est cette rousseur narquoise avec laquelle il accueille ses patients. Un soupçon d'humanité, un zeste de cynisme, juste de quoi leur faire baisser les armes. Après une consultation d'un quart d'heure, il peut en général ajouter leur confiance à son palmarès.

Sa compétence, Mẽg a pu l'apprécier durant la maladie de Barnãbé. Finalement, c'est à lui qu'elle s'est résignée à montrer sa déchéance : plus de pigments, plus d'écailles, un épiderme lisse et livide. Se mettre ainsi à nu, livrer à son regard les restes d'une carnation que tant d'yeux ont vu étinceler, cela l'a vidée de ses forces. La voilà qui se recroqueville sur son tabouret, en frissonnant dans cette peau qui la protège si mal. Lui, cependant, équipé d'une solide blouse nickelée, la questionne avec une adresse de renard, sans laisser paraître ses réactions. Et elle mordille ses doigts menus en l'observant, le sonde, s'efforce de le percer à jour, hantée par l'image des cohortes d'incurables qui l'ont précédée entre ces murs.

— Si tu mets des gants pour me toucher, murmure-t-elle, c'est que tu sais déjà à quoi t'en tenir.

— Même chez le dernier des charlatans, sourit-il, le diagnostic vient *après* l'examen !

— Une protection innocente, alors ? A d'autres...

— Je suis interdit de contact transvers, ma belle. Jusqu'à nouvel ordre. Tu ne voudrais pas que ton médecin tombe malade ?

— Je comprends... Et puis tu l'as promis à Jennĩfer, n'est-ce pas ?

— Tu as deviné cela ?

— Deviné ?...

Son trouble soudain fait paraître le teint de Mẽg encore plus blafard.

— Je... Je ne sais pas. Depuis quelque temps, je ne capte plus les messages de la Loumka. En revanche, je suis presque trop perméable à ce qui se trame dans l'esprit des gens.

— Vraiment ? dit-il, tout en lui triturant la peau. Il me semble que c'est plutôt un signe de santé !

Elle a tressailli, puis se mord imperceptiblement les lèvres.

— Il te *semble* ? Oh... Pourquoi les Gurdes mentent-ils si mal ?

— Parce que les Yrvènes ont trop d'imagination. Surtout quand ils n'écoutent que leur peur. Tourne-toi.

— Pas ma peur, Olev. Le son de ta voix. Il m'a dit exactement ce que tu pensais. Quelque chose du genre : *Tiens, ses défenses mentales s'affaiblissent aussi...* Je me trompe ?

— Je suis dermato-juge, répond le rouquin sans perdre son flegme. Ni psychiatre ni même généraliste. Et à la ville, assez peu psychologue, comme tu le sais.

— Bien sûr...

Et sans transition, elle demande d'une petite voix :

— D'après toi, combien de gens se sont tués en apprenant qu'ils avaient cette maladie ?

Il lui pince gentiment l'oreille.

— Sous mes yeux, aucun. Evidemment, je ne peux pas les surveiller du matin jusqu'au soir... Bon. Au moins, tu n'as pas de ganglions. Respire.

Elle s'exécute. L'examen se poursuivra en silence, comme un rite auquel les officiants, par humanité, font semblant de croire. Mais la clarté de la pièce est trop nette. Son absence d'odeur trop aseptique. Au centre, dépouillées de leurs guirlandes, les formes du lutin luisent d'une blancheur albinos. Les gestes d'Olev, les paroles qu'il ne prononce pas, autant de signes qui prennent figure de condamnation.

— Franchement, dit-il, la faisant à nouveau tressaillir, il est trop tôt pour s'alarmer. A part une angoisse à couper au couteau, ton état général vaut bien le mien ! Côté épiderme, il faut faire des analyses, mais on est loin du papier collant de Barnãbé. A mon avis, tu devrais réfléchir un peu avant d'aller te pendre.

Tandis qu'il enregistre le cristal d'ordonnance, elle reprend son corsage à manches gantées, son pantalon à chausses, et les enfile avec la moue d'un enfant voué à porter des vêtements trop grands.

— Je te remercie, Olev, murmure-t-elle. D'avoir essayé si honnêtement de me mentir. Il faudra continuer. Même si cela ne change rien... Et puis ne t'inquiète pas. Ce que tu m'as appris, je le savais déjà depuis des semaines.

Maintenant, les jours de Mẽg s'écoulent sans cohérence. Trop lentement, parce que la certitude rend leur traversée exténuante. Et trop vite, parce que leur nombre, en s'amenuisant goutte à goutte, la rapproche cruellement du moment où... C'est cela. Et d'osciller entre ces impressions contraires jette son corps dans un doute si crucial que la terreur, certains soirs, la tétanise.

Le rouge de l'aube, à travers la voûte d'eau solide, a cessé de s'adresser à elle. Il se déploie très haut, indifférent, réservant son éclat aux autres. Au mieux lui signifiera-t-il que ce nouveau tour de manège, on peut encore le lui accorder. Mais la poussière d'or qu'il répand dans l'air, ce pollen qui féconde herbes et gens, c'est en vain qu'elle essaie de s'en imprégner. Sa peau demeure immuablement lisse et blême.

Eux, Arthur, Léonore, Cassiãn, appellent leur lutin à longueur de journée, depuis cet espace où leur corps se meut : les terres de la santé. La frontière, à présent, ne sépare plus Gurdes et Yrvènes, ni même transvers et conformes, mais — adieu l'idéal — malades et bien portants. Et quand tant de gens l'ignorent encore, Mẽg la voit s'étirer ainsi qu'une vitre molle, un sac de rhodoïd qui l'enferme, et dont l'étiquette annonce à l'envi : attention, celle-là est maudite entre tous, transverse, pestiférée, charogne du diable !

Eux cependant, Cassiãn, Arthur, Léonore, tournent autour du sac, de la vitre, avec leurs sourires à deux sous, les larmes qu'ils cachent dans leurs yeux, tout cet amour qu'ils lui montrent, comme on agite un pantin de soie devant un gamin sous perfusion. Et elle entend leurs silences, déchiffre l'envers du décor, sans parvenir à déchirer le rhodoïd pour les étreindre. Rien à faire. Même Võrgh qui est de sa race, elle a trop peur de le contaminer, elle ne le touche plus que de loin, les yeux fermés.

Alors elle joue, elle rit, elle est si adorable quand elle ment... Ce n'est pas parce qu'on va mourir qu'il faut devenir pesant, ni ennuyeux. Au contraire. Jamais ils ne l'ont vue si gaie, si pétillante, à l'instar de ce vin d'églantine dont les bulles donnent aux Yrvènes des rires de séraphins. Eux, en retour, puisent le réconfort dans sa vaillance, sa légèreté, essayant de se convaincre qu'elle va guérir, simplement parce qu'elle le veut, elle qui incarne pour tant de gens la jubilation de l'être. La condamner, non, la nature ne commettrait pas une faute de goût pareille !...

Miroir après miroir, pourtant, elle se découvre chaque jour plus laide : évanouis les pigments or, mauve, bleu pâle qui la rendaient si exquise, disparues les écailles d'argent dont l'amour et la cruauté de Cassiãn les avait rehaussés, la métamorphose s'est poursuivie. Sous cettte peau devenue diaphane, le réseau des vaisseaux et des veines a commencé d'apparaître. Et cette émergence de l'intérieur la renvoie aux choses noirâtres de son passé, ainsi qu'à un repas qu'il faudrait vomir.

D'elle, on a fait une pute. Mais le nom obscène entre tous, ce n'est pas le sien, ni celui de Võrgh, ni aucun de ceux qu'elle a prononcés le temps d'un orgasme en pensant à autre chose. Non. Qu'elle le chuchote aujourd'hui, ou le crie dans un accès de rage inutile, puisque divorcé ou mort il est sorti de sa vie depuis des lustres, ce nom, c'était celui du géniteur dont la tendresse bandait pour elle, en ces temps où elle ignorait le plaisir qu'elle pouvait y prendre. Et à cause de cet homme, ou de rien, de son désir meurtrier, ou de rien, le désespoir envahit les yeux de Mẽg, ses iris dont la couleur — comme celle de ses cheveux — s'aligne sur ce blanc uniforme qui marque son deuil d'elle-même.

La Loumka s'enfle et roule, mugit et se lacère. La mort œuvre. Mais peut-être est-ce un cycle nécessaire à l'évolution d'Erda-Rann. Dans le déchirement des eaux, la brisure des vagues, toutes ces fausses notes qui apparaissent au sein de ce qui devrait n'être qu'harmonie, la petite danseuse perçoit des signes. Le ressac lui parle, et ces mots qu'elle n'entendait plus ces dernières semaines, traversent sa peau en toute limpidité.

L'Histoire s'est engagée dans un méandre qui fera des milliers de morts. Mais ce qui est malade, ce n'est pas seulement cette femme ou le monde transvers. C'est la mémoire de la population, gurde et yrvène, la mémoire divisée de la planète. Et frissonnant dans son corps diaphane où les veines grimacent comme une toile d'araignée, Mẽg a la vision de la dernière danse qui l'attend. Le jeu sublime qu'elle devra jouer pour faire de sa condamnation un exemple et une fête.

La grande pirouette du clown qui ôte son masque.

2. *Danse à rebours*

Eté 572

— C'est impossible..., répète Arthur, en empoignant ses crins avec désespoir. Dans l'état où elle est ?... Autant la laisser s'immoler en public !

— Je sais, répond Cassiãn. Mais elle y tient... Elle ne reprend vie que lorsqu'elle en parle. Sa surface, sa profondeur, nous ne savons plus ce qui la guide. Refuse-t-on un coup d'alcool à un feu qui s'éteint ?

Léonore, elle, ne dit rien. Son front est noir. Elle se hait farouchement de ne pouvoir toucher Mẽg, de n'être qu'une Gurde et non la Mère Universelle, et se recroqueville sur Rose de Sable, dont l'absence affolée s'emplit du vagissement des bébés qui ne naîtront pas.

Et Mẽg s'obstine. Dépossédée. Insane. Recroquevillée depuis des semaines dans son lit, cachant sous les draps l'horreur qu'elle est devenue. Elle ne mange que seule. Elle ne respire qu'en secret. Alors même qu'elle revendique son chant du cygne, elle reste prisonnière de cette spirale absurde : dissimuler aux proches ce qu'elle veut livrer à la foule.

— Que vas-tu leur montrer, Mẽg, que nous ne puissions voir ?

— La vérité, seulement la vérité. J'ai fini de mentir. Mais il faudra installer une cage en verre sur la scène. Pour qu'ils n'aient pas peur de la contagion. Et là, je leur offrirai une danse... Oh oui ! Ils s'en souviendront éternellement !...

— Mais nous, Mẽg, nous savons dans quel état tu es ! Pourquoi avoir honte devant nous ?

— Honte ? Non ! Je suis fière comme jamais. Seulement, vous êtes trop fragiles, mes pauvres chats. Vous avez trop cru à cette poupée fardée qui a tenu ma place pendant tant d'années. Ce que je suis réellement, je ne peux pas vous l'infliger comme cela, de but en blanc. Vous en mourriez. Avec le recul du théâtre, vous serez protégés. Vous pourrez encore croire qu'il ne s'agit pas de moi. Juste d'un nouveau rôle, qui ne durera qu'un Soir de Sel. Car ce sera Soir de Sel, n'est-ce pas ? Oui. Que la salle soit pleine à craquer. Que le plus de gens possible assistent à ce spectacle qui peut changer leur vie. Ou la sauver, tout simplement.

Et les jours passent. Des saletés de jours qui ne font que durcir les choses. Ebranler davantage les certitudes des bien-portants. Renforcer la malade dans sa décision, qu'elle lui soit ou non dictée par les courants secrets de la Loumka : ces flux dont Dieu lui-même ne saurait dire jusqu'à quel point ils sont gangrenés.

Et les arguments se brisent. Les raisons douloureuses d'Arthur. Le flou complice, pétri de rage et d'amour naïf de Cassiãn. Le silence, oh, si forcené toujours, de Léonore, qui ne sait plus ce que le désert voudrait, et qui pleure la nuit en serrant son lémurien contre ses larmes. *Quatre* est devenu *trois* plus *une*. Mais la déchéance de *une* jette *trois* dans des chemins si mal tracés, si contradictoires, que *trois* devient à son tour *un* plus *une* plus *un,* et que de cela, cyniquement, *une* tire avantage pour atteindre le but qu'elle s'est fixé.

Et le cérémonial se met en place. Les affiches. Un cristal concocté par Jennifer. Quelques mots, lâchés sur les écrans de sable et d'eau, comme des graviers dans une mare. Puis l'élaboration proprement dite. La vitre qui séparera public et officiante. La musique sur laquelle se déroulera leur affrontement (Enzo et Mõrris, défoncés à l'ambre noir). Les éclairages qui le rendront, sinon plaisant, du moins supportable. Les vitamines, enfin, dont Olev bourrera Mẽg, afin qu'elle puisse tenir debout, et projeter au fin fond des âmes cette image d'un exorcisme venu trop tard.

La lumière a jailli. Là, dans la pénombre de la salle, ils retiennent leur souffle, les battements impairs de leur cœur. Ils ne savent pas à quoi s'attendre. Mais ils sont venus nombreux, mus par la curiosité, le goût de l'atroce, un mélange de concupiscence et de crainte. Parfois aussi, un instinct qui les dépasse. Pourtant, dès les premières notes du requin alto, ils trouveront que ce qui apparaît sur scène est trop cru, trop semblable à ce qu'ils veulent ignorer des autres. Et plus sûrement d'eux-mêmes.

Mẽg suit le tempo, sans feindre, sans tricher. Elle accomplit la tâche qui lui a été dictée, sans songer à la vision qu'elle leur inflige, puisqu'à jamais cette vision s'est fondue à sa réalité intérieure. Et puis la vitre la protège. Elle ne voit rien. Elle ne sait rien. Qu'ils éprouvent pour elle horreur, pitié ou bien désir, elle est au-delà de cette angoisse. Une seule règle compte. Se dresser sur les pointes. Tendre son corps vers le ciel, vers le sacrifice, offrir aux yeux invisibles la vérité qui se jouait sous le masque désormais vain de sa peau.

Une écorchée. Oui, une écorchée, c'est ainsi qu'ils la voient, sous son épiderme devenu transparent. Non plus humaine mais anatomique, un jeu de chair dépouillé de son identité, une gravure d'encyclopédie s'exhibant en contorsions malsaines, l'éternel féminin réduit à la turgescence de ses fibres. Et les mugissements du requin alto, les rafales d'accords de la cithare, accentuent l'horreur de la chose, les allures viandesques de ce qui se voudrait l'ultime chorégraphie de l'amour.

Mẽg danse. Oui, de toute son âme, offerte au public par la moindre palpitation de ses muscles, de ses tendons, ce jeu rougeâtre et obscène dont ils se repaissent, bouche bée, livrés à ses gestes comme le maître à l'esclave, captivés par ce saignement intérieur qui leur dédie ses plus infimes pulsations.

Les jambes. Les bras. Le ventre. Autant de faisceaux dont la hideur violacée leur dit ce que la vie a fait d'elle, et ce qui les attend eux-mêmes s'ils n'affrontent pas assez tôt leur mémoire. Autant d'aveux, pourtant, contre lesquels ils vont se défendre avec énergie. Si la peau du lutin est devenue limpide, la leur demeure opaque et sourde, seulement soucieuse des prochaines variations du plaisir. Mẽg danserait jusqu'au sang sur des clous, que certains parleraient encore de trucage. Les traces que vingt-huit ans de faux-semblants ont laissées dans sa chair, c'est en vain qu'elle s'acharne à les leur expliquer. Ils la regardent se consumer derrière sa vitre, et ne comprennent rien, non, ils ne comprennent absolument rien !

Alors, elle s'ouvre à se déchirer. Elle leur tend ses vaisseaux sanguins, ses muqueuses, l'intérieur bafoué de son sexe. Mõrris pleure avec le requin alto. Ou bien Enzo, elle ne les distingue plus. L'accompagnement est devenu la parole divine, les douleurs qui ont précédé sa naissance, les gémissements qu'il a pu pousser, *Lui*, quand de trop la désirer il ne se sentait plus son père, et que la rage qui le tenaillait finissait par le jeter vers elle, quitte à l'éclabousser de honte. Tout cela, elle le leur livre, nue jusqu'au cœur, indécente jusqu'à la vomissure. Et déjà, parmi le craquement des sièges, il en est qui se renfrognent ou ricanent, ou même se lèvent gauchement, gênés d'assister à un tel déballage, quand ils savent que c'est leur propre histoire qui leur est ainsi racontée.

Sur le rebord du plus haut bassin de verre, Arthur se mord le poing droit jusqu'au sang. L'horreur n'a pas de goût. Le vide, pas de limite. Aucun mot ne lui vient, face à l'immensité que lui ouvre Mẽg, face au mutisme supérieur de ses plaies, lui qui se croyait le détenteur suprême du silence. Et pourtant elle lui parle. Avec ses yeux blancs, magnanimes, reconnaissants peut-être du chemin qu'il lui a frayé vers cet aveu public. Mais ce qu'il entend, c'est le compte à rebours qui la rapproche du sol, de la fatigue, de l'instant où elle tombera à genoux.

Au bar, Cassiãn en est à son septième genièvre. L'amour coule entre elle et lui, mensonger, assassin, toute la pourriture du désir contenue dans le regard hébété dont il la couvre, comme s'il pouvait lécher l'immonde transparence de sa peau, et lui rendre le mystère dont il a consacré tant d'orgasmes à la dépouiller. Et à lui aussi, elle parle. Avec les fuseaux pourpres de ses cuisses, de ses épaules, marqués par les fautes qu'il a commises, autant que par la tendresse avec laquelle il les a réparées. Elle lui chante la joie de vivre. Cette vitalité yrvène qui la soutient pour son ultime kermesse, et sur laquelle il devra s'appuyer, à son tour, lorsqu'elle ne sera plus là.

Les projecteurs flamboient. Qui les tient, on ne le sait même plus. Lui, sans doute. Il a dû installer le jeu d'orgues derrière le bar, pour éclairer Mẽg d'une main, et se saouler la gueule de l'autre. Bref, ils rayonnent, ils exultent. Et elle, malgré la vitre, à cause de sa peau si perméable, si infiniment perméable, elle devine que les spectateurs s'en vont. Qu'ils se sont gorgés de son histoire, de ce message que la Loumka leur a adressé à travers elle, mais qu'ils préfèrent fuir plutôt que d'en saisir le sens. Et que ses derniers feux, elle les lancera devant une salle aux trois quarts vide, le dernier quart ayant trop de chagrin pour en tirer le moindre enseignement.

Le dernier quart...

Une syncope du requin alto, ou de son propre souffle, qui commence à la lâcher malgré les vitamines. Il y a un trou dans le noir. Elle le sent. Elle le palpe. Et sa danse n'est plus qu'un cri de douleur, un cri d'enfant trahi, l'enfant qui ne naîtra jamais, et qui en prend soudain conscience, au moment où l'attention coupe les câbles un à un, l'étincelle de rupture révélant enfin les questions que nul n'a posées.

Léonore a quitté la salle.

Les pas ultimes de Mẽg seront dédiés à son absence. A la fragilité sacrée de Rose de Sable, qu'elle n'a jamais vue, mais à qui elle lègue, dans cette salle dont les chaises refroidissent, dont les visiteurs s'éloignent pour rejoindre le mystère de leur propre vie, ce qui reste de joyeux et d'aimable dans ses muscles chancelants, au bord de rompre, et qui la porteront pourtant sans défaillir jusqu'à l'extinction des projecteurs.

La suite, quand la deuxième lune veillera sur le sommeil d'Arangwad, ne concerne pas les bébés imaginaires.

La suite. Légère et noire comme de l'écume.

La suite. La fin. L'instant dérobé où, tout à coup, ce qui était cesse d'être. Pour presque rien. Un pas nu dans l'escalier, le poids d'une crosse de revolver, la lumière que Mẽg n'allume pas. Le chemin instinctif vers les bassins de verre où la Loumka médite, sa surface lisse à peine altérée par la pitié.

L'instant encore. La réflexion qu'elle se hâte d'ensevelir, les gestes trop neufs, jamais répétés, le souvenir brutal d'avoir cru être quelqu'un d'autre.

La force de porter l'arme à sa tempe. La force d'entendre la détonation qui brise les parois de son crâne.

La fin de la vie.

Le sang de Mēg danse la gigue. Des soubresauts légers, l'agonie d'une matière vivante qui survit à sa propre mort. La garce... Elle les a bien laissés tomber ! Il est six heures du matin. La milice vient d'emporter son corps. Et voilà Léonore à genoux, seule, hébétée, avec des gants de caoutchouc, à nettoyer ce foutu vermeil qui battait le long de ses veines, dans l'espoir d'en épargner l'image à Arthur.

Une Gurde ne pleure pas. A mesure qu'elle tord l'éponge, elle voit l'eau de la cuvette se teinter de pourpre, et se mord les lèvres pour contenir ses gémissements. Elle hait ces nuages carmin qui naissent entre ses doigts. Elle exècre ces gants, cette maladie vive qui les suce. Si elle s'écoutait, elle les jetterait au feu ! Mais la contagion est là, les écailles qui tombent, la déchéance... Et la folie qui hante le sang des suicidés ! Il faut pourtant bien qu'elle s'en protège !...

Où est Cassiān ? Il a dû regagner sa chambre. Noyer l'horreur de l'aube dans un de ces sommeils visqueux, bourrés de rêves, dont les Yrvènes ont le secret. Il émergera vers midi, à moitié saoul sans doute... Au-dehors, une clarté cadavérique envahit les carreaux, ravivant les traces que la métisse s'éreinte à laver, annonçant le premier jour d'un monde sans Mēg. Un monde ou, bien sûr, le lutin ne sera plus malade, mais aussi ne parlera plus, ne rira plus, ne changera plus sa nostalgie en fards, ne décèlera plus l'or sous les mensonges, ne dansera plus la gigue.

La détonation n'a pas réveillé Arthur. Tant mieux... Qu'il dorme en paix. Qu'il ignore toujours ces flaques rouges qui palpitent sur le rebord des bassins, et se mêlent aux eaux de la Loumka pour partir vers le large. Avec une obstination d'automate, Léonore poursuit sa besogne, croyant blanchir sa mémoire quand elle la souille au contraire à jamais, se sacrifiant pour protéger… qui ? Rien. Son sentiment de la dignité. Rose de Sable, pétrifiée dans sa coquille. Un idéal au nom inaccessible…

Alors, sur le talisman qu'elle porte au cou, cet os de dresseur de vagues que lui avait donné Mẽg, elle jure que de cette mort renaîtra la vie, et qu'aux obsèques de la petite danseuse, dans le cimetière lacustre où, sous les vagues semi-solides, on ensevelit les Yrvènes, elle chantera la Complainte de l'Ombre Joyeuse, cette mélopée que les femmes du désert adressent aux limbes pour évoquer les enfants à venir.

Et du fond du néant, tôt ou tard, il faudra bien que l'un de ces enfants l'entende.

La douleur d'Arthur, à l'instar de celle de Léonore, s'exprimera sur le mode gurde : le deuil sans larme, le repli sur soi, le refuge dans une création, si dérisoire soit-elle. Tous les moyens que ce peuple raisonnable a trouvés pour ne pas succomber à ses émotions.

Celle de Cassiãn, en revanche, enveloppant les funérailles de Mẽg dans les fumées de la débauche, s'étalera dans le plus pur style yrvène : avec excès, en mêlant une sincérité de tragédie à des outrances de champ de foire.

Le jour, la nuit, il traîne dans les bas-fonds d'Arangwad. De bar en bar. De vin de mer en vin d'opium. Le chagrin n'a jamais empêché un homme de vivre, n'est-ce pas ? Ni de se boyauter à verre que veux-tu, alors même que de l'eau lui coule des yeux ! Mẽg a réussi son dernier tour de passe-passe. Une cabriole de haute volée, le saut périlleux des trompe-la-vie… Bravo ! On l'applaudit très fort, et on commande une nouvelle tournée. A sa mémoire. Elle ne va quand même pas trinquer toute seule, hein ?

Il renverse son verre. D'une gamine mal dessalée, il avait fait l'étoile d'Arangwad, la démone radieuse qui peignait les nuits aux couleurs de son corps. Et puis plof ! Ouais, c'est cela... Plof ! A ceci près que la dégringolade était amorcée depuis longtemps. Est-ce qu'elle ne boudait pas, systématiquement, les portes qu'il s'escrimait à lui ouvrir ?

Vin de scorpion. Genièvre au sang... Après tout, l'excitation suprême venait de ses refus, non ? De ce putain d'entêtement qui la laissait si souvent de marbre, quand elle prétendait brûler. Il se trompe ? C'est le contraire ? Mais avec elle, c'était toujours le contraire ! Comme avec lui, d'ailleurs, voilà bien le côté hilarant de leur drame !...

Ivre mort, ivre lucide, il saoule d'ambre noir les orgies transverses. Corps qui roule tient bon la houle. Et pour lui, pas de microbe, ça non ! C'est réservé aux femmes. Et à ceux qui ne voient pas clair. Lui, il resplendit, tout le monde le désire, et il s'offre à tout le monde. Gurdes, Yrvènes, transcrits, tritons à putes, pythons en rut !...

— L'épidermie..., lance-t-il, je l'emmerde ! C'est le châtiment des trouillards. Ceux qui ont perdu leur cœur à la naissance. Nous, le nôtre jubilera encore dans cent ans, pas vrai ?...

Il baigne dans ce corps collectif, chaud, palpitant, qui change l'angoisse en impressions exquises, en certitudes où reprendre haleine. Il nage d'un être à l'autre, d'une rencontre à une séparation, des squames humaines aux transcriptions animales. Il se noie, heureux, confondu, loin du mortel reproche de Mẽg, vibrant jusqu'à l'os de ces milliers d'attouchements, de ces festins si voluptueusement interdits...

— Je suis vous..., bafouille Cassiãn Võrgh, affalé dans un bac de citronniers, dont les gens s'écartent pour ne plus se laisser toucher qu'à distance. Et vous êtes moi... Si j'avais envie de crever, est-ce que je me serais défroqué ici, ce soir ?

Orgies. Ambre noir. Demain. Après-demain... Tant

que son cœur battra. Tant qu'il ne sera pas vidé de ce paquet d'émotions. Cette rage qu'il ne peut que cracher à jets répétés, en prolongeant les nuits encore et encore, jusqu'à ces matins qui laissent au meilleur des hommes la bouche putride…

Voici l'un de ces matins, justement. Le troisième ou le quatrième. Peu importe. Au-dehors, il fait encore sombre ; mais à l'intérieur, le sentiment d'une lumière obscène a tiré Arthur de son sommeil. Il est vrai qu'il lui en faut peu, ces temps-ci. De la salle du bas monte un tintamarre de tables en bordée, grincements, chocs, jurons, dans le style sabbat du pauvre. Le temps d'enfiler son peignoir de corde, et le voilà qui se penche sur la balustrade, ébloui par le feu incongru des projecteurs.

— Cassiãn !… s'exclame-t-il. Mais qu'est-ce que tu fabriques ?

— Humph…, marmonne Võrgh depuis le bas de l'escalier, où il pousse un cube de bois en peinant sous l'effort. Tu vois bien… Je… remonte mon lit dans ma chambre.

— Roc Dieu… Tu sens le genièvre jusqu'ici ! Ce n'est pas ton lit, c'est un praticable. Laisse-le tranquille et va te coucher.

— C'est ce que je veux, Arthur. Je suis fatigué.

— Saoul à mordre la poussière, plutôt !

— Justement. Voilà. J'ai… besoin de mon lit. Je ne vais pas roupiller… sur les dalles.

— Je te dis que c'est un morceau de l'estrade. Celui sur lequel Mẽg a dansé sa dernière… Ô Cassiãn ! Tu ne comprends donc pas que tu es en train de ?…

Arc-bouté, en sueur, Võrgh fait gravir quelques marches au bloc de bois, les yeux agrandis comme si des empreintes de pieds y traçaient un ballet fantôme.

— Maudit pochard…, grogne Estrevann en descendant à son niveau. Pour une fois que j'arrivais à dormir !

Patiemment, en contenant la rage trop familière qui lui chatouille le crâne, il essaiera de ramener l'Yrvène à la raison... Impossible. Argumenter de façon logique ? L'autre patauge dans une logique parallèle. Empoigner le cube afin de le remettre en place ? Un ivrogne qui résiste a plus d'inertie qu'un sac de plomb. Au bout d'un moment, il devra en appeler au flegme de sa race pour ne pas frapper du poing cet incurable fou.

— Au diable les morts !... déclare Võrgh *ex abrupto,* en lâchant le praticable qui redescend l'escalier avec fracas. Aide-moi plutôt à monter, au lieu de me compliquer l'existence !

D'un geste théâtral, il se dépouille de sa pelure (boueuse) et de son maillot (déchiré), et les expédie parmi les fioles qui traînent sur le comptoir. Sous les projecteurs, les lignes d'écailles de son torse luisent sinistrement. Sans réfléchir, Arthur a tendu la main pour lui saisir le bras. Mais sa paume se rebelle. Arrivée à un centimètre du but, elle s'immobilise et reste là, incapable d'aller plus loin.

— Alors ?... maugrée le tatoueur. Tu m'aides ?

La main qui tremble. La sensation d'un obstacle que la folie même ne saurait franchir.

— Eh bien ?...

— Je ne peux plus te toucher..., bégaie Arthur, atterré par ses propres paroles. Non... Ni toi ni personne. Je... Je ne veux pas de cette maladie !

Cassiãn tressaille, et pose sur lui un regard brusquement dessoulé.

— Mais je ne suis pas malade ! grommelle-t-il.

— Mẽg est morte. Et Barnãbé. Et des dizaines d'autres... L'âge d'or, il faut lui dire adieu. Voilà !

— Enfin, Arthur..., balbutie Võrgh, une expression de douleur chassant l'hébétude de l'ivresse. C'est moi qui suis là. Moi !... Est-ce que je suis homme à détruire mes amis ?

Les traits ravagés, le sculpteur de mots remonte les marches une à une en reculant. L'épouvante de jadis est revenue. Celle du bébé à la peau douloureuse qui hurlait sous les onguents. La terreur d'un *Mal* venu du dehors, capable en transperçant ses écailles de ronger sa substance la plus intime. S'il se rappelait le vieil iguane et la jaunasse, peut-être pourrait-il combattre le passé. Malheureusement, il n'en a gardé aucun souvenir ; juste cette panique des squames qui décide à sa place.

— Nous avons échoué, Cassiãn, murmure-t-il. Mais moi... Moi, il me reste une œuvre à bâtir. Même si cela ne sert à rien... Succomber avant de l'avoir achevée, pas question. Autant n'être jamais né !

Et une fois sur la galerie, il ajoutera du ton d'un garnement condamné à devenir adulte :

— Si je dois toucher les autres, désormais, ce sera uniquement par mes sculptures.

Le reste de la nuit, il le passera à serrer les poings sur son lit, ancré dans sa résolution, mais désespéré d'avoir planté Cassiãn au milieu de l'escalier, sans lui accorder le moindre geste d'affection.

3. *Jour moral planétaire*

Automne 572

La médecine, durant les mois d'été, aura cheminé à pas boiteux, sans progrès, sans victoire. Il n'est jusqu'à l'agent de la maladie qui ne lui échappe, invisible, rebelle aux mille pièges qu'on lui tend. Biopsies ? Rien à signaler. Tests cutanés ? Les symptômes n'ont pas de cause. Analyses sanguines ? Ponctions rachidiennes ? A les en croire, les mourants pètent de santé. Les microcultures ne fleurissent pas ; les antibiogrammes font chou blanc ; quant aux sentinelles immunitaires, elles n'ont vu passer personne. Bref, l'insolent ennemi nargue l'artillerie qui le traque. Aussi, lorsque le premier compte rendu se décidera à paraître, ignares et savants se jetteront-ils dessus avec avidité. Et leur perplexité sera à la hauteur de leur attente.

L'épidermie *serait* produite par un infra-virus, dont la cible *serait* l'inconscient.

— L'inconscient ?... s'est récriée Jennîfer. Mais c'est une chose immatérielle ! La partie de notre âme qui communique avec la Loumka. Comment un microbe, ou n'importe quoi s'y attaquerait-il ?

— Tu es bien logique, pour une Yrvène ! a gloussé Olev. Mais attends que j'aie accès aux rapports officieux... Je t'expliquerai ce qui nous ronge la joie de vivre !

Une semaine s'est écoulée, pendant laquelle le roux

médecin est allé d'Arangwad à Kmor, puis à Vornève, où il a rencontré une majorité de savants conformes, mais aussi quelques transvers, pour en revenir un œil brillant et l'autre morne, chargé de cristaux qu'il mettra encore plusieurs heures à décoder.

— Eh bien voilà, dira-t-il aux courageux qui se sont regroupés sur sa terrasse pour entendre le verdict. Je vais sans doute décevoir ceux qui s'obstinent à croire en la bonté de la Loumka... Mais manifestement, l'infra-virus en question (« infra » car aussi rabougri que teigneux), c'est à Grande Maman liquide qu'on le doit... Eh oui. Elle l'a concocté pour nous, avec soin, dans sa matrice !

— Tu es sûr de ça ?...

— Les Pontes de Vornève sont catégoriques. Au moyen de techniques dont je vous ferai grâce, ils ont analysé sa plasticité mémorielle. En particulier dans les zones du contact et de la fécondation. Eh bien, elle est perturbée, croyez-moi. Si elle a gelé cinq hivers de suite, ce n'est pas pour la beauté des choses !

Suit une explication détaillée, à la gurde, mais sans excès, sur la manière dont la Loumka a absorbé les siècles de haine raciale, et intégré le tabou des épidermes comme une loi divine, au point de ne pouvoir s'adapter aux changements radicaux des dernières années.

— La libéralisation des contacts l'a déboussolée, la malheureuse. Pour rester en accord avec la malignité dont elle était gavée, elle n'a trouvé qu'un moyen : engendrer une maladie régulatrice, qui se transmette par la peau.

— Formidable !... grogne Léonore. Mais son infra-virus, comment fait-il pour reconnaître les transvers ?

L'œil droit de l'orateur lance un éclair.

— Très simple, fait-il. Vous le savez mieux que moi, le contact squames-latex produit une sensation d'électricité, dont les gens raffinés sont friands. Eh bien, semble-t-il, notre lascar est un sybarite. Il profite de cet effet de pile pour se glisser d'un organisme dans l'autre. Voilà pourquoi seule une élite bénéficie de ses bienfaits.

Consternation dans l'auditoire. En dépit de nouvelles de plus en plus décourageantes, chacun continuait à espérer que non, la pseudo-lèpre n'était pas l'apanage des transvers. Et voilà que par la bouche du dermatojuge le plus complice... Dieux d'Erda-Rann !

Le silence envahit la terrasse. Puis Jennīfer se redresse, la poitrine offensive.

— Admettons, dit-elle. Mais en quoi cela concerne-t-il notre inconscient *à nous ?*

— C'est la mémoire transverse qui est malade.

— Malade ?... Et de quoi ?

— De culpabilité. De dégoût de soi... Nous sommes passés sans transition de la clandestinité à l'exhibitionnisme. Un chemin périlleux... A s'affranchir trop vite, on prête le flanc aux bestioles mal intentionnées. Le terrain, le mode de propagation, rien n'y a manqué ! Nous avons bien organisé la fête, si je peux me permettre.

De toute part, des voix s'élèvent.

— Quelle culpabilité ? lance Cassiān. Je suis né transvers, et je ne l'ai pas regretté une minute de ma vie !

— Et moi, dit Bōb le ferronnier, depuis qu'on m'a incrusté des écailles, j'ai enfin compris l'âme des reptiles ! J'ai passé l'été à me calciner au soleil, comme eux. Ça me cuit encore, mais quelle expérience !

Arthur, lui, ne dit rien. Il frotte son menton osseux et songe. Mal dans leur peau, dans leur race, nostalgiques de l'unité originelle, les transvers n'ont trouvé le réconfort qu'au prix de la trahison. Quand l'identité profonde de quelqu'un a de tout temps servi d'injure à la populace, quelle estime de soi lui reste-t-il ? Est-ce qu'il peut vraiment résister à un virus qui la veut, *sa peau ?*

Le garçon revoit ceux qui sont morts, et sa mâchoire tremble. Barnãbé, si désireux d'appartenir à tous les genres qu'il se prenait pour un oiseau. Mẽg, honteuse des désirs incestueux de son père, acharnée à se dénuder jusqu'à l'innocence… Leur sort avait-il de quoi surprendre ? Et ceux qui l'entourent à présent, ne sont-ils pas en train de lui annoncer, au détour d'une parole, d'un geste, la forme que chez eux prendra la maladie ! Bõb, par exemple, avec son goût du feu, sa passion de la brûlure, pour le moins étranges chez un Yrvène, qu'est-ce que cela veut dire, cette phrase : *ça me cuit encore ?* Depuis le début, ceux qui ont succombé avaient tous — en plus de la mauvaise conscience collective — une faille cachée qui les y préparait. Une aspiration à mourir. Si la médecine ne le prend pas en compte, quelle chance a-t-elle de trouver un remède ?

La parole des sages, cependant, fait son chemin sur Erda-Rann. Mais elle n'est pas reçue partout de la même manière. Pour les tenants de l'ordre ancien, en particulier les ségrégationnistes, la culpabilité n'est pas un sentiment, c'est un fait. Se sentir coupable, même inconsciemment, signifie qu'on l'est. Et le mode de fonctionnement de l'infra-virus est la démonstration la plus éclatante de la nature criminelle des agissements transvers.

En conséquence, les dirigeants de Race à Part, Foi et Loi, et quelques organismes analogues ont appelé la population d'Erda-Rann à une formidable journée de manifestations, pour contraindre le gouvernement à prendre des mesures.

Ce sera le Jour Moral Planétaire.

Dès le matin, les résonateurs ont propagé d'un horizon à l'autre, dans les villes géométriques du désert, les bourgs lovés au creux du rivage, les cités-ludions flottant sur la Loumka, les paroles de Reg Ventaur, meneur de Race à Part. Celui-ci, un colosse gurde au mufle de bison, n'achèvera son homélie que la nuit venue. Quatorze heures d'affilée, d'une voix tantôt ferme, tantôt véhémente, utilisant toutes les armes de l'art oratoire, l'argutie, l'emphase, le sarcasme, la séduction, la menace, l'apitoiement, les invectives, quatorze heures durant il appellera les habitants d'Erda-Rann à la croisade contre ces parias qui, non contents d'avoir bafoué la règle divine, menacent la vie et la santé de leurs concitoyens : les épidermites.

Et dans les villes, les bourgs, les cités, la peur répond à son appel, la colère sort au grand jour, la haine s'avance au coude à coude par les rues et par les canaux.

Ceux qui marchent ainsi, ce ne sont pas des justiciers professionnels, des mercenaires, des nervis entraînés semaine après semaine à l'émeute lacustre ou au combat des sables. Il y en a, bien sûr, qui encadrent le cortège en attisant sa fureur avec adresse. Mais le gros de la troupe, ce n'est pas eux. C'est n'importe qui, vous, moi, écailleux, pigmentés, tous ceux qui, depuis vingt ans, ont ravalé leur réprobation face à des mœurs toujours plus scandaleuses, et peuvent enfin la clamer sans retenue. N'importe qui, oui. Laveuses de carreaux yrvènes, frappeurs de la Monnaie Centrale, miliciens en retraite, instructeurs du lycée gurde, rôtisseuses des atolls, jeunes filles de l'Eglise du Rivage, familles des Hauts Plateaux, poètes et planteurs d'algues, dermato-juges et malfrats.

D'où ces gens sont-ils sortis ? A force de vivre en vase clos, les transvers avaient oublié jusqu'à leur existence. Perdu de vue leur capacité d'avoir des sentiments, des opinions, et de les exprimer. Et voilà qu'ils resurgissent, majorité de l'ombre, saluant par des ovations les fracassantes périodes de Reg Ventaur.

— … *l'aboutissement normal du mépris que ces déviants affichent depuis tant d'années envers les lois de la nature. Ce comportement, déjà inacceptable, a pris des allures si provocantes, si odieuses, que le fléau qu'il a engendré ne peut apparaître que comme un juste retour des choses. En effet…*

A Kmor, ville principalement gurde, encastrée dans les dunes et le conservatisme, il y a deux manifestations : une pour les écailleux et une pour les pigmentés. Elles tournent entre les murailles, se rapprochent, s'éloignent, les mâchoires se durcissent, les veines des cous se gonflent, le tumulte des uns recouvrant celui des autres, ou lui faisant écho en rafales sauvages. Parfois même, les slogans s'unissent, et montent à l'assaut des murs carrés, des tours rectangulaires, et — tout en haut — de la citadelle, sculptée au cordeau dans un immense bloc de pierre.

— … La Loi d'Ins-tinct ! Ré-ta-blis-sez la Loi-d'Ins-tinct ! Ré-ta-blis-sez…

Les transvers de Kmor, pourtant créatifs et joyeux, ne se montreront guère aujourd'hui.

A Délée, cité yrvène, un vaste cortège ruisselle sans ordre, entre les eaux à moitié solides de la Loumka. Et sa voix est multiple, faite de milliers de voix dont chacune scande sa propre phrase, obstinément, selon un choral informe, mais qui s'enfle par moments à ébranler les fragiles architectures de l'onde. Avec, dominant le tumulte, le timbre volcanique de Reg Ventaur, qui continue à vociférer sans relâche :

— … *Le gouvernement porte une lourde responsabilité dans cette tragédie. Quelle confiance lui accorder, je vous le demande, quand il lâche la bride à des psychopathes, acharnés à propager vice et maladie ? Seules des manœuvres électorales infâmes ont pu engendrer un tel laxisme !…*

A Vornève surtout, dans les rues, sur les places, la pierre gronde. Le pont qui enjambe la Grande Lagune plie sous le poids d'une colère mauvaise, résolue, acheminée par des milliers de chaussures, de brodequins, de bottes, convaincus d'être dans leur bon droit. Portés par ce martèlement, rythmés par les tambours de buffle, les slogans prennent une vigueur meurtrière, où se reflète la peur due aux promiscuités de la capitale. Et la forêt de poings qui se dresse exprime plus qu'une violence symbolique : la volonté bien nette de régler son compte au premier transvers qui aura le malheur de se trouver sur son chemin.

En manteau d'écorce prune, ni d'un bord ni de l'autre, et terrifiée de se trouver soudain si seule, une femme se hâte de ruelle en ruelle, sans parvenir à échapper à la manifestation. Edith Estrevann, la mère d'Arthur. Attirée hors de chez elle, par la stupeur, l'impossibilité de croire à un pareil déchaînement, elle s'est laissé coincer par la foule. Et maintenant, il lui semble que c'est son propre cœur que piétinent, sans même le voir, ces cohortes de gueulards bourrés de haine.

— I-so-lez les-lé-preux ! I-so-lez les-lé-preux ! I-so-lez...

Elle a froid. Sous ses yeux, Yrvènes et Gurdes, espacés comme des soldats à la parade, affichent la fausse réconciliation du sain et du bien-portant sur le dos du grabataire. Que de fois elle s'est réveillée, la nuit, un point à l'estomac, avec l'image de son fils perdant ses squames, hideuse réincarnation de l'oncle qui fut écorché vif ! Souvent aussi, elle revoit la plage d'Arangwad où jadis il retrouva la parole et perdit l'innocence. Si Arthur devait succomber à la gale transverse, qui maudirait-elle ? Ses amis de toujours, ou ceux qui le stigmatisent aujourd'hui ?

De nouveau, elle fuit. Malgré sa répulsion, elle emprunte un escalier aux marches semi-liquides, où la Loumka se déforme avec mollesse. En se tordant les chevilles, elle court le long du canal qui s'étire en contrebas du cortège. Au-dessus de sa tête, des épineux brandissent leurs moignons d'automne. Une odeur de chair brûlée l'assaille avec insistance. Au bout de la presque-passerelle, pourtant, elle devra encore une fois s'arrêter, bloquée par une armée d'oriflammes aux couleurs de Race à Part : bleu, blanc, brun.

Le bruit sourd des semelles, les rafales de mots qui s'abattent, les grondements du tambour de buffle...

— *... ne s'agit pas de gens atteints d'une dermatose quelconque. Mais bel et bien de délinquants au dernier degré ! Qui empêche les épidermites, puisqu'ils ne tombent plus sous le coup de la loi, de contaminer tout un chacun, vous, votre femme, vos enfants, par leurs attouchements criminels ?...*

Un criminel, Arthur ? Si teigneux, si ingrat soit-il, et muet sur les liens qui l'unissent à Cassiãn et au lieu douteux où ils vivent, elle se refuse à l'admettre. Il s'est laissé emporter par l'essor de sa génération, séduire par les pires délices qui soient. Mais le tenir pour responsable du désastre, non ! Personne n'en a le droit...

Et la foule, gorges et poumons vengeurs, d'entonner son ultime refrain, qu'elle scandera jusqu'à l'enrouement :

— Des-sanc-tions pour les ma-lades ! Des-sanc-tions pour les-ma-lades ! Des-sanc-tions ! Des-sanc-tions !...

La pluie a repris, froide et acariâtre. Les manifestants se resserrent, puisant une virulence neuve dans leur refus de se toucher. Mais pour Edith, la lumière s'est faite. Après des années de lutte intérieure, l'amour maternel submerge le ressentiment lié au martyre de son frère. Si les justes d'aujourd'hui sont ces gens ordinaires, prêts à se transformer en bourreaux, c'est dans le camp des proscrits qu'elle se rangera.

A Arangwad, fief des déviants, le Jour Moral Planétaire s'est morcelé en violences éparses, d'autant plus brutales que combattues pied à pied. Dès le matin, les émules de Race à Part se sont heurtés à des groupes transvers, résolus à défendre leur droit de vivre. En maints endroits, sur l'initiative de Cassiãn, les résonateurs ont été enduits de goudron. Et si la harangue de Reg Ventaur a quand même retenti sur le bourg, c'est en crachotements informes, recouverts par les huées des opposants.

Alors on s'est battu. Des galets ont volé. Des brandons. Des grenades au salpêtre. La milice qui, depuis l'abrogation de la Loi d'Instinct, se bornait à surveiller les tire-laine, a tenté d'intervenir. Mais criblée de projectiles par les deux parties, elle s'est rapidement repliée, préférant attendre au calme les mythiques renforts de la capitale. Et les échauffourées se sont poursuivies, emplissant la ville troglodyte comme son double flottant de clameurs, de sifflements, d'explosions, ici les vociférations des nervis, là les invectives d'une virago transcrite, ailleurs le tapage des éléphants de mer, le crépitement des propulseurs de sable, le fracas des passerelles écroulées. Et partout des odeurs de détritus, de poudre, de sueur, de glandes à fiel, de cuir cramé, que le vent colporte en fumerolles grasses qui brûlent les poumons.

Malheur au transvers isolé qui tombe *ex abrupto* sur une escouade de ségrégationnistes. Bõb, le ferronnier yrvène, qu'une fièvre de damné a tenu au lit pendant deux jours, sait depuis hier par Olev pourquoi *ça lui cuit encore.* Déjà, les premières écailles incrustées se détachent... Pourquoi Yanne, compagne aux dentelles prévenantes, l'a-t-elle laissé seul, cet après-midi? Déboussolé par la nouvelle, ballotté entre les délires par le mal, il est sorti dans les rues, titubant, à moitié nu. Et voilà qu'un groupe d'excités l'entoure, tenant en laisse deux otaries tigrées qui feulent à qui mieux mieux.

— Tiens ! lance l'un d'eux. Un des piliers de l'Ecaille d'Encre !...

— Alors..., raille un autre. Squames *et* latex, mon fumier ? Tu n'étais pas assez beau, à la naissance ?...

— Laissez-moi tranquille, grommelle le ferronnier. Je suis malade.

— Vraiment ? Eh bien, fais-nous confiance, tu ne vas pas le rester longtemps !

En un tournemain, ils détachent les deux pinnipèdes qui s'avancent sur lui, la gueule béante. Il recule, trébuche sur un perron et manque de tomber. Une des bêtes l'a rejoint. Les babines retroussées, elle lance la tête vers son mollet. Les crocs lui raclent la peau. Un sursaut, le bruit du tissu déchiré, et il s'enfuit, convulsif, éperdu, la cheville en sang. Sa vue se brouille. *Qu'est-ce qu'ils vont faire à nos femmes ?...* Les abois des otaries le talonnent. Les injures des nervis. Il faudrait qu'il franchisse le canal, qu'il nage, qu'il vole. Le voilà qui dérape et s'étale dans une flaque d'encre. Images noires. *Yanne, Yanne...* La fièvre le brûle, le relève, rend ses forces incohérentes. Les aires de la magie ne s'ouvrent pas. Sans savoir ce qu'il fait, il se lance au-dessus de la passerelle qui pend, à demi rompue, et se retrouve sur l'autre rive, près de la porte close d'une boutique de pêche.

D'un coup d'épaule, il enfonce le battant puis s'engouffre à l'intérieur et tire le verrou derrière lui.

Ici, les objets le connaissent : les filets à l'envergure soigneusement pliée, les tridents, les phares pour scruter les fonds nocturnes de la Loumka... La boutique appartient à un Gurde obèse de ses clients. On ne refusera pas de lui donner asile.

— Sors d'ici, Bōb. Je n'ai rien contre toi, mais je ne veux pas voir mon magasin saccagé.

Dans la touffeur de la roche, le gros marchand est torse nu. Il pointe sur l'intrus un harpon dont le bout, ébréché, tremble. L'arme grotesque par excellence, si elle ne pouvait tuer.

— Ils veulent me mettre en pièces..., balbutie le ferronnier. Et moi... Moi, je suis fiévreux. Le paludisme... Je ne peux pas me traîner plus loin !

Des coups violents ébranlent la porte. Au-dehors, le goût du sang mène la sarabande. Hommes et bêtes réclament leur proie.

— Va-t'en, répète l'obèse. Je ne suis pas un touche-là-bas, moi ! Si tu as la gale transverse, c'est que tu l'as cherché. Alors dégage ! Que ce soit le virus ou ces types qui t'abattent, de toute façon, tu es cuit.

— Ordure..., a grogné Bōb.

L'instinct de meurtre fait le noir dans sa tête. D'une main, peau contre peau, il empoigne férocement le bras du Gurde, lequel en a les écailles révulsées. De l'autre, il lui arrache le harpon. Puis il se jette en arrière avec un rire hébété. Avisant dans la paroi rocheuse une fenêtre qui donne sur l'arrière, il la fracasse avec le manche. Mais avant de sauter à travers, il s'accordera une demi-seconde pour cracher par terre.

Dans la ruelle, le temps qu'il se relève, il y aura pour l'accueillir les barres des nervis et les crocs des otaries rouges.

Les crocs lui laboureront les bras, les flancs, puis s'attaqueront à ses cuisses, jusqu'à lui déchirer le tendon de l'aine. Les barres, elles, lui mettront la figure en sang, le couvriront d'hématomes, lui briseront les côtes et feront éclater sa main droite.

Sans parler des coups de pied qu'il recevra encore, au ventre et au sexe, une fois qu'il aura perdu connaissance.

Laissé pour mort sur un escalier qui plonge dans le canal, Bōb parviendra à se traîner jusqu'à l'Ecaille d'Encre, où Yanne et leurs amis le veilleront toute la nuit. Au-dehors, un vent à décorner les deux lunes arrache des paquets d'eau à la Loumka, pour les jeter avec fracas contre les mégalithes. Par rafales, il porte à travers la ville le tumulte des dernières émeutes. Mais à d'autres moments, selon les mouvements de foule, ce sont des grêles de galets bien réelles qu'il rabat sur les volets du bar.

— Je n'ai pas trouvé Olev, lance Cassiãn, en surgissant par la porte qui donne sur le jardin. Vers le port, il y a eu des dizaines de blessés. Il doit jongler avec les baumes et les pansements... Est-ce que Bõb a repris conscience ?

— Plus ou moins, répond Arthur, qui tend à Yanne un linge empli de glace. Il délire. Et pas moyen de joindre un hôpital.

— Il ne reste pas une raie anti-fièvre, dans le bassin ?

— Elle est morte le mois dernier.

— Tout va bien... murmure le ferronnier en entrouvant un œil. Je vais crever d'un virus fantôme... Logé dans un coin de ma tête qui n'existe pas... Nous sommes des pionniers, nous, les tranvers...

Un bruit de verre brisé, dans la rue. C'est l'enseigne de l'Ecaille d'Encre qui vole en éclats. Les deux garçons se regardent, empoignent qui une hache, qui un trident, et sortent. Léonore, occupée à préparer des compresses, mordille nerveusement le pendentif hérité de Mẽg.

— La haine, grommelle-t-elle, si c'est moi qui l'éprouve, je sais au moins jusqu'où elle va. Mais quand ce sont les autres... C'est cela qui est effrayant !

— Moi, soupire la dentellière dont la simplicité passe parfois les bornes, je n'ai jamais haï personne. Je ne comprends même pas ce que cela veut dire.

Un instant plus tard, Arthur et Cassiãn reviennent, bredouilles, le visage mouillé d'embruns.

— Personne, dit le tatoueur. Un nervi de la dernière heure... Du genre *je tire et je m'évapore.*

— Des minables !... lâche Léonore. Cela ne leur suffit donc pas, de nous voir crever sans descendance ?

La veillée se prolonge. Entre deux jets de pierre, deux accès de délire du ferronnier, Estrevann et Võrgh s'égarent dans les méandres d'une discussion sans fin sur l'épidermie. Son origine. Sa signification — si tant est qu'elle en ait une. L'attitude à adopter, quand les valeurs nouvelles s'avèrent aussi désastreuses que les anciennes.

— Trop loin..., répète Arthur. On s'est aventurés trop loin. Un équilibre naturel, on peut le déplacer. Mais pas au-delà d'un certain stade !

— Et la limite, tu la mets où ? Dans le fait de frôler un ami, ou d'en palper cinquante ? Dans un tatouage sur le petit orteil, ou une transcription animale complète ? Allons... Le génie de l'homme vient de la subtilité de sa peau. Y renoncer, voilà la vraie mort !

— Sois honnête... Les mois qui ont précédé le début de l'épidermie, les gens d'ici ne savaient plus quoi inventer. Ils se faisaient incruster des iris de chien, des viscères de rat, des excréments même ! Si ce n'est pas cavaler après la maladie...

— Je cavale, je cavale..., geint Bõb, les yeux révulsés. Mon cheval pour un canal...

La bouilloire chuinte. Léonore apporte une tasse de maté pour le blessé, ainsi qu'un café-poudre pour Yanne, dont les joues luisent comme si un cortège d'escargots y avait laissé sa trace.

— Ce qui me sidère, Arthur, reprend le tatoueur, c'est ta lâcheté. Déjà, que tu renonces à tout contact transvers, je n'en reviens pas. Mais te voir basculer dans ce genre de bla-bla moral, non ! Qu'est-ce que tu attends pour t'inscrire à Foi et Loi ?

— Je te parle de logique, pas de morale ! rétorque le Gurde. Quand on force les limites secrètes de l'organisme, on le met en danger, c'est tout ! Créer un mode de relations neuf, cela exige des garde-fous. Je constate seulement que nous n'en avons pris aucun. Ce n'est pas un discours sur le *bien* et le *mal*, il me semble !

— Eh bien, moi, tranche Cassiãn. Je continuerai à ne pas en prendre. Parce que le faire, ce serait abdiquer devant la mesquinerie de Dieu. Et cela, il n'en est pas question !

Un fracas aigu l'interrompt. Un énorme galet vient de traverser la voûte d'eau solide qui domine la maison. Dans une gerbe d'éclats, il percute le rebord d'un bassin et rebondit sur le dallage. La stupeur fige les jeunes gens. Au-dessus d'eux, par la brèche, quelques étoiles émergent, au gré de la course des nuages. Mais bientôt les fissures commencent à se propager. Sans hâte. L'air de rien. Petit malheur deviendra grand. Dans le plafond s'ouvre une immense fleur carnivore, dont les pétales, glauques, s'incurvent et se replient, révélant un champ de ciel toujours plus vaste. Puis les premiers morceaux se détachent. Ils tombent vers le sol avec une légèreté de feuilles mortes, le bruissement d'infimes sarcasmes. Lambeau par lambeau, c'est la coupole entière de l'Ecaille d'Encre qui s'effondre, émiettée en neige de verre, sous les yeux médusés de ses habitants.

Quand plus rien ne bougera, le dallage scintillera joyeusement, comme recouvert des débris de milliers de fêtes manquées.

Avec, en guise de toit, un trou béant ouvert sur les ténèbres.

4. *Raide en son fauteuil*

Hiver 573

Fragment d'un décret de la Haute Cour Médicale de Vornève, publié le 13 du Mois de Cristal :

« ... L'épidermie apparaissant clairement comme la conséquence d'un comportement asocial, ceux qui en sont atteints tombent désormais sous le coup de la loi. En conséquence ils ne recevront de soins ni des médecins autonomes — généralistes ou dermato-juges — ni des soignants hospitaliers. Dès les premiers symptômes, ils devront se rendre au Centre d'Internement le plus proche. Là, un personnel qualifié leur administrera le traitement que requiert leur état. Faute de se soumettre à cette règle, ils s'exposent à des peines de prison allant de... »

Le calme est revenu, sur Erda-Rann.

— Qu'est-ce qu'ils appellent « le traitement que requiert leur état » ? a rugi Léonore. Une injection pour les expédier plus vite ?

— Peut-être, a répondu Cassiãn. Ou pour profiter d'eux plus longtemps. A titre de cobayes, par exemple.

— C'est monstrueux !

— Non. Ça relève d'une logique différente. Ni gurde ni yrvène. Gouvernementale, simplement. Tomber malade est un crime, mais les rapports transvers restent légaux. Même moi, je ne l'aurais pas imaginé !

Arthur, lui, ne dit rien. Ses joues se sont creusées.

Ses yeux, renfoncés dans leurs orbites. Une nouvelle fois, il se renferme dans le silence. Les jours suivants, il ne quittera guère son atelier, où il prépare, avec une obstination de possédé, une exposition pour Vornève. Il faudra la visite d'Alenka, par une nuit de mauvais grésil, pour l'arracher à l'hypnose.

— Je pose mes frusques près du poêle, lancera-t-elle de son ton le plus abrupt. Je ne vais pas vous embêter longtemps, mais il faut que je vous parle.

— Installez-vous, marmonne le sculpteur. Je termine la contrephrase, et j'arrive.

Tandis qu'elle colonise les deux chaises, l'une avec ses vêtements trempés, l'autre avec sa personne, il s'applique à imprimer *péril* dans la conscience du bulot qu'il tient en main. Puis il l'aide à guider le mot jusqu'au point P de l'espace, avant de reposer le bocal sur l'étagère.

— Servez-moi un sel d'ambre, déclare-t-elle. Ces temps de chien ne sont plus de mon âge. Et prenez-en un aussi : vous allez en avoir besoin.

Son sourire a viré au tic des mauvais jours. Dans le coffret, la poudre brille d'un éclat fauve, qui vire au pourpre à mesure qu'Arthur emplit les coupelles.

— Voilà, dit celui-ci. Que se passe-t-il ?

Parfois, Alenka a dans les prunelles une lueur qui la rajeunit jusqu'à la rendre belle. Mais ce soir, pas de rayonnement, pas même de fard. La sécheresse squameuse d'une vieille femme dont la paupière se creuse, tandis qu'elle cherche ses phrases.

— Depuis combien de temps n'avez-vous pas vu Georg ? demande-t-elle sans regarder le jeune homme.

— Depuis qu'il a quitté Arangwad… Pourquoi ?

Elle absorbe une pincée de sel d'ambre, puis tourne vers lui deux yeux désarmés. Béants. Une intimité si brutale qu'il ne la supportera qu'une seconde.

— Il est revenu, prononce-t-elle. Nous l'aurions bien pris à la maison, mais il était trop mal-en-point. Et puis, comme tous ceux qui ont honte d'être transvers, il pousse le respect de la loi jusqu'à l'absurde... Bref, il s'est fait interner au Castel. Hier, en fin de journée.

— Au Castel !...

— Cellule 39, au sous-sol. Vous n'avez pas besoin d'un dessin, je suppose... Vue imprenable sur le fond des douves. Enfin, si quelqu'un est là pour l'aider à se lever. Parce que tout seul, c'est terminé !

— Sable et sang..., murmure le garçon.

Georg Natkin. L'instructeur aux lunettes subtiles. Le rival caustique et blessé de Võrgh. Le maître des mots qui fit de son élève un sculpteur pour mieux s'effacer devant lui...

— Avalez donc votre ambre, Arthur, dit Alenka. Vous êtes livide. Mais ne m'obligez pas à vous donner les détails. Je ne suis pas de ces gens qui jouissent à raconter les catastrophes. Georg et moi, quand nous étions gosses, on nous appelait *Petrus* et *Petra*. Ce que j'éprouve maintenant, vous l'imaginerez sans peine.

Hébété, le jeune homme laisse fondre sur sa langue une cuillerée de poudre. Sous la brûlure, son désarroi se change en une sensation cotonneuse, qui lui dévaste l'intérieur du crâne.

— Quand même..., parvient-il à dire. Il n'est pas paralysé ?

Le tic de la bouche, encore, enfantin et ridé.

— Cela ne vaut guère mieux. Il ne quitte plus sa chaise. Seulement pour dormir. Là, avec leurs gants de nickel, les gardiens l'installent en chien de fusil sur sa planche, comme un pantin. Un homme d'une intelligence si élevée ! J'ai même l'impression qu'ils le brutalisent... Enfin, je compte sur vous pour me détromper.

D'un air buté, elle achève le contenu de sa coupelle. Puis, de nouveau, elle inflige à Arthur la désespérance de son regard.

— Parce que vous lui rendrez visite, vous m'entendez ? Il vous a réclamés, Cassiãn et vous. Pourquoi

Cassiãn, je n'en ai pas la moindre idée. Mais je suis sûre d'avoir bien compris. Il faut que vous y alliez tous les deux, pendant qu'il est encore temps.

Depuis trois jours, la neige tombe, attentive à gommer les détails autant qu'à révéler l'essentiel. Plus encore que l'été, où le froufrou des feuillages l'aère un peu, le Castel écrase de sa masse hautaine le bourg du rivage. Il se découpe en noir et blanc sur le ciel, avec ses tours puritaines, ses flèches à la piété de granite. Et à l'approche d'Arthur, la vieille terreur d'antan remontera, maléfique, inchangée, à ceci près que la mort à présent lui donne sa raison d'être.

Les volets ont été rouverts. Mais ces myriades de fenêtres qui devraient éclairer la façade sont calfeutrées par des sacs rongés de crasse. Mi-hôpital mi-prison, on entasse ici les pseudo-lépreux de toute la région. Les murailles aux moulures enneigées se gonflent d'humeurs qui bouillonnent. Les poubelles croulent sous les déchets des vivants. Les cheminées crachent la fumée des corps qu'on incinère. Et les souvenirs envahissent le garçon. Les siens. Ceux des autres. La mort de Carl dans cette chambre transparente, sans âme, mais dont l'odeur n'était pas celle d'une geôle. Les hospices de guerre dont les enseignes ont marqué ses peurs enfantines. La complainte morbide et rigolarde que les hommes, depuis la nuit des temps, ont chantée pour arracher de leurs tripes la frousse du saut suprême.

Le droit de visite a été long à obtenir. Ce n'est que sous la conduite d'un garde, un paquet de muscles aux écailles placides, que les deux garçons pourront s'enfoncer dans l'odeur de soufre des couloirs. Georg, ou plutôt ce qu'il en reste, les attend dans sa cellule, figé à mi-chemin entre la lucarne et le bloc de chevet, sur la chaise où le cloue l'ossification progressive de sa peau. Pendant une heure, Arthur échangera avec lui affection, scrupules, incompréhension, silences et mensonges. Le réjouissant dialogue auquel malades et bien-portants s'adonnent au-dessus du gouffre. Une heure durant, ils chercheront la vérité entre les feintes, en s'efforçant d'oublier que le temps imparti à leur amitié est compté, et s'achèvera sans doute avant la fonte des neiges.

Quant à Võrgh, même s'il s'attache à ne pas le montrer, le côté momie pétrifiée de l'ennemi de naguère, sa difficulté à prononcer les consonnes, lui causeront un choc. Dans sa longue tunique olive, Natkin se tient très raide, les mains sur les genoux, les lèvres fixes. Les tuyaux à perfusion de poudre en font une marionnette à fils, dont le montreur est un cube de titane juché sur une étagère. Mais si la vie continue ainsi à s'égrener dans ses membres, il la garde pour lui. Sa peau, durcie à l'extrême, le couvre d'une carapace rigide qui ne plie ni ne rompt, et lui interdit tout mouvement. Hormis en quelques points — le haut du cou, les poignets — qui résistent encore, elle a pris l'aspect sec et lisse de l'os, le dessin des écailles désormais soudées les unes aux autres n'apparaissant pratiquement plus.

— Rassurez Alenka, ânonne-t-il. On me maltraite parfois, c'est vrai. Mais moins qu'elle ne le pense... J'ai surtout l'impression d'être délivré d'un poids énorme.

Les lunettes pliées sur le bloc de chevet, ses yeux se posent alternativement, avec une vitalité miraculeuse, sur les deux visiteurs.

— Quel poids, Georg ?... demande Arthur, interloqué. La libre disposition de votre corps ?

L'éclat du regard. Sa chaleur inhabituelle. L'intelligence qui brûle à feu redoublé, comme pour compenser le laborieux crachotement de la bouche.

— Je n'ai plus besoin de juger. Ni les autres ni moi-même... Ma rigidité a quitté le fond pour la surface. Vous n'imaginez pas le soulagement que c'est...

Cassiãn se retient de sourire. Oui, le vieux parapluie s'est retourné. Il a inversé le bois de son manche et la soie qui le recouvrait, pour s'ouvrir au monde. Dommage, quand même, que ce soit au moment de mourir…

— Je ne comprends pas, avoue Estrevann. Avant que vous ne tombiez malade, même vos lunettes de stoïcien trahissaient la souffrance. Et aujourd'hui, on croirait que vous baignez dans la sérénité.

— C'est ton ami qui me redonne courage.

— Cassiãn ?

— Oui.

Dans les prunelles de Natkin, la neige qui envahit les douves se reflète avec une lueur émeraude, pareille aux pigments de l'Yrvène.

— Vos rapports m'étonneront toujours, sourit Arthur. Vous communiquez par télépathie, maintenant ?

— Il sait que j'ai cessé de le mépriser. De le rendre responsable des catastrophes actuelles et à venir… La faveur que je veux lui demander, il ne me la refusera pas.

— C'est vrai, Cassiãn ?

Le tatoueur lâche une moue d'approbation. Avec son nez abrupt et ses poings serrés l'un sur l'autre, il a soudain l'air d'un boxeur défroqué.

— Voyez-vous, articule péniblement Georg, je ne peux plus me raconter d'histoires. Longtemps, j'ai accusé les transcriptions de tous les maux. J'ai crié sur les toits que c'étaient elles la cause de l'épidermie. Et voilà… Je n'en porte pas, et je suis malade quand même. Il m'a fallu mettre bien des certitudes au panier.

Arthur préférerait ne pas entendre la suite. Avoir l'intuition d'un secret est une chose. En apprendre les détails de la bouche même de celui qui en meurt, une autre. Mais si Natkin a la difficulté d'élocution des statues, il en a aussi l'entêtement.

— En s'attaquant à moi, en prenant possession de mon corps, le virus m'a révélé ce que je pensais de moi-même.

Les poumons emmurés retiennent un soupir.

— Ils m'ont contraint à l'admettre, oui. A quel point, toute ma vie, je me suis détesté... Dès l'adolescence, j'ai haï mon corps, ces écailles mal tracées, cette maigreur d'intellectuel. Quelle femme pourrait désirer un tel gâchis ?... A l'âge où les garçons cessent de courir les prostituées, moi j'ai pris l'habitude de passer mes nuits chez elles.

— Allons... C'est une chose extrêmement banale !

— Mais l'odeur qu'on en garde sur la peau, Arthur !... Une odeur de rance, de serpent, d'écaille à vendre ! A vous dégoûter de votre propre race... J'ai fini par me réfugier auprès des courtisanes yrvènes. Pour elles, au moins, l'individu disparaissait derrière le Gurde. Et puis elles sentaient bon la mer... Malheureusement, même si j'y ai pris goût, cela n'a rien résolu. Je ne détestais plus Georg Natkin : J'exécrais le transvers qu'il était devenu.

Au-dehors, en précipitant les flocons de neige contre la lucarne, le vent édifie de minuscules congères. Le garde est rentré dans la cellule. Un masque transparent sur la figure, les mains gantées de nickel, il installe près du malade un souffleur à nutrition, d'où sort un tuyau douteux muni d'une canule.

— Ouvre la bouche, dit-il.

Georg se concentre. Au prix d'un effort pathétique, il parvient à desserrer un peu les dents. Mais cela ne suffit pas. Le costaud, alors, lui empoigne les mâchoires, et les lui écarte sans ménagement. On entend craquer la peau des joues. Puis l'embout lui est enfoncé au fond de la gorge, et le moteur mis en marche. La poudre, propulsée directement dans son tube digestif, lui arrache des gargouillis de bête gavée. Mais l'autre lui tient fermement la tête, et seuls ses yeux trahissent les spasmes qui lui secouent les entrailles.

— J'en ai vingt comme lui à l'étage, lance le soignant. Je ne vais quand même pas les nourrir à la cuiller !

Et devant les mines ahuries d'Arthur et de Cassiãn, il ajoute :

— De toute manière, il va crever d'ici la fin du mois. Lui donner à manger, le gouvernement est encore bien généreux !

— Hon... Hon..., suffoque le malade, des larmes sanguinolentes au bord des yeux.

— Ça va, bonhomme... Ça va !

— C'est un être humain, proteste le sculpteur de mots. Aucune loi d'Erda-Rann ne vous oblige à lui manquer de respect !

— Humain, dites-vous ? Moi, je veux bien... Mais il faut déjà voir à se respecter soi-même. Pour pas en arriver là !...

Econome, sinon agacé, il coupe abruptement le moteur. Puis il extrait le tuyau de la gorge de Natkin, essuie la canule sur sa manche, et enroule le tout autour de l'appareil, en abandonnant son patient à d'atroces nausées. Avant de sortir, il annoncera encore d'un ton affable :

— La fin des visites, dans dix minutes.

— Quelle honte ! s'exclamera Arthur, la porte refermée. Et ce type est un Gurde, comme vous : il n'a pas besoin de gants pour vous toucher. Les brutes agiront donc toujours à contresens !...

— Ce n'est pas... le plus méchant, balbutiera Georg, quand il aura repris son souffle. Et puis... il a raison. Le virus a puisé dans ma chair ce qui se méprisait... Pour en faire cette croûte qui me paralyse. Et s'il y est parvenu, c'est parce que je le lui ai permis.

— Permis ?...

Le vent retombe. Dans l'après-midi qui s'assombrit,

on dirait que la neige descend à travers le silence même de la pièce.

— Pire encore, confessera Natkin, le regard fixé sur le tatoueur. Je le lui ai demandé. Je l'ai secrètement, à mon propre insu, imploré de me régler mon compte.

— Mais pourquoi, Georg ? Pourquoi ?

— Parce que je n'avais pas réussi à retrouver...

Il se tait. Et dans le froid qui gagne, le garçon réprime un frisson.

— A retrouver... quoi ?

— L'unité d'Erda-Rann, a lâché Cassiãn.

Arthur s'est levé. Il va jusqu'à la lucarne, jette un coup d'œil au jour qui finit, puis s'adosse à la muraille.

— Je croyais maîtriser les mots, énonce-t-il d'un air sombre. Et c'est lui, maintenant, qui doit me traduire les vôtres.

Dans la pénombre, Võrgh est toujours immobile. En un éclair, le jeune Estrevann prend conscience de son dialogue muet avec Georg, de l'importance du contact qu'ils ont établi, du fait que ce contact l'exclut. Et il accuse le coup. D'instinct, mi-discrétion mi-rancune, il risque un pas vers la porte, en espérant qu'un signe d'eux viendra l'éclairer d'avantage.

— Rentre bien, Arthur, dira seulement le malade, la voix étranglée. Ta visite m'a donné un grand bonheur. Mais le soir est déjà sur nous, et j'ai encore un mot à dire à Cassiãn... L'homme n'atteint la plénitude que lorsque ses contraires sont tous réconciliés.

La nuit sonne au carillon du Castel. La voix enrouée d'un coq de mort, riant parmi les clochetons, sans que la sombre bâtisse ne tressaille. Le ciel s'est entièrement dégagé. Sur cette encre sévère, les étoiles tracent des myriades de signes, que nul n'a cure de déchiffrer. Les rares passants qui claudiquent dans la neige ont bien trop froid, et les chiens qui hurlent aux deux lunes ne savent pas lire.

— Amis ou ennemis, observe Cassiãn, nous blesserons toujours Arthur... Me direz-vous, à présent, ce que vous attendez de moi ?

— Ton instinct d'Yrvène l'aura bien deviné.

— Plus ou moins, oui... Mais je tiens à l'entendre de votre bouche.

Georg avale son manque de salive. Il est difficile d'accepter que Võrg soit devenu un être humain, dont les émotions le concernent.

— Je suis en paix avec ma carcasse, énonce-t-il. Et le monde ne veut plus vraiment de moi. Il est inutile que j'agonise pendant des jours et des semaines... J'ai besoin qu'un soldat secourable m'achève.

Dans les ténèbres, la lucarne s'est recouverte de glace.

— Je devrais vous haïr pour cela, lâche Võrgh avec un léger rire. Plus que pour tout le reste ! Pourquoi moi ?

— Parce que tu en as toujours eu envie.

— Dans le passé, peut-être... Mais quel plaisir y prendrai-je maintenant ? Nous avons baissé les armes !

— Justement... Ce sera un geste fraternel. Le seul que puissent s'accorder des gens comme nous.

De la poche intérieure de sa houppelande, Cassiãn a sorti un flacon plat qu'il débouche devant Georg.

— Alcool de poivre, s'excuse-t-il. Même aujourd'hui, nous ne trinquerons pas ensemble...

Il sourit, puis porte le goulot à ses lèvres. Goût de métal. Goût de sang. Dans sa main, la fiole ne tremble pas. Une seule image lui vient : les escaliers du Castel, sombres et silencieux, avec leurs marches qui s'enfoncent sous terre à perte de vue.

— Qui vous fait croire que je vous aime assez pour prendre un risque pareil ? La prison, pour moi, ça n'a rien d'un mythe ! Maintenant encore, son odeur me poursuit dans mon sommeil. Son relent de folie, de médiocrité, qui se dévorent l'une l'autre pour se vomir aussitôt après... Je ne tiens pas à y retourner.

— Tu ne risques rien..., ânonne Georg. Un pseudo-lépreux qui meurt, c'est un délinquant de moins. Et puis ils ont trop peur de la contagion pour faire une autopsie.. Toi, tu as juste à prendre un sachet dans ma pelisse, et le vider dans un compartiment du cube noir. Demain, on fera un feu de joie avec le défunt et l'arme du crime.

Une autre gorgée d'alcool, plus lente, pernicieuse, dont la chaleur en se propageant fait cheminer l'idée terrible.

— Quelle raison aurais-je d'accepter ? Je ne vous veux ni bien ni mal ; votre héritage ne m'intéresse pas ; quant au meurtre gratuit, il est passé de mode depuis belle lurette ! La compassion, alors ? La pitié ?... A la rigueur, mais ce sont des sentiments d'herbivore. Moi, justement, je suis plutôt du genre carnassier...

— Eh bien voilà !

— Comment... voilà ?

Dans la faible clarté du lumignon, l'œil de Natkin a repris son éclat de tout à l'heure : indulgence et lucidité.

— Tu vas me tuer parce que, pour un Yrvène, le mot *destin* n'est pas un sac vide. Et qu'un assassin sommeille en toi. Quelqu'un pour qui l'idée du forfait est source de volupté... Beaucoup d'hommes ont ce goût, mais enfoui au fond d'un tiroir. Chez toi, il affleure et n'aspire qu'à se réaliser.

— Est-ce une raison pour le satisfaire ? objecte Cassiãn avec un sourire mauvais.

— Jusqu'ici, les lois d'Erda-Rann te l'ont interdit... Mais aujourd'hui, c'est le condamné qui te met l'arme dans la main. Et ton code à toi te commande de l'exécuter.

— Qu'en savez-vous ?

— Il l'exige... La grande colère des transvers, celle dont nous crevons à la longue, c'est de ne pouvoir procréer. Cela nous exclut du fleuve de l'éternité... Si Dieu t'empêche de donner la vie en tes termes, tu n'as qu'un moyen pour rester son égal : la supprimer selon les siens.

La main du tatoueur se crispe sur le flacon. Il voudrait le porter à sa bouche... Pas moyen. Jusqu'à son dernier souffle, ce malheureux piégera donc les autres avec ses phrases !

— Vous me connaissez trop bien, professeur. C'est mon ami Arthur qui a rapporté ?

— Lui, ou bien toi... Qu'est-ce que cela change ?

Rien, sans doute. Et pendant que Georg continue d'égrener les mots au rythme des secondes qui lui restent à vivre, Cassiãn commence à exécuter les gestes qu'il lui commande. Ouvrir la niche murale. Plonger à l'intérieur de la pelisse des phalanges de cambrioleur. Sonder la doublure dans ses moindres recoins. Y dénicher un sachet minuscule, soustrait par miracle à la vigilance des gardes. Interroger des yeux le malade. En recevoir un regard d'approbation. Puis s'apercevoir qu'en fait, lui, le bourreau présumé, ne retire de tout cela aucune jouissance...

Accomplir alors les mêmes gestes, à l'envers, sans tenir compte des protestations de l'autre.

— Je veux bien vous tuer, déclare Võrgh en se plantant en face de son ennemi d'antan. Mais pas de cette façon. Si je dois commettre un meurtre, qu'au moins mon corps y participe ! Qu'il n'y ait pas une cellule en moi qui l'ignore !... Une action à distance, une poudre versée du bout des doigts dans je ne sais quel cube, ça ne m'intéresse pas. Qu'éprouverai-je de plus qu'à mettre du safran dans la soupe ?

— Tu vois une autre solution ?

— Je crois... Le haut de votre cou, sous la mâchoire, n'est pas encore raidi. Et dans votre état, vous ne risquez guère de vous débattre... Qu'en pensez-vous ? Je n'aurai pas à appuyer bien fort, pour en finir. Je pourrai même vous regarder dans les yeux jusqu'au bout...

A son insu, ses deux pouces ont négligemment mimé la scène.

— Tu es fou, Cassiãn... lâche Georg. Tu serais contaminé...

— La belle affaire : je dois l'être depuis des âges ! Et puis c'est plus équitable. Vous expédier sans prendre de risque relève des basses besognes. N'importe quel garde s'en chargera, pourvu que vous le payiez. Moi, je suis un acteur de haut vol. Mais surtout, cela fait partie de votre désir.

— Quoi ?

— Me transmettre l'épidermie.

Sous sa carapace, Natkin a entendu battre son cœur. Violemment. Des soubresauts qui l'étouffent.

— Non... murmure-t-il. Non...

— Si.

— Je t'assure que...

— Réfléchissez bien. Vous me demandez d'endosser votre mort. Je ne peux pas le faire à moitié. Vous ne trouverez la paix que si je la prends entièrement sur moi, au moral comme au physique. C'est cette réconciliation-là que vous cherchez ? Alors, il faut me laisser agir à ma guise.

Quelque chose s'est embué dans la cellule. La lucarne, sous la chaleur du souffle de Cassiãn. Ou bien les yeux du condamné, découvrant que la voie d'accès à l'éternité est à l'opposé de ce qu'il croyait.

— Je te remercie de ton courage..., balbutie Georg. Te haïr était une jouissance pénible. Abdiquer devant toi... c'est le commencement de la paix.

Dans l'ombre, le sourire de Võrgh a lancé un éclair.

— Absolument, répond-il. D'ailleurs, un homme de votre qualité finit toujours par réaliser son rêve.

— Mon rêve ?...

— Le plus cher, oui. Le plus secret... Damner un type de mon espèce, en mourant sauvagement de sa main.

Les paumes de Cassiãn se sont posées sur le cou du malade. Les pouces dans ces creux où bat encore la vie, il affronte son souffle. Le sursaut de peur de ce souffle. Son affreuse prière qui chuchote, renâcle, s'exacerbe, à mesure que s'accentue la pression. Dieu sait pourtant que Võrgh n'agit pas en barbare. Ce cœur dont il écrase les battements, ce n'est pas sa haine qui s'acharne sur lui. C'est le désir qu'il y a lu. Il veut bien renvoyer Georg à l'éternité, mais pas sur le versant de l'horreur pure.

Du regard, il ne quitte pas ses yeux. En chacun d'eux il voit grandir une lueur livide qui dit la terreur, crie la détresse, et reflète en même temps une affreuse confiance. Il faut être à la hauteur de ce chaos, à la hauteur des souvenirs sans forme qui y déferlent. Il resserre son étreinte. Sous le faux jour de la veilleuse, les écailles s'empourprent. La respiration est devenue rauque. Un halètement qui s'épuise. Un chuintement. Un râle. Mais les soubresauts des poumons, en résonnant dans la poitrine du bourreau, y gravent leur souffrance. Une agonie que Cassiãn n'a pas fini de remâcher.

Ses pouces tremblent. A travers cette bouche, ces yeux béants, la vie qu'il étrangle s'exhale avec une innocence qui le confond. Dans l'acte atroce qui l'unit à son ancien ennemi, le coupable n'est ni l'un ni l'autre. Il le sait bien. Mais ce fardeau dont il délivre Natkin commence à le meurtrir si fort qu'il lui faut invoquer ses pires démons pour ne pas faiblir. Les prunelles sont devenues deux gouffres qui s'évertuent à boire, à boire encore, les ultimes gouttes de l'existence qu'il leur ôte.

Comment ne pas succomber, lui, le fils de la Loumka, à ce que leur désespoir a d'aride ?

Il serre les dents. Le mal, il l'a déjà commis, enfant, il s'en souvient. Et il l'a tant cultivé, depuis, qu'il n'a plus réussi à le distinguer de lui-même. Mais ce premier jour, celui où il en a découvert les délices, voilà que ses barreaux lui plombent à nouveau le cœur. La plage où Arthur était persécuté. Le vaurien dont il a violenté la peau. Le choc qu'il a voulu enfouir dans l'oubli, mais que ses incrustations lui rappellent à présent, tétanisées par le meurtre qu'il est en train de commettre.

Ses mains restent de fer. Ses mâchoires, de pierre. Et en face, les yeux commencent à se voiler, comme ceux des bêtes, peuplés seulement de larmes réflexes, qui témoignent non plus de sentiments, mais de l'instant où l'homme cesse d'être l'homme pour devenir la chose, le corps, le rien. La volonté du mourant est passée dans l'exécuteur. C'est elle qui serre à présent, abstraite, minérale. Une force qui suit sa route parce que telle est la loi, sans qu'il s'y mêle plus rien de personnel, ni même d'humain...

Ni de vivant, surtout.

Puis Cassiãn se résigne à lâcher. Découvrant sans joie que l'autre est mort depuis déjà un moment. Quelques secondes. Une heure. Des siècles. Les yeux statue, plus pétrifié que jamais, Georg reste à contempler un néant de quartz. Et le tatoueur recule lentement vers la porte, en regardant la crispation de ses mains : ces êtres qu'il ne reconnaît pas, et qui ont marqué de violet le cou d'un Gurde, en le broyant lui-même jusqu'à l'âme.

Cette douleur, il faudrait qu'Arthur, ou bien Mẽg, l'effacent, l'absorbent dans leur chair magique et l'en délivrent, de même qu'il a libéré Natkin. Mais le sculpteur s'est retranché derrière ses mots pour ne l'aimer qu'à distance. Et la morte danse une pavane sans fin entre les eaux du cimetière loumkan.

Aucun d'eux ne sortira de sa solitude pour le sauver.

5. *La main sur l'épaule*

Été 573

Soleil de craie, ornières calcinées, la ville des arts et des turpitudes voit s'écouler les jours dans une tension qui ne se relâche pas. Les ruelles, d'ordinaire bondées, sont désertes et prennent dès midi des allures de coupe-gorge. Les galeries proposent aux rares touristes des créations torturées, ou au contraire impudemment béates. Et les bars deviennent le dernier refuge des malades avant l'internement. Bref les gens que l'on croise dissimulent tous des pensées morbides ou meurtrières, sans parler de ceux qu'on ne risque plus de croiser.

Arangwad, l'Arrière-Garde, disent les langues de pute.

Sur les passerelles, dans la zone médiane des presque-ponts, on ne se frôle plus, on ne prend plus le bras de l'autre race, sinon dans un sursaut de provocation qui frôle l'inconscience. Les transcriptions animales sur lesquelles on se retournait jadis, l'œil envieux ou le sarcasme aux lèvres, se sont volatilisées. Plus personne n'en porte. L'usure du temps les a-t-elle balayées ? Ceux qui s'en glorifiaient ont-ils dépensé leur dernier sou pour se les faire ôter ? Ou bien se décomposent-elles avec leur peau, tandis qu'ils agonisent au sous-sol du Castel, ou au fond d'une grotte clandestine ? Dans bien des cas, on l'ignore. Mais on préfère ne pas s'informer. Les nouvelles qu'on reçoit des gens perdus de vue sont de trois types : un tel a quitté la ville, un tel est malade, un tel est mort.

Pêle-mêle : Jĩm cherche vainement son nom dans les aspérités des murs de sa cellule ; Jăck a rejoint ses ancêtres au fond de la Loumka ; et Jeff s'est exilé dans une oasis, à l'est de Kmor. Les volets du Rostre de Homard sont fermés. Dire que le niveau gastronomique d'Arangwad en souffre serait abusif (les croustades de congre étaient souvent de la veille). Mais un fanal qui s'éteint, cela donne au rivage un air borgne dont il n'arrive pas à se remettre.

Plus prévisible, mais non moins arbitraire, la mort de Bŏb, calciné jusqu'à l'os par son incendie intérieur. La ferronnerie a été vendue. Dans la presque-maison dont les vitres mouvantes figurent le bout du cap, Yanne titube sous les assauts d'une douleur maniaque. Et personne ne parvient à la prendre en charge. On finirait même par la fuir, à force de la voir tordre ses bras comme des tentacules prête à aspirer dans son deuil le monde entier.

D'autres, encore… Père et Mère Lustrine, par exemple, un peu trop brutalement flétris. Sans crier gare, ils ont amorcé ensemble la course vers les catacombes. Si on les voit encore dans les rues, bras dessus bras dessous, partageant leur virus dans un chuchotement sans fin, nul ne s'est encore avisé de les dénoncer. Chacun d'eux, dans le secret de leur chagrin, doit prier le destin de le laisser mourir le premier.

Et puis la répression s'aggravant, les comportements dégénèrent. Entre les enragés qui traquent les malades et les têtes brûlées qui en font des héros, la population ne sait plus ce qui est juste. Beaucoup de gens maintenant comptent des épidermiques, vivants ou morts, parmi leurs proches. Horrifiés par les conditions d'internement, ils réclament des mesures plus humaines. En réponse à quoi, Race à Part exige à coups d'injures le rétablissement de la Loi d'Instinct. Bref, tout au long du rivage, les agressions fleurissent dans les ruelles, sur les îles, au coin des dunes. D'un côté, des lynchages spectaculaires, rondement menés par des nervis gantés jusqu'aux yeux. De l'autre, l'apparition d'une nouvelle école de meurtre : le frôlement empoisonné, la caresse fatale, la poignée de main qui tue. Certaines zones ne voient plus circuler que des individus armés, l'œil méfiant, qui ne laissent approcher personne à moins d'un mètre. Et à la tombée de la nuit, la terreur accumulée pendant le jour se décharge immanquablement en hystérie.

Une nouvelle fois, la Haute Cour Médicale de Vornève va être obligée de trancher.

Sa coupole d'eau solide remplacée par un arrimage de bâches que le vent arrache régulièrement, l'Ecaille d'Encre a pris de mois en mois des allures de vaisseau fantôme, déserté même par la vermine. Un après-midi entier sans un client, pourtant, jamais Cassiãn n'avait vu cela. Personne qui soit venu, sinon se faire masser ou enluminer — c'est un peu passé de mode —, du moins traîner, prendre un verre, écouter le hululeur de corne qui remplace Mõrris (emporté en deux temps trois mouvements par l'épidermie) ou deviser en pure perte sur les aléas de l'espérance... Personne. Depuis l'ouverture, il est seul avec les crabes des bassins, et les taons qui s'engluent dans la sueur de son torse. La chaleur qui jadis enfiévrait les âmes ne distille plus que l'ennui.

De guerre lasse, il a fini par empoigner la caisse à coraux, et y prendre une éponge fossile pour poncer les montants du comptoir dont la laque s'écaille. Avec rage, il racle cette peinture lépreuse, il frotte le bois jusqu'à l'os, comme s'il pouvait du même coup assainir la ville entière. Effacer les balafres, les nodosités, les croûtes. Rendre aux choses leur relief d'origine. Les dépouiller des scories accumulées par les âges. Rénover les consciences et les corps, pour retrouver derrière les erreurs de lecture le sens exact de l'unité... Mais il faudrait que sa chair à lui y voie plus clair. Qu'elle apprenne à mieux distinguer ce qui est juste de ce qui n'en a que la couleur.

La porte s'est ouverte. Parmi les copeaux de soleil, trois hommes sont entrés, avec le faciès terne de ceux qui colportent l'inquisition.

Un battement de cœur, et il lâche l'éponge fossile sur le dallage. Puis il se relève, en tendant une main vers la chemise qui gît sur le comptoir. L'enfiler, quitte à la laisser ouverte, afficher un sourire ni trop cordial ni trop froid... A la seule vue de ces visiteurs, le souvenir du meurtre de Georg lui fait trembler les lèvres.

— Monsieur Võrgh ?...

Ils se sont avancés jusqu'à lui. Si les deux jeunots en uniforme — le Gurde comme l'Yrvène — affichent une dureté nourrie de méfiance, voire de peur, celui dont l'affabilité laisse présager le pire, c'est le troisième, avec sa tunique bien coupée et ses bottes d'aloès. Le tatoueur retient son souffle. Près de six mois ont recouvert la nuit où il s'est chargé de cette noirceur. Personne, depuis, n'a exprimé le moindre soupçon. Pour quelle raison viendrait-on aujourd'hui lui demander des comptes ?

— Dermato-censeur G..., dit le civil. Je regrette de vous envahir ainsi, mais votre établissement fait l'objet d'un procès-verbal. J'ai ordre de vous en avertir, et de veiller à son exécution. Je pense que vous comprenez ce que je veux dire ?

Cassiãn ne cille pas. Dans l'échancrure de sa chemise, les écailles incrustées luisent farouchement.

— Je regrette, sire censeur, mais l'intuition yrvène n'est pas sans limites. De quoi s'agit-il ?

— Vous allez devoir fermer boutique, monsieur Võrgh. Voilà. Et envisager un autre métier.

— Ah… Et pourquoi cela ?

— Les pratiques qui ont lieu ici viennent d'être proscrites par la Haute Cour Médicale. Vous tombez par conséquent sous le coup de…

Une hideuse envie de rire. Voilà ce qui lui vient tandis que l'homme aligne les termes juridiques dont l'accumulation le réduit au chômage. Les yeux mourants de Georg brillaient si beaux dans les ténèbres… Ceux qui légifèrent ne capteront donc jamais l'essentiel !

— Vous constaterez vous-même, raille-t-il, qu'il ne vient pas grand monde ici ! Quel sens y a-t-il à interdire un métier qui ne s'exerce déjà plus ?

— Il ne m'appartient pas d'en juger, monsieur Võrgh. Je suis là, non pour philosopher, mais pour faire respecter la loi. J'espère que vous ne me compliquerez pas la tâche…

Cassiãn s'est mordu la langue jusqu'au sang. Jadis, la Nuit du Traquenard, il était porté par la colère de tout un peuple. A travers lui, c'était l'âme transverse qui brandissait les torches, lapidait la milice, criait sa joie de vivre à la face d'Erda-Rann. Aujourd'hui, il n'est plus qu'un sous-lieutenant dans une armée agonisante ; le témoin encore indemne d'un désastre qu'il a en partie provoqué. Alors, devant ces exécuteurs indifférents, sa rage se change en vertige suicidaire. Clefs, codes, patentes, il leur remet jusqu'à son dernier titre. Les actes d'abdication qu'on lui présente, il les signe avec une vigueur qui écorche le papier. Et tandis qu'on saisit les instruments qui devaient libérer son peuple, il vide dans les bassins tout ce qu'il possédait comme encres, lamelles, teintures, coffrets d'écaille, flacons de pigments rares…

Après leur départ, il écoutera longuement le silence de la maison, ce chant sans notes qui succède aux scènes irréparables. Puis il se servira un alcool de poivre, au fond d'une tasse à l'anse ébréchée.

— Nous n'avons plus rien pour vivre, dira-t-il à Léonore, lorsque celle-ci reviendra de la plage en fin d'après-midi. Cela devrait me plonger dans le désespoir. Et je n'éprouve absolument rien. A peine un sentiment de dérision, comme devant une mauvaise farce. Ce que nous allons devenir, je n'arrive même pas à l'imaginer !

Sidérée, la métisse empoigne une brosse, et entreprend de démêler sa longue crinière aussi énergiquement que si elle étrillait un cheval. Ses yeux, fixés sur lui, cherchent avec une maladresse bien gurde à lire derrière son masque. Qu'il puisse ainsi se résigner la gonfle d'indignation.

— Chez nous, déclare-t-elle enfin, un conquérant qui revient sur ses pas est un homme mort !

— La question n'est plus de conquérir, Léonore. Ni même d'affirmer... Je donnais du travail à une poignée d'idiots qui se retrouvent à la rue. Voilà l'histoire. C'est drôle, on oublie à quel point la défaite a un goût ordinaire...

La brosse reposée, la majestueuse fille divise ses cheveux pour les tresser en couronne au sommet de sa tête. Puis elle fronce les sourcils, se plante derrière Cassiãn, et lui applique ses deux mains sur les épaules, à travers la chemise.

— Nous ne sommes pas encore morts de faim ! tranche-t-elle, en pétrissant ses muscles crispés. Depuis son exposition à Vornève, c'est Arthur qui nous nourrit, si je ne m'abuse. D'ici l'hiver, nous trouverons bien comment donner à manger aux uns, et à boire aux autres !

La Loumka. La houle qui roule et boule. Le fracas du ressac qui sape le sable... Depuis que l'épidermie décime l'engeance du rivage, l'eau semble purgée d'une partie de sa malignité, comme si, les forces meurtrières œuvrant au-dehors, elle avait retrouvé le rythme de l'innocence et s'y était installée sans remords. De la découvrir si pacifique, les transvers les plus hardis s'y aventurent à nouveau. De tous leurs pores, ils l'interrogent sur le passé et l'avenir. Mais elle se borne à les étreindre en berceuses sauvages, sans leur révéler le moindre secret. On ne se joue pas si aisément de la mémoire du monde.

— Tu es bien agité, dit Arthur à Cassiãn, lequel se tourne et se retourne sur sa natte en fil d'algue. Puisque je te répète que jusqu'à l'hiver il n'y a aucune raison de s'inquiéter...

— Admettons. Mais ensuite ?

— Nous serons peut-être riches. Ou morts. Ou les deux ! Que veux-tu que j'en sache ? Je t'ai connu plus fataliste !...

Võrgh soupire, et se soulève sur les coudes pour considérer les crêtes écumeuses qui tournoient. Il cligne des yeux, hypnotisé par la blessure que lui inflige la lumière.

— Ce n'est pas cela, grogne-t-il. Au fond, je ne me fais pas tant de souci ! Je crois seulement que cette année, je supporte mal la chaleur. A force de vivre la nuit, j'ai oublié que le soleil était coulé dans le feu.

— Mets-toi à l'ombre.

— Non... C'est la réverbération qui me fatigue.

— Retourne te baigner, alors. Je viens avec toi.

— L'eau est trop instable. Un coup transparente, un coup opaque. Je n'arrive pas à savoir ce qu'elle pense. Tout à l'heure, quand j'en suis sorti, je tournais en sens inverse de ma tête. Je n'aime pas ça !

— Tiens, intervient Léonore, en approchant de son front le petit parasol à l'abri duquel Kouki rêve de forêt vierge. Cela t'évitera déjà une insolation.

Il lâche un vague sourire et se rallonge, les yeux clos.

Les jeux de couleurs de sa poitrine se soulèvent par saccades, écrasés par la canicule. Arthur s'est replongé dans son cristal : une initiation aux propriétés parapsychologiques des bivalves. A ce stade de la connaissance, l'imprécision des données qui défilent dans la transparence de la pierre le laisse rêveur...

— Ça ne va pas, maugrée Võrgh, toujours étendu. Même avec ton ombrelle, j'ai le soleil dans l'œil.

Surpris, les deux Gurdes toisent ce nouveau paradoxe yrvène.

— Avec la figure à l'ombre ? sourit la chanteuse. Et les paupières closes ? Il faudra nous expliquer comment tu y arrives !

— Je sais bien ce que j'éprouve, quand même ! gronde Cassiãn, redressé dans une gerbe de sable. Je te dis qu'il m'éblouit. Ses foutus rayons me pénètrent jusqu'au cœur !

— Jusqu'au ?...

— Exactement.

De la main, il a recouvert son pectoral gauche, comme pour faire écran à la douleur. Son front, au soleil, reste d'un vert trop sombre, mais ses traits se détendent. Il lâche même un soupir, comme s'il venait d'échapper à un mauvais rêve.

— Ça va mieux..., murmure-t-il. A trop essayer d'y voir clair, un visionnaire finit par s'aveugler.

Perplexité des Gurdes... Lui, cependant, le bras fléchi, continue d'absorber dans sa paume le point de feu qui le tenaille. Puis, à regret, il laisse retomber son poignet... De nouveau, une grimace lui plisse les yeux. Au ras de sa peau, là, il y a quelque chose qui cloche. Il rit. Mais le regard qu'il jette sur les rochers est si incertain, empreint d'une telle crainte, que le cristal d'Arthur tombe dans le sable, et que Léonore doit calmer les piaulements du petit lémurien.

— Cassiãn, demande le sculpteur de mots d'une voix altérée. Qu'est-ce que tu as sur la poitrine ?

— Mais… rien, réplique l'autre, en se tordant le cou pour s'examiner. J'ai seulement l'impression de te voir depuis deux endroits différents. Ce doit être le genièvre d'hier soir. Ho, n'approche pas ton ongle comme ça, j'ai les yeux sensibles ! Tu veux me les crever, ou quoi ?…

La stupeur a arrêté le bras d'Estrevann.

— Ecoute-moi, dit-il. J'ai le doigt à la hauteur de ton torse, pas de ton œil ! Exactement en face de cette petite tache noire, là, au-dessus du mamelon. C'est bien elle qui m'intrigue, d'ailleurs ! Tu ne l'avais pas, avant. D'où vient-elle ?

— Quelle petite tache noire ? grommelle Cassiãn, dont le front à présent est inondé de sueur. J'essaie de mieux cerner le monde, voilà tout ! Tu n'as pas l'habitude que je t'observe sous cet angle. Mais puisque tu ne veux plus me toucher, il faut bien que je trouve d'autres moyens de communiquer !

Silence. L'esprit d'Arthur entre en contact avec cet étrange médiateur : un ocelle, gros comme une tête d'épingle, dans les profondeurs duquel brûle un regard inquisiteur… Un frisson le parcourt. Une douleur dans ses incrustations, comme le jour où il s'était aventuré sous les séracs de la Loumka. Et n'est-ce pas l'œil de la Loumka, justement, qui le scrute, planté dans l'épiderme de Võrgh ? Sans doute. Mais surtout les obsessions de l'Yrvène, son désir de pulvériser les lois d'Erda-Rann, son aspiration à des unions si terribles qu'on y verrait la mort en filigrane…

— Un œil…, murmure Léonore qui s'est penchée aussi, la bouche arrondie. Et tellement minuscule ! Comme celui d'un escargot… Mais tu nous vois vraiment, avec ?

Le tatoueur ferme les paupières en retenant son souffle.

— Oui…, lâche-t-il d'une voix enrouée. Oui, je vous

vois. Mais je n'arrive pas à lire en vous. Pas assez pour y trouver ce que je cherche.

— Ce que tu cherches ? répète Estrevann.

— Une chose... un peu démodée, stupide même. Comme il en pousse dans les mélos au chevet des mourants. Un tiers de calme, un tiers de clairvoyance, un tiers de pardon... Je ne sais pas quel nom lui donner.

— Cassiãn, la fermeture de l'Ecaille d'Encre, tu n'as pas à t'en sentir coupable ! Au contraire...

L'Yrvène s'est assis. Sur son dos coule un filet de sable qui ralentit, s'amenuise, à la manière d'un jeu qui s'achève.

— Ce n'est pas de cela que je parle, déclare-t-il d'un ton las. C'est de la mort de Georg.

— Quel rapport ?

— Oh, je sais bien qu'il était condamné... Mais il fallait que quelqu'un lui donne le coup de grâce. Agoniser dans la posture du sage pétrifié, tu comprends, ça ne l'amusait plus ! Alors il m'a demandé de l'aider. Un petit peu.

— Et tu ?...

La crispation des mains, doigts fléchis. Le geste réflexe des pouces qui serrent...

— Couic.

Arthur s'est reculé. Le fracas des vagues emplit le silence. Il va de l'un à l'autre, en un mouvement dont le flux dit la colère ; le reflux, la compassion. Si les yeux de Võrgh restent calmes, l'ocelle de sa poitrine s'est embué. Et cet infime aveu de détresse touche le Gurde, comme le faisaient jadis ces phrases que leur peau n'échange plus.

— Abréger les peines d'un mourant, tranche Léonore, où est le mal ? Dans les oasis du nord, c'est le fils aîné qui s'en charge. Simplement, on n'en parle pas. Une bonne action, d'abord, il faut la garder secrète.

— Je ne sais pas si c'en était une, rétorque Võrgh. Ou le pire forfait de ma carrière. Et c'est le genre de doute que je ne supporte pas. L'épidémie, le suicide de Mẽg, la fin de Georg... La fermeture de la maison, à présent ! Il veut en venir où, Dieu ? Oui, je sais, il considère que je ne lui arrive pas à l'épaule ! Mais si j'étais lui, en croisant mon ombre dans la rue, j'aurais envie de changer de ponton !...

— Folie ! lâche la métisse. Petit comme un géant, et grand comme un nain, voilà ce que tu es. Et cet œil, là... Ne nous raconte pas qu'il s'est ouvert à ton insu. Qu'est-ce que tu essaies de faire, avec ?

Cassiãn s'est rallongé sur la natte de fucus, les mains croisées derrière la nuque. Son regard se perd dans les faux-semblants que la Loumka étire vers les nuages.

— Je vous l'ai dit..., soupire-t-il. Depuis l'enfance, ma route n'a jamais bifurqué. Seulement, ce qui à l'époque me paraissait juste est devenu porteur de mort. Si je raisonnais comme un Gurde, je maudirais le jour où je me suis trompé. Mais un Yrvène a toujours une issue de secours. Devant une impasse, plutôt que de me cogner la tête contre les murs, je m'oblige à agrandir mon champ de vision !

La nuit s'est refermée sur le sculpteur de mots. Touffeur du sommeil qui le roule dans ses remous, déformant à perte d'ouïe l'écho des paroles de Cassiãn. Assaut des images dont il s'épuise à vider son cerveau, et qui reviennent à la charge avec une opiniâtreté de hyènes... Des vagues de transpiration le submergent, le boivent, le recrachent ainsi qu'un noyé. Dans la moiteur du matelas s'ouvrent des tourbillons qui l'aspirent, eux aussi, quand il voudrait nager, nager loin d'eux, loin de lui-même, pour se soustraire à ce qu'ils lui révèlent.

Au centre de ce chaos, à la surface du rêve comme dans les profondeurs de l'angoisse, palpite l'ocelle de l'Yrvène. A grands sursauts de conscience, Arthur l'efface des paysages qu'il envahit. Mais toujours il revient. Seul d'abord, puis double, le confondant de son regard terrible et tendre. Adroit ensuite à se diviser, sans que le garçon parvienne à l'y surprendre. Innombrable enfin, trouant à profusion la peau de la nuit, pour le scruter avec une intensité si brûlante qu'il y voit scintiller les neuf lettres du mot qui l'épouvante.

Epidermie.

Alors, il se réveille, les yeux écarquillés. Il rejette cet oreiller trop dur, trop mou, puis va le rechercher, le secoue, essaie d'y installer moins mal sa tête en feu, et reste là, à regarder les ténèbres se reformer, entrecroiser leurs faux-semblants, d'où l'ocelle émergera tôt ou tard, prêt à se multiplier à nouveau, et à l'enfoncer plus avant dans la certitude.

Epidermie.

A l'aube, cependant, un sommeil plus profond va s'installer, qui l'entraînera au-delà des taches noires jusque dans une rue sans nom, sans couleur, parmi des immeubles à la banalité oblique, figurant les bornes tutélaires du deuil.

Pas un véhicule en vue. Ni le moindre passant... Sur la chaussée, il chemine d'un pas songeur, au côté de Cassiãn qui lui parle à voix basse. Derrière eux s'avancent les grands-parents de l'Yrvène, bras dessus, bras dessous, translucides comme le sont les défunts de longue date. Il vient de pleuvoir. Et si douce est leur allure, si placide leur présence, qu'Arthur voudrait au moins se rappeler quel automne les a emportés. Mais rien ne lui vient. Seulement ce poids impalpable dans le dos, qui dit la mort, la mort passée, mais aussi celle à venir : la mort fluide et perpétuelle, qui étire sa grisaille de galet en galet.

La détresse monte, sans hâte, telle l'eau du fleuve dans la cellule du prisonnier. Et Võrgh continue à chuchoter dans son oreille, toujours plus grave, et tendre, et désespérant. Des mots dont la musique, à mesure que tourne l'heure, s'estompe, leur contenu parvenant mal à sa conscience.

— Je vais me retirer trois jours dans un monastère, murmure le tatoueur. C'est l'usage, lorsqu'on doit prendre une telle décision.

— De quoi parles-tu, Cassiãn ?... Quelle décision ?

— Une simple retraite. Dans le silence des ronces et de l'océan. Juste le temps de choisir...

La gorge d'Arthur se serre.

— Choisir ?...

— La route à emprunter. Tu ne le sais donc pas ?

— Si... Non... Pourquoi tes grands-parents nous suivent-ils ?

D'un geste protecteur, sans rompre cette lenteur de cortège, Cassiãn a posé sa main sur l'épaule du garçon.

— Ils nous précèdent, vois-tu ? Depuis le début, nous avons toujours marché à l'envers. C'est cela que je dois résoudre : d'ici neuf mois, si je dois renaître ou m'en aller pour de bon.

Le Gurde ne répond pas. Mais le nœud, dans sa gorge, s'est gonflé à le suffoquer. Et cette paume si ferme s'applique à lui verser sa chaleur, à dissoudre les spasmes qui l'agitent, à le préparer très doucement à l'idée que, dans quelques mois, il verra son ami mourir.

La dernière image... Absurde comme l'enfance.

Lui-même, à quatre ans, le visage ravagé par la douleur, avec sur le nez les lunettes de Georg.

Ruisselantes de sang.

Un effort convulsif, et Arthur s'est arraché au sommeil. La vision, pourtant, refuse de se dissiper. Elle revient dans le filigrane de la roche, parmi les rideaux en trompe l'œil, à jamais tatouée sur sa rétine. Les poings serrés, il la sent qui prend possession de lui, emplit ses yeux de larmes, secoue son estomac de sanglots. Et il s'abat, éperdu, dans l'édredon d'écorce qui a glissé à terre, pour y hoqueter à en perdre le souffle.

Les murs n'ont pas bougé. L'air de la chambre, non plus torride mais d'une tiédeur de tisane, le livre sans défense à la vérité : sacralisé par le meurtre, le mal de Georg a contaminé Cassiãn. Et déjà, solidaire de son symptôme, celui-ci s'apprête à changer de camp, à parcourir à son tour le chemin des baumes, des perfusions, de l'internement, jusqu'à la chapelle de vagues où dorment ceux qui l'ont précédé. Déjà, dans ses paroles, dans sa pensée, apparaissent des distorsions semblables à celles qui ont marqué la déchéance de Mẽg. Déjà, par les voies immatérielles qui le relient à son ami, il essaie de l'aider à affronter cette effroyable chose, *sa mort,* dont la seule idée rend fou l'enfant Arthur.

Malade, le sculpteur de mots ne le sera pas, il le sait. A l'instar d'Olev et Jennĩfer qui tiennent fermement tête au désastre, il a fait à temps le choix, le sacrifice, qu'il a estimés nécessaires. En voici la rançon, à présent. Voir agoniser un à un ceux qu'il aime. Leur tenir la main jusqu'au bout sans défaillir. Puis les aider à accomplir l'ultime passage.

Et se retrouver seul.

Oui. Seul.

Alors, il se révolte. Dans le rose montant de l'aurore, il blasphème ainsi qu'un damné. Qu'ils périssent tous, s'il le faut, mais pas Cassiãn ! Qu'ils disparaissent, ceux qu'il affectionne, sans plus, comme on prend un sel d'ambre à défaut d'oser boire. Sa foi, ce n'est pas à eux qu'il l'a donnée. Tant pis ! Qu'ils succombent, Jĩm, et Yanne, et même les vieux Lustrine, et les autres dont l'agonie se prolonge dans les cellules du Castel (pour qui ? pourquoi ?). Mais pas lui ! Qu'il ne succombe pas avec le troupeau. Qu'il n'accule pas au désespoir son frère d'écailles et de pigments. Pas Võrgh, divinités d'Erda-Rann ! Pas lui !

Pas Cassiãn !...

CINQUIÈME PARTIE

1. *Cantatrice en exil*

Automne 573

Pour les transvers d'Erda-Rann, si enclins à exhiber les folies de leur peau au soleil, l'approche du solstice d'hiver a des relents de mise au tombeau, qu'ils compensent en général par d'exubérantes fêtes nocturnes. Mais cette année, l'épidermie rend le moindre rire sinistre. Entre les excès de la loi et ceux du virus, la grande partie de quilles que Dieu offre à leur santé bat son plein. En quelques mois, on aura vu tomber autant de gens à Arangwad que depuis les débuts du fléau. Et le pauvre Arthur n'en finit pas de se demander si, en Haut Lieu, ses vœux inconsidérés n'ont pas été pris au pied de la lettre.

Les mal portants d'hier sont les morts d'aujourd'hui. De Père et Mère Lustrine, on commence déjà à oublier lequel a précédé l'autre, pour ne se rappeler que cette lune du Mois de Rouille qui, à quelques jours d'écart, les a rappelés à elle. Jĩm, du Rostre de Homard, a finalement trouvé son nom sur une dalle à incinération, mais les cendres de ses yeux n'ont pas eu à le déchiffrer. Et si Yanne — plus atteinte par le deuil que par un virus qui, inexplicablement, l'a épargnée — s'est bornée à perdre la raison, on a vu succomber tour à tour le mareyeur « d'en bas » et celui « d'en face », la petite distributrice de cristaux, le gardien de l'aquarium sous-marin, le contrôleur de temps de la tour, une religieuse du Castel, le lampiste côtier dont Léonore affectionnait la guérite...

Quant aux défunts de second plan, Ulysse, Riccãrda, Simon, Ludovic, les trois Jean, les deux Jãne, Andrès le noir, Dõm les biceps, Lĩane, Baird au nom de colibri, Serge, Yvã, Pascal le dingue, Alaĩn et Alan, Marie Ardeur, Mĩc la blonde, Mĩc la verte, Franckie, Noẽl le pompier, Herbert et Helmũt, Almelũa, Tĩl le grave, Romuald aux souliers percés, chacun d'eux aurait mérité une homélie particulière, qui rende justice à l'être irremplaçable qu'il était. Mais déjà son nom a rejoint le vaste catalogue des anges. Ses traits, ses talents, s'évaporent dans les mémoires envahies de poussière. Et si on a accordé aux premiers de la liste les pleurs auxquels ils avaient droit, le cœur à la longue s'est blindé, et les derniers n'ont plus été salués que d'une rosée de carême.

Le veuvage a surpris Alenka un matin du Mois d'Ombre, sans qu'elle l'ait senti venir. Trop soucieuse des destinées de l'art, elle avait fini par considérer son mari comme une sculpture parmi tant d'autres, et ne l'a littéralement pas vu agoniser. Une mort à la dérobée, en somme. Mais consacrer les années qui lui restent à se flétrir sous la culpabilité, ce n'est pas son genre. Sa pipe de gingembre mise au rancart, elle a d'ores et déjà retrouvé assez d'énergie pour secouer son monde.

La maladie de Cassiãn Võrgh, pourtant, a porté un coup sérieux à la communauté transverse. Avec sa gueule ravageuse, et les bras d'honneur qu'il adressait depuis l'enfance aux tabous en place, le tatoueur restait un des phares d'Erda-Rann. En tant que penseur, non pas. Comme symbole, plutôt : le genre d'homme à qui l'on s'identifie, le héros dont on voudrait être l'ami, la maîtresse ou l'amant, pour accéder aux mystères supérieurs et s'en vanter auprès des voisins. Qu'il ait donné prise à l'épidermie a cassé son mythe. Ainsi, il n'était pas infaillible ? On ne pouvait lui faire qu'à moitié confiance ? Ses principes n'étaient donc ni de granite ni d'os ?...

Alors on s'est détourné. On s'est éloigné. On a oublié les incandescentes soirées de l'Ecaille d'Encre, les nuits où on l'avait pris pour le dieu du stupre et de l'ivresse. On chuchote qu'au fond, ce qui lui arrive, il l'a bien cherché. On va même jusqu'à susurrer qu'il a ajouté plus que son paquet à la propagation du désastre.

Chez lui, cependant, la pseudo-lèpre évolue plus lentement que dans la plupart des cas. Deux nouveaux ocelles, seulement, sont apparus. Un sur l'épaule droite. Le second sur une cuisse. Seule la fatigue engendrée par cette triple vision, qui brouille à plaisir celle de tous les jours, astreint Olev à de fréquentes visites à l'Ecaille d'Encre. Pour l'instant, en retardant sa déclaration à la Haute Cour, le rouquin a pu éviter l'internement de Võrgh au Castel. Mais trop de gens savent déjà à quoi s'en tenir. On n'est pas un emblème impunément. A n'importe quel moment, une des âmes bienveillantes qui rôdent entre les mégalithes et la cité-ludion est capable de le dénoncer aux autorités, et ce sera la fin.

A cette idée, à la pensée que les murs qui ont vu mourir Georg risquent de se refermer sur le tatoueur, Arthur a les écailles qui se glacent. Il a beau avoir encaissé vaillamment le verdict, et s'appliquer à soutenir son ami le mieux possible, l'inquiétude ne le quitte plus. C'est devenu une seconde nature, un de ces parasites familiers dont on ne sait comment se défaire. A tel point qu'il ne remarque même pas les réactions de la seule compagne, pourtant, qui devrait venir à sa rescousse.

A l'annonce de la maladie de Cassiãn, Léonore s'est enfermée pendant deux jours dans sa chambre. Et quand elle est ressortie, elle avait teint le bout de sa tresse avec son propre sang.

Dans le désert, ce geste est considéré comme le signe d'une grave rupture avec le monde.

Les semaines suivantes confirmeront la crise. Le raccourcissement des jours rendra la métisse nerveuse, les premiers froids, irascible. Les contretemps du quotidien, la sottise universelle, ne la font plus rire. Pour un oui ou pour un non, sa voix s'enfle, ses yeux fulminent, des imprécations de déesse éléphante sortent de sa bouche... Cette ville ressemble de plus en plus à une poubelle. Le nouveau mareyeur vend les coquilles vides au prix des pleines. La milice commence à surveiller d'un drôle d'air les allées et venues d'Olev dans la maison. Et cent fois elle a interdit à Kouki de grimper sur l'épaule de Cassiãn. Quant à ce dernier...

— Qu'est-ce que tu as, enfin ?... explosera Arthur un matin. Il est prêt, le plateau : le jus de café, la gelée d'algues, une huître pressée. Même un verre pour ses potions ! Il suffit de le lui monter. Moi, j'ai rendez-vous avec ce docteur ès buccins, et je suis déjà en retard. Tu peux bien comprendre cela, non ?

— Mais naturellement, rétorque-t-elle, je peux *tout* comprendre ! Que maître Võrgh soit malade, le dissimule, mais rentre ivre mort après la deuxième lune. Et qu'il faille lui servir de domestique jusqu'à ce qu'il daigne se lever... Non, je ne supporte plus la mentalité transverse ! Entre les faiblesses des forts et les bassesses des faibles, je ne sais pas ce qui me dégoûte le plus !...

Le garçon, à chaque fois, reste interloqué. Des éclats pareils au petit déjeuner, cela trahit cent kilos de malaise. Mais un malaise qui refuse de dire son nom. Inaccessible donc. Quand il se résoudra, la métisse ayant claqué portes et fenêtres, à porter le plateau à Cassiãn, il songera qu'en dépit de son talent elle pourrait quand même attendre des jours meilleurs pour empoisonner le monde.

Certains soirs, pourtant, elle voudrait lui parler. S'ouvrir à lui de cette chose qui la mine et que ses superstitions n'osent nommer. Mais lui, obnubilé par les menaces qui pèsent sur le tatoueur, n'entend rien. Depuis trop longtemps, il l'a classée comme une donnée de sa vie, une de ces fondations sur lesquelles on n'a plus à se pencher puisqu'elles sont inébranlables. Et si quelque outrance l'oblige enfin à la prendre en considération, cela ne dure que le temps d'un haussement de sourcils. Après quoi il retourne à son idée fixe. La pauvre Rose de Sable, elle, compte carrément pour du beurre.

La preuve : le calme qu'il affichera, le jour trois fois maudit où Kouki, sa chaîne brisée, s'enfuira en soulevant le coin d'une bâche.

— Il va revenir..., dira-t-il simplement après avoir vu la jeune femme, des heures durant, errer comme une mère affolée entre le perchoir, la fenêtre et les arbres du voisinage. Il a trop besoin de toi pour fuguer longtemps.

— Sornettes ! Je te dis qu'il s'est perdu ! A moins que le morse d'en face ou quelque fennec en rut ne l'ait dévoré. C'est un animal domestique, enfin ! Lâché dans la nature, il n'a aucune chance de survie, sauf en redevenant sauvage... Mais il est bien trop petit pour y parvenir !

— On t'en offrira un autre, Léonore. Il se passe des choses autrement graves, en ce moment.

— Un autre ? Alors là, c'est le comble !... Qu'est-ce que vous croyez donc, paire de brutes ? Qu'à part votre peau, rien n'est irremplaçable ?

Cette nuit-là, elle ne dormira pas une seconde. Tandis que la pluie crépite au-dehors, elle soupèse d'une main le passé, de l'autre l'avenir. D'heure en heure, elle rallume la lumière pour sonder le cristal que le courrier du soir lui a apporté : un camaïeu de bleus au message tentateur. Puis elle éteint à nouveau. Mais la colère la reprend, l'arrache au sommeil qui allait venir, pour la livrer à cette évidence : les différents plans entre lesquels s'est partagée sa vie ne sont pas compatibles. Et l'averse a beau se montrer câline, caresser les bâches à la manière d'une ondée de printemps, elle ne peut plus se satisfaire de demi-mesures. La route qui l'a menée du désert à Vornève, puis de Vornève à Arangwad, doit maintenant se poursuivre jusqu'aux méandres d'une ville purement yrvène. Là, seulement, elle saura quelle voix chante en elle, et s'il reste une chance de la sauver.

Le matin, malgré la fatigue, lorsqu'elle descendra l'escalier qui mène à la salle vide, elle aura retrouvé un peu de sa superbe.

— Je pars, marmonne Arthur, encore ébouriffé par le réveil. Je rentrerai pour déjeuner.

— Je pars aussi, répond Léonore. Mais moi, je ne rentrerai pas.

Le garçon a reposé sa houppelande. Perplexe, il considère le sourire terrible qu'elle lui adresse. Un sourire qui, dans son éclat, sa fragilité, contient les colères accumulées depuis le début de l'automne, et les réunit en la splendeur d'un adieu.

— Où vas-tu ? demande-t-il. Tu ne veux pas dire... que tu nous quittes ?

La réponse, ses pigments de transcrit l'ont déjà devinée. Ces yeux qui étincellent, c'est la vie aux abois, prête à tout pour se perpétuer. Pas de doute sur la décision qu'elle a prise, ni sur le fait qu'elle s'y tiendra. Seule la raison en reste inconnue.

— J'ai reçu une offre d'un impresario de Délée, dit Léonore. Pour chanter à l'Aquarial, deux soirs par semaine, à partir du Mois de Glace. Une chance pareille, il n'est pas question que je la refuse !

Dans le bloc de conservation, elle a pris une poire de mer fumée, reste des largesses d'un admirateur. Sans ôter la peau, elle la porte à sa bouche, et la croque avec un rire nerveux.

— Mais tu reviendras, ton contrat achevé ?... hasarde Estrevann, du ton d'un amant qu'on abandonne.

D'un geste, elle lancera le trognon décortiqué dans la cheminée, au grand effroi des araignées qui y tissent leurs toiles.

— La débauche et la maladie, rétorque-t-elle, j'ai assez trempé dedans, Arthur. Je ne crois plus en cette ville, ni en ceux qui s'y cramponnent. La seule chose qui puisse me régénérer — toi aussi, d'ailleurs — c'est l'art. Désormais, je n'écouterai pas d'autre guide.

Désormais, elle va cesser de se mentir. Arrêter de rendre ceux dont elle a fui l'amour, responsable de sa rage. Se résoudre à en affronter la cause, quand elle la tient emmurée depuis tant de semaines... La peur. Une peur panique, qui se réveille au moindre signe envoyé par son organisme, lui noue l'estomac, remplit ses jambes de plomb, lui serre la gorge à la laisser suffocante, hébétée, malgré les mille éblouissements de cette cité inconnue.

Délée l'a accueillie dans ses remous, parmi la transparence de ses maisons semi-liquides, aux murs mouvants, aux portes à la fois ouvertes et closes, aux incroyables arcades sculptées dans la substance même de la Loumka. Délée... Chaque trottoir y invente une promenade, toujours semblable, toujours autre, dont on ne sait jamais à coup sûr où elle mènera. Si les arbres y sont d'authentiques arbres, chargés d'oiseaux ainsi qu'il se doit, ce sont aussi des madrépores aux branches ruisselantes, entre lesquels s'esquivent congres et syngnathes. Car le génie des lieux se plaît à mélanger artistement le vrai et le faux, l'éphémère et l'inébranlable. Mais plus les façades trichent, pourtant, plus ceux qui les traversent se retrouvent proches de leur vérité intérieure.

Parfois, une bouffée de joie envahit Léonore. Oui, elle est allée jusqu'au bout. Partie de la rocaille du désert, elle a gagné la capitale, puis la côte. A présent, elle a franchi le rivage en laissant derrière elle les fous et les morts, pour atteindre l'univers de la pure fluidité. L'avant et l'après de sa vie sont unis par un pont sans brèche. Et elle, bâtarde des cactus et du sable, elle se retrouve sœur de cette ville sorcière, et sent palpiter en elle une autre ville, où d'autres sorcelleries s'ébauchent entre deux eaux.

Alors, d'un seul coup, tout bascule. Un rayon de soleil, réverbéré par une cassure de l'onde, la renvoie à la fragilité des choses. Et au lieu du bien-être qu'elle escomptait, son large estomac se contracte douloureusement.

Peur. Oui, elle a peur... Et que lui disent ses écailles ? Rien. Un frisson inconnu, l'aile d'un oiseau froid qui l'effleure, la couvrant de sueur en quelques secondes. Est-elle malade ? Non, non, non... Et pourtant oui. De quoi d'autre pourrait-il s'agir ? Il se produit trop de remous dans sa chair, sa vaste chair dont elle croyait connaître chaque pouce pour l'avoir explorée avec sa voix, et qui lui chante maintenant une sérénade dont elle la dispenserait bien. Le cocon dans lequel rêvait Rose de Sable s'est déchiré. Des courants d'air y passent jour et nuit, sans prévenir, arrachant Léonore à la paix de l'instant pour la jeter dans d'indicibles malaises. L'autre jour, en traversant une exquise place aquatique, où des silures remontaient le cours d'une fontaine, elle a soudain senti les eaux tourner. Assise sur un banc de corail, elle a suivi avec une nausée les déformations du paysage. L'esplanade s'est muée en œuf. Les immeubles-ludions sont partis dans d'impossibles spirales, en échangeant leurs portes, leurs fenêtres, et jusqu'à leurs cheminées. Au-dessus de sa tête, liquide, le ciel s'est incurvé comme une coquille. Et elle n'a osé regarder ses mains de peur de les voir, elles aussi, entrer dans la sarabande. Elle n'a échappé à la syncope que grâce à une vieille femme, qui lui a apporté un sablé avant de tirer le store de son échoppe.

La chambre où elle habite, cependant, située un jour sur sept au septième étage d'un immeuble fluctuant — propriété d'une richissime voyante — ne manque pas de charme. Par la fenêtre, on a une vue d'abord rasante, puis de plus en plus élevée à mesure que la semaine avance, sur le marché des cuirs et des cordes, où se côtoient des ménagères mal dégrossies et des marins bien dessalés. Un tumulte qui sent bon la matière vivante. Mais Léonore, depuis ses murs translucides, songe à Cassiãn et le maudit. Lui, ses principes, son cynisme, son goût des méfaits et du plaisir. Et surtout l'infra-virus qu'il lui a transmis, dont elle suit le cheminement dans sa chair, cette masse qu'elle croyait à l'épreuve de tout et où il a néanmoins inscrit la mort.

Parfois, elle pleure. Mais le plus souvent, elle écoute les formidables appels d'air de Rose de Sable, dont la voix crie à l'intérieur, au rythme d'un silence qui lui coupe bras et jambes. Ce qui se déforme, elle ne sait plus au juste ce que c'est. La physionomie de la ville ? Délée suit les cycles de la Loumka, et elle a suffisamment fréquenté les Yrvènes pour que ce genre de mirage lui soit devenu familier. Son paysage intérieur, alors ? Il faut croire... Mais comment supporter que ce nourrisson jamais né soit ainsi ballotté, sans défense, dans la rage et la terreur ? Ne dirait-on pas par moments que c'est lui, oui, qui se métamorphose, pour engendrer un monstre dont la gueule anthropophage va la dévorer, en commençant par son être le plus intime ?

Dehors, singulièrement, le soleil brille. L'automne pluvieux et dépressif d'Arangwad a cédé la place à un étrange été posthume. La lumière de cette ville est une arme à double tranchant. Soumise à ses fluctuations perpétuelles, la métisse a peine à demeurer debout. Il lui faudra bien s'y abandonner, pourtant, et confier sa voix aux eaux lustrales qui la baignent.

L'Aquarial est-il un théâtre, une grotte, un temple? Du théâtre il a la scène, chargée de décors allant des jungles escamotables aux galaxies en trompe l'œil, en passant par les ruelles de carton, les intérieurs à miroirs, les déserts symbolistes et les jeux de structures abstraites. De la grotte, l'architecture en stalactites, voûtes et arcades, qui entrecroisent leurs courbes, mêlent leurs transparences, chacune démentant les reflets de la voisine. Du temple enfin, la ferveur, l'auditoire rassemblé pour s'élever l'âme, sa fringale esthétique comblée (pour le prix d'une douzaine d'ormeaux) par l'abnégation des artistes qu'il a érigés en idoles.

Une chanteuse des Hauts Plateaux entre les eaux de la Loumka, c'est un événement qui éveille autant la méfiance que la curiosité. Lors du concert inaugural, la foule s'est rassemblée sans hâte, pour se répartir de recoin en recoin avec un mutisme prudent. Mais Léonore, dans le sari qui magnifiait ses rondeurs, a reçu comme un défi l'attente de ces centaines de prunelles, de tympans, dont les projecteurs à plancton ne la protégeaient qu'en l'aveuglant.

Ce défi, elle y a répondu par une magistrale série de vocalises, rendues célestes par l'espace. Jamais sa voix n'avait atteint une telle puissance, un tel éclat. Dans le silence pétrifié des concrétions, on l'a vue s'élever en tournoyant, rayonner jusqu'au plus haut de la coupole, atteindre les réflecteurs au fond du clair-obscur, rebondir sur leurs mille facettes à travers la salle (la caverne? l'abside?) et frapper enfin de plein fouet les cœurs étrangers qui frémissaient.

D'accord. De ce miracle, la chanteuse n'a perçu qu'une infime partie. Mais eux, dans l'obscurité qui retenait son souffle, ils ont dû l'accepter sans réserve, par les ouïes, les pupilles, et jusqu'au moindre pore de leur latex.

Rose de Sable a repris du poil de la bête.

Tant pis pour le solstice. De semaine en semaine, elle s'éloigne du bébé terrifié que la métisse cachait en elle depuis tant d'années, pour acquérir une vigueur neuve. Est-ce la solitude enfin conquise ? L'omniprésence matricielle de la Loumka ? Elle se laisse traverser par les courants qui ont donné à la ville sa physionomie. Un à un elle les capte, s'en nourrit, les incorpore à son expérience, puis les restitue, transfigurés, à un auditoire qui n'en revient pas.

Léonore commence à renaître. Au-delà des peurs qui la tenaillent, elle respire, elle chante, elle *est chantée.* Dans l'incernable Délée, la pseudo-lèpre a encore peu de place, et la maladie des autres ne pèse plus sur elle de son poids de charogne. Certains jours, il lui arrive même d'oublier la sienne. Et lorsque la mémoire lui en revient — sari noir et claquements d'os —, elle se sent gonflée d'une force neuve, un regain de sève en plein automne, pour lutter. L'Aquarial est devenu le temple où elle conjure les malignités de l'héritage transvers. La Grande Squelette, elle lui résistera à coups d'arias, jusqu'à l'absurde, jusqu'à ce que vie s'ensuive.

— Je vous raccompagne, lui dira un soir Bẽrthe Eliãm, la propriétaire de l'immeuble aux étages fluctuants. Une voix comme la vôtre, il faut la protéger du froid.

Dans le squale de plexiglas que la vieille dame pilote d'une main placide, elles ne parleront guère. Retombée l'excitation du concert, Léonore sombre dans une sorte de léthargie, sous le couvert de laquelle son énergie est lente à se reconstituer. De plus, si bienveillante soit-elle, cette femme l'impressionne passablement. L'intuition yrvène, une transverse y est habituée dès le berceau. Les pouvoirs médiumniques, une Gurde s'en défie toujours, mais passe encore. Qu'intuition et pouvoirs, en revanche, soient réunis en un seul être, et voilà ranimée la terreur des gens du désert face à l'œil de Dieu. Pour rien au monde ils ne supporteraient qu'il les déchiffre. Pourtant, quand Bẽrthe Eliãm lui proposera de venir prendre, au choix, un alcool ou un sel, c'est justement ce qui la poussera non sans un frisson à franchir le seuil tabou.

L'appartement de la voyante, de forme circulaire, occupe l'angle frontal de l'immeuble. Alors que le reste de la maison évolue de manière cyclique, étage par étage, en suivant les jours de la semaine, il se déplace au gré de l'instant du haut en bas d'une tourelle imaginaire. A l'intérieur, la lumière suit ses oscillations, parfois vive, parfois feutrée. Mais l'ensemble, Léonore le comprendra vite, reflète avant tout les transes divinatoires de la maîtresse des lieux.

Sa coupe de sel de mangue à la main, la métisse ne refusera pas de s'ouvrir à la quiétude ambiante. Avec sa robe en anguille perlée et ses bandeaux de boucles blanches, Bẽrthe Eliãm a plus l'air d'une aïeule de luxe que d'une tricoteuse de maléfices. Pour un rien, ses paupières se plissent, ses rides palpitent, et les décennies de souvenirs font chatoyer ses pigments. De quoi mettre à l'aise une diva pas trop rétive. De quoi l'amener aussi — ô imprudence — à baisser ses barrières, au risque de trahir les mouvements de son âme.

— Excusez-moi, dit soudain la vieille Yrvène, en reposant son verre. Etre indiscrète fait partie de mes obligations... En vous, je vois un creuset. Incandescent. Dans lequel se produit une alchimie sans pareille. Donc dangereuse. Je ne vous ai pas conviée pour vous dire cela. Mais il faut quand même que je vous prévienne.

— Me prévenir... de quoi ? a pâli Léonore.

— Chantez ! Chantez !... Voilà la seule flamme capable de transmuter le mal qui vous ronge.

Dans la vaste poitrine de la métisse, le cœur s'est mis à cogner. Boum. Boum. Boum. Un forgeron buté, dont les coups accompagnent la lente ascension de la rotonde jusqu'à la cime des arbres.

— Vous voulez dire l'angoisse ? fait-elle avec un rire contraint. Je sais. Je sais... Mais qu'y puis-je ? C'est l'envers obligatoire de l'art !

— Taisez-vous donc... Vous ne savez rien. Il y a quelque chose de monstrueux qui grandit en vous. Une présence qui peut vous sauver ou vous perdre. Et en même temps, tous ceux qui vous touchent de près.

Avec un frisson, la cantatrice s'est enveloppée dans son étole.

— Je n'ai jamais nui à personne, répond-elle.

— Les destins exceptionnels ont toujours une contrepartie. Si ce n'est pas vous qui payez, ce seront les autres. Songez-y.

— Je m'en remets à la Loumka. Tant qu'elle protège ma voix, je peux affronter bien des choses. Même très noires.

Par la baie arrondie, les lumières de Délée se déploient avec faste à mesure que l'appartement s'élève. L'éclat doré de la pièce blesse un peu le regard. Dans le visage aux pigments fripés de Bĕrthe Eliãm, les yeux brillent comme des boules de kermesse.

— Elargissez votre conscience, dit l'Yrvène. Ce qui croît en vous, c'est peut-être la mort, mais peut-être aussi la vie.

— La vie ?... sourit amèrement Léonore. Il n'y a guère de risque ! Voilà plus d'un an qu'un homme de ma race ne s'est approché de moi. Quant aux autres, vous le savez bien, la stérilité des relations n'aura pas été le moindre de leurs échecs !

La rotonde s'est immobilisée au sommet de l'immeuble. Un instant de pleine clarté. Puis la voyante fronce le nez, comme pour chasser une idée importune. S'emparant du carafon, elle remplit pensivement son verre, tandis que s'amorce à nouveau la descente vers la pénombre.

— Je ne vois plus rien, déclare-t-elle. Vous vous y opposez à présent, et je n'ai pas à vous contraindre. Mais réfléchissez quand même à ceci, ma petite... Dans un monde où la lumière vient du passé, qui sommes-nous pour décider de ce qui est possible, et de ce qui ne l'est pas ?

2. *Les yeux multiples*

Printemps 574

Il y a les îles vivantes et les îles mortes. Les premières voient leurs landes constellées d'habitations gurdes qui adaptent matière et géométrie aux singularités du paysage, et leurs côtes garnies de demeures-ludions que la houle chahute avec un perpétuel bonheur. Les secondes, abandonnées ou jamais conquises, n'offrent que des étendues coralliennes, où le vent balaie en brèves rafales les chardons de l'année précédente, en attendant que le sable les recouvre.

Et puis, en pleine mer du Sud, il y a cette île morte-vivante qu'on appelle Sarhanô. L'Ile de Craie.

Voici deux mois, face à l'extension de l'épidermie et l'inefficacité des centres d'internement, la Haute Cour Médicale a décidé d'y regrouper les malades de toute la planète. Malgré les protestations des partis humanistes, l'opération a été menée tambour battant. Moins de quinze jours après, les premiers convois se sont mis en route, emportant à travers la Loumka des cargaisons hébétées, à qui l'épuisement et les drogues ont rapidement ôté jusqu'à l'idée de résister.

Depuis lors, Sarhanô n'en finit plus de se survivre à elle-même, de se prétendre peuplée quand elle n'est qu'un immense mouroir, de voir s'aligner sur sa croûte blanchâtre des milliers de cabanes de bois, identiques, dont chacune porte un matricule, et qu'on réduit en cendres avec leur occupant dès que celui-ci a rendu l'âme.

Cassiãn, à son arrivée, a reçu le numéro 574.

Qui l'a dénoncé comme malade clandestin à la milice, jamais sans doute il ne le saura. Mais à présent, il ne s'en soucie plus. Dans cette lumière trop blême, toujours semblable, ses souvenirs s'estompent déjà. Arangwad paraît tellement irréelle, vue d'ici... De jour en jour, le temps chemine, et chaque semaine efface la précédente. A quoi bon ajouter aux tourments de l'exil la haine d'un inconnu ?

— Un cimetière..., ironise-t-il parfois, quand il s'égare entre les rangées de cahutes. Un cimetière dont les morts se cramponnent à la surface ! Qui oserait prétendre, le regard clair, qu'il *vit* à Sarhanô ?

— Toi, répondent les ocelles, qui continuent à conquérir sa peau. Et encore toi !

Lui, certes. Mais également Arthur, qui a miraculeusement réussi à l'accompagner.

Lorsque les soignants sont venus arrêter l'Yrvène, et l'ont emmené, hagard, chancelant sous les sédatifs, le sculpteur de mots a senti son propre cerveau se pétrifier. Un court-circuit. Plus rien. Une heure durant, il est resté à considérer l'Ecaille d'Encre d'un œil halluciné. La maison de l'âge d'or, désormais vaine, et vide, et morte. Puis il est sorti, en laissant derrière lui la porte béante, pour chercher un semblant de refuge à Néomorph, après une interminable errance entre des ruelles et des canaux qu'il ne reconnaissait plus.

— Tout est fini..., a-t-il murmuré à Alenka, en lui montrant l'acte de déportation. Comment pourrai-je lui venir en aide, là-bas ?

— Partez avec lui ! a-t-elle rétorqué. Votre ami Olev doit pouvoir vous obtenir une dispense. Par tous les dieux, réveillez-vous ! Ne commettez pas la même erreur que moi !...

Mais lui, submergé par des tourbillons d'images sinistres :

— Et je vivrai avec quoi ?... En admettant qu'ils me laissent y aller, ils ne vont pas m'entretenir !

— Vous continuerez à créer. Simplement, vos sculptures, vous m'en adresserez un plan détaillé, et je les ferai exécuter par un artisan yrvène. Je vous enverrai la moitié des bénéfices. Voilà déjà une avance. Pour le reste, vous aviserez sur place.

Le sillage du bateau qui a quitté Arangwad, le Jour d'Ecume suivant, n'a pas effacé les traits d'Alenka. La distance et le marasme ne les effaceront pas davantage. Régulièrement, tandis qu'il ramasse des buccins dans les cavités rocheuses de Sarhanô, ou qu'il en teste l'effet sur l'un de ses compagnons, Arthur les voit resurgir, tel le masque d'un oiseau sec et bienveillant. Il les considère un instant, étonné de sa tendresse à leur égard. Puis il reprend son travail. Mais ce lien tenace avec un passé qui se dissout chaque jour un peu plus, l'aide à soigner Cassiãn et à se soutenir lui-même.

Sur cette terre sans relief, sans arbres, réduite à une étendue de craie nimbée du matin au soir par un soleil également crayeux, la vie s'écoule avec une lenteur que seules ponctuent l'arrivée des convois et la mort des détenus. Hormis les rangées de cabanes qui s'égrènent sinistrement d'un horizon à l'autre, quelques bâtisses entourent ce qu'on aurait honte d'appeler un port : le débarcadère, une cantine, le centre médical, le foyer de l'administration, les hangars où l'on stocke le matériel. Le tout de ce même bois grisâtre, fourni par une compagnie de préfabriqués à qui l'épidermie aura rapporté un pactole, et dont on chuchote que certains dirigeants de Race à Part sont actionnaires.

Peu de soins pour les malades. Si on ne les maltraite pas, le manque de personnel ne permet guère de les bien traiter. Deux fois par jour, les chariots de service sillonnent les allées, distribuent onguents et cachets aux vivants, effectuent le recensement des morts. La nourriture, une ragougnasse pâteuse à base de céréales et de poisson, est la même pour tout le monde, Gurdes ou Yrvènes, ce qui n'arrange ni l'estomac ni le moral. Les plus valides vont l'ingurgiter au réfectoire. Les autres la reçoivent à domicile. Egalement tiède, collante et fadasse d'un jour sur l'autre, à l'image d'une agonie collective qu'on entend rendre aussi terne que possible, elle ne diffère que peu des excréments auxquels elle donnera naissance.

En plus des épidermiques et de ceux qui les surveillent, quelques accompagnateurs sains tels qu'Arthur ont été admis. Logés dans les mêmes cahutes que les malades, ils subviennent à leurs besoins en rendant à droite et à gauche les mille services qu'exige l'affreux dénuement de l'île. De quoi être dégoûté de la race humaine et de sa déchéance. Masochisme ou goût de la purification, pourtant, le sculpteur de mots a délibérément choisi le pire : l'incinération des cabanes mortuaires.

— Ne te trompe pas ! a commenté Cassiān, hilare, en l'apprenant. Assure-toi que le bonhomme est crevé, avant de mettre le feu !...

— Et quand bien même..., a-t-il rétorqué. Cela changerait quoi ?

Tous les matins, dans la clarté poudreuse qui stagne sur Sarhanô, il accomplit le même rituel. Reconnaître sur le fronton l'estampille posée la veille au soir par le soignant du coin. S'assurer d'un coup d'épingle que le corps étendu n'a plus de réactions. Prendre le temps, en secret, de songer à ce qu'a pu être sa vie. Puis ressortir. Oter les quatre chevilles qui tiennent ensemble le toit et les murs (les fabriquants ont pensé à tout). Se reculer d'un mètre pendant que la baraque s'effondre. Verser dessus un quart de litre d'essence (maximum). Craquer une allumette. Attendre enfin les cinq minutes réglementaires, pour s'assurer que le vent ne colportera pas les flammes jusqu'à la cabane voisine. Et remonter sur le chariot qui s'ébranlera, de son allure têtue, pour s'arrêter comme de lui-même à la porte du cadavre suivant.

Une fois les cendres ramassées, on laissera le vent achever de nettoyer l'endroit. Puis, une semaine plus tard, on y installera pour le suivant une nouvelle tombe à occupation *ante mortem.*

Comment cette charge l'affecte, Arthur ne se le demande même plus. Jadis, cela l'aurait peut-être rendu fou. Au début, il lui arrivait de fondre en larmes devant le bûcher d'une connaissance. Maintenant, il exécute mécaniquement sa tâche, résigné à ce que la rançon de sa venue ici soit de jouer quatre heures par jour les incendiaires funèbres. Moyennant quoi, ainsi qu'il l'a promis à Alenka, il consacre le reste à élaborer de nouvelles œuvres. Mais surtout, il s'occupe de Cassiãn dont les symptômes, depuis l'automne, ont pris des proportions effrayantes, comme si l'Yrvène mettait son point d'honneur à dépasser à la fois Mẽg et le professeur Natkin.

Les ocelles se sont multipliés.

Au début, ils étaient dénombrables, localisés, dotés d'une physionomie et d'un regard bien distincts. L'un scrutait l'âme des gens ; l'autre celle des lieux ; un troisième, les liens rattachant l'avenir au passé ; les suivants ont interrogé la matière, l'illusion, les rapports sociaux, le sacré. A chaque fois, ils offraient à Võrgh un angle de lecture nouveau, qui semblait compléter les précédents. Mais au lieu de l'apaiser, ils ne faisaient qu'engendrer d'autres questions, qu'il voyait surgir le lendemain sur son torse, ses jambes, ses bras, sous forme d'yeux inconnus, toujours plus perçants, toujours plus avides.

Etrangement, ils ne sont apparus que sur les parties natives de sa peau, parmi les pigments, sans que jamais les guirlandes d'écailles incrustées par Arthur ne leur livre passage.

Longtemps, le tatoueur a cru qu'ils allaient lui donner une vision totale du monde. Qu'en les laissant envahir son épiderme, il acquerrait une perception des choses si vaste, si subtile, qu'elle reléguerait la sagesse de l'humanité au rayon des bibelots. Que loin d'être le symptôme d'une maladie, ils témoignaient en fait de sa guérison, l'incarnaient, devenaient l'expression d'une santé supérieure, de la perfection de l'être dans l'univers.

Et autres salades du même ordre.

Quand la fatigue est venue, il a commencé à comprendre. L'épuisement. La fièvre. D'épouvantables migraines de la moelle des os, ou de Dieu sait quoi, qui l'assaillaient chaque jour, en fin d'après-midi, avec une ponctualité de vampires. Trop d'images à contrôler, à rassembler, à partir desquelles édifier un tout, alors qu'elles se dérobaient constamment. Trop de désirs à cerner : les siens, ceux de ses proches, des étrangers, des animaux, des plantes. Trop de lois à intégrer, dont il fallait à chaque fois saisir qui les respectait, qui les contournait, qui les violait. Une loucherie à cent cinquante dimensions, dont la plus saugrenue recelait des vérités désarmantes. Une cacophonie de regards acharnés à se fondre, s'opposer, se détruire, lui livrant le monde à travers un jeu de kaléidoscopes dont chaque facette était elle-même un univers, sondé, disséqué, pulvérisé en milliers de cellules, lesquelles à leur tour…

L'exil à Sarhanô ne fera qu'empirer les choses, les questions qui le dévastaient fusant désormais dans le vide, la solitude, au sein d'un temps où les repères se dissolvent un à un.

— Mais tous ces yeux, lui dira un soir Arthur, à bout de ressources devant ce paquet de nerfs en sueur, brûlant, qui se tord sur son lit. Il n'y a pas moyen qu'ils se ferment ? Ils ne dorment donc jamais ?...

Cette nuit-là, quelque chose comme un rêve, un rayon de lune, un filet d'eau, traversera le brouillard crayeux qui recouvre l'île.

Rien de précis. Aucune image, justement. Un retour fugace à l'âge où les visions ne se chevauchaient pas, où une idée pour se faire jour attendait le vent opportun, le courant qui l'amènerait sans heurt à la surface. La nostalgie de cette bienheureuse obscurité à travers laquelle il était si facile de se mouvoir. Et la conscience d'un point en lui, ténu, inaccessible, continuant de vivre dans ces limbes perdus.

Depuis, ses journées sont ponctuées par les passes d'un duel incessant. Le Cassiãn qui veut l'éclat, contre celui qui veut l'ombre. A ceci près qu'il ne sait pas trop lequel est lequel, ni même si leur rôle est fixé une fois pour toutes. Encore moins comment se situer dans un affrontement pareil, quand l'enjeu en est, hélas, *sa peau*.

— Il faut y voir clair, dit l'un, pénétrer la surface du monde, posséder ses moindres mécanismes. Que rien de ce qui le constitue ne t'échappe. C'est ta seule arme pour éviter la déchéance.

— Baliverne !... fait l'autre. Ton arme, c'est le point aveugle, au contraire ! Avant de prétendre à la lumière, il faut plonger ses racines dans le noir. N'importe quel devin te le dira !

— Ne l'écoute pas... Tu es au bout de tes peines. Encore un œil à ouvrir. Deux, au maximum. Tout va s'éclairer... Ici, dans le pli de l'aine. Ou là, au creux des reins : un tout petit. Personne ne le remarquera...

— Tiens bon, cramponne-toi à tes écailles. A trop

défier Dieu, tu les perdrais aussi ! Souviens-toi de jardis, quand l'ombre te protégeait. Quand tes paupières s'autorisaient à cligner de temps à autre...

— Allons donc, il n'y a pas de limite à la lucidité !... Il ne peut pas y en avoir !

Et ainsi de suite. Autant d'idées insanes qui bouillonnent, tournent en rond, lui creusent opiniâtrement les flancs, sans qu'il en résulte quoi que ce soit. Le jour, la lumière lui fait un mal de chien. La nuit, l'angoisse lui dessèche la muqueuse. Mais rien n'interrompt cet infernal dialogue, répercuté par tout son corps en des courbatures sans fin.

— Plus j'avance, plus je sombre..., gémit-il. Ils ne vont pas se taire, ces deux clowns ? Je connais la matière. Je *suis* la couleur. Les pièges de la Loumka n'ont plus de secret pour moi. Je sais même pourquoi les hommes pissent de travers... Je ne serai donc guéri qu'une fois squelette, les côtes ouvertes à la clarté du *Rien* ?

Au-dehors, cependant, le printemps polit le ciel et les dunes, lance des embruns sur le bois gris des cabanes, mêle à l'odeur des brasiers le parfum âcre des nénuphars de mer. Dans le cœur des mourants, il va jusqu'à glisser un regain de joie de vivre. Seul Cassiăn, livré aux conseils des zones les plus bizarres de la peau, continue à s'agiter comme un possédé. A force de regarder par tous les pores, il ne voit plus que ce *Rien*, terrible, qui se rapproche. Il finit même par croire, parfois, qu'il est déjà mort, et que les mouvements de son corps sont la lente mastication du monde qui commence à le digérer.

Là, il n'y a qu'Arthur qui puisse le ramener à la raison, la jugeote gurde restant le meilleur arbitre dans le combat d'un Yrvène contre son âme.

Pour le sculpteur de mots, *Cassiăn malade* fait maintenant partie de l'ordre des choses, au même titre que le bleu du ciel. Cette situation qu'il redoutait plus que tout, il l'a acceptée sans faillir, comme il s'est adapté au paysage de craie qu'elle lui a imposé. N'a-t-il pas expliqué à Võrgh, le soir où Olev a rendu son verdict, qu'ils se devaient d'avoir l'épidermie joyeuse ? Même dans la blanche désolation de Sarhanô, il veille à maintenir ce cap. D'accord, quand la fièvre grimpe trop haut, que les ocelles fleurissent par grappes entières, il voit un mur noir se profiler dans la brume, prêt à s'abattre. Mais il n'en exprime rien. Et s'il autorise parfois ses yeux à vider leur trop-plein, c'est à l'insu du tatoueur : dans un creux de rochers, sous le regard ratatiné des seuls bulots ; ou sur son chariot, pendant sa tournée d'ange incinérateur. Après quoi, l'averse terminée, il reprendra la vie commune, au petit jour la petite semaine, étonné de voir comment la mort peut s'installer dans le quotidien, douillettement, au point de n'être plus qu'une perspective douteuse.

Le courage de l'un soutient l'autre. Tandis qu'Arthur, fidèle à sa promesse, garnit les murs de sa cabane avec des buccins logés dans des fonds de bouteilles, et envoie à Néomorph le plan des miracles qu'il leur soutire, Cassiãn se recycle tant bien que mal dans l'atelier qui jouxte le réfectoire. Là, privé de sa fonction de tatoueur, mais pas de ses dons d'artisan, il enlumine des sacs en cuir de mer au bénéfice de la Haute Cour. Des heures durant, il s'applique à leur injecter les encres organiques ou minérales qu'on lui procure. Et peu à peu les motifs se précisent, les nuances s'affinent, l'acuité de ses yeux de naissance arrache à la matière d'étranges décors. En échange, on lui donne des aliments liquides : une gelée d'actinie, du sirop de palme, un verre d'alcool même. Et ses pigments ternis de resplendir, la pourpre, l'émeraude, les balafres d'or, au point qu'il en oublierait presque la pseudo-lèpre qui le ronge.

Il est vrai qu'en ces moments-là ses autres yeux, les cent et cent ocelles, végètent à l'ombre de ses vêtements, comme les braises d'un volcan mal éteint.

Mais bientôt vient l'instant où ils se réveillent. La minute où Cassiãn le magnifique ne peut littéralement plus supporter le contact d'une étoffe, si douce soit-elle, sur sa peau. Car elle le blesse comme si on la lui appliquait à la surface de l'œil. Et son corps, ses muscles, se tordent de douleur, jusqu'à ce que le dernier linge ait été retiré, et qu'il puisse enfin se plonger dans la Loumka, en espérant y trouver avant la nuit un semblant de calme.

Arthur alors, le silence, la détresse, la révolte. Etre cloué au sol par une telle impuissance, n'est-ce pas pire que d'être soi-même malade ? A la limite... Mais personne ne lui demande son avis. Il ne peut que rester là, partagé entre l'envie de prendre son ami dans ses bras, quitte à se contaminer, et celle de l'achever comme l'Yrvène a achevé Georg. Au risque de ne jamais s'en remettre.

Deux attitudes, il le sait bien, également ineptes.

— Que puis-je faire ? demande-t-il parfois au diacre Hoënn, un échassier gurde exilé pour transversion par l'Eglise du Rivage, et qui porte sur ses maigres épaules l'agonie de toute l'île. Je le connais mieux que personne. Et je n'arrive pas à comprendre, hormis cet *infra-virus,* quel mal le détruit.

Si la poitrine du moine se creuse un peu plus à chaque mort, le moindre contact avec ce qui vit lui fait palpiter les écailles.

— Cassiãn est le genre d'homme, dit-il, à enfouir ses blessures avant qu'elles n'aient cicatrisé. Alors elles fermentent. Et la douleur qui en résulte l'accapare entièrement. Au point de le couper de ce qui l'habitait au départ : une vitalité unique.

— Moi aussi, proteste Arthur, je suis cousu de plaies, à l'intérieur. Depuis tout petit !...

— Sauf que vous les exposez au grand jour. Ça peut être fatigant pour les autres, mais au moins la lumière les désinfecte. Je pense même que vous vous êtes construit à partir d'elles ; comme artiste et comme cabochard ! Ce qu'il lui faudrait, à Cassiãn, c'est le contraire. Traverser les siennes pour retrouver sa candeur d'origine. Enfin, ce qui lui en tenait lieu avant son premier contact transvers.

A ce stade de la conversation, le garçon laisse choir son seau de buccins dans le sable, sans égard pour les futurs dépositaires de son œuvre.

— Comment l'aider ?... grogne-t-il, le regard perdu dans l'alignement des cabanes, çà et là remplacées par des tas de cendres qui fument encore. Autrefois sa peau me régénérait, et *vice versa.* Mais à présent... S'il m'arrive de lui faire un massage, c'est à travers des gants de chirurgie, en jouant à cache-cache avec ses foutus yeux ! Est-ce qu'on a jamais rendu la vie à un Yrvène de cette façon ?

— Je ne sais pas..., murmure Hoënn. Yrvènes ou Gurdes, je finis par croire qu'il n'y a qu'eux-mêmes qui puissent se tirer d'affaire.

Les semaines passent. Sur l'île moribonde, le Mois de Sève accroche des fleurs aux rares cactus. Les turbulences violettes de la Loumka s'élèvent en vagues tièdes vers le soleil. Dans les allées, des tuniques écrues ont remplacé les houppelandes, avec une rigueur, toutefois, bien éloignée des fantaisies de la vie civile. Beau temps ou pas, il subsiste entre malades et gardiens une solide méfiance — le rut de printemps rend mauvais les animaux qui souffrent — où sombrent les quelques bienfaits qu'on pouvait espérer du climat.

— C'est vous qui le maintenez en vie, observera un soir Hoënn, dont les allées et venues entre ces gens que la peur divise accentuent les allures de héron. Si à défaut d'épiderme, vous vous serviez de vos mots pour le toucher... Vous y arriveriez peut-être mieux ! Pourquoi n'avez-vous jamais pensé à utiliser vos buccins ?

— Je ne vois pas en quoi ils l'aideraient.

— Réfléchissez. La maladie est venue de la Loumka. Mais c'est la Loumka, aussi, qui vous les a donnés. En cédant à un Gurde les instruments d'un art yrvène, elle vous a adressé un signe. A vous d'en tirer parti. Il se peut qu'à présent, quelque chose en elle soit prêt à évoluer...

Une simple phrase au coin d'un ponton, et en quelques jours la cabane de Cassiãn s'est constellée d'aquariums. Des centaines de gobelets ébréchés, dont les captifs ont posé sur le malade leur silence de mollusques, prêts à s'approprier sa peau par le menu.

— Superbe ! s'est exclamé celui-ci. Une exposition permanente, et pour moi tout seul... Vous voyez grand, maître Estrevann !

— Hmmm... Le public devra guider les opérations. Les artistes ne connaissent pas très bien leur rôle.

Un store mal rafistolé distille dans le réduit la pénombre de rigueur. Mais pour les myriades d'ocelles qui scrutent le moindre détail de l'espace, ce peu de clarté reste la substance du savoir. Insatiables, ils s'ouvrent à elle, l'aspirent avec passion, en gavent la nudité de Võrgh. Et lui, la douleur. Lui, l'épuisement. Tous ses muscles irradiés, comme si l'intérieur de sa peau étincelait sans que rien ne puisse l'éteindre.

— Je voudrais..., marmonne-t-il. Qu'il fasse déjà nuit. Mais que je puisse encore te voir.

Nuit.

Arthur a absorbé le mot. Il en imprègne longuement son esprit. Puis il le transmet avec soin à l'un des bulots. S'assurer que le gastéropode l'a intégré, le ressortir de sa chair, le guider jusqu'au torse de Cassiãn, autant d'opérations dont il a la parfaite maîtrise. L'inclure dans un ocelle, par contre, lui causera toujours une appréhension inavouable.

— Je ne te fais pas mal ? demande-t-il de temps en temps.

— Non... Un petit zeste d'ombre. Et encore...

— Même avec une parole, je ne voudrais pas te crever un œil.

Un à un, sur les réceptacles qui frémissent, les vocables se posent avec une délicatesse de flocons de neige.

— Et si je bouge..., s'inquiète le tatoueur. Tout sera à remplacer !

— Nous sommes plus malins que ça. Quand notre objectif se déplace, nous le suivons ! Encore un ou deux... Voilà. Tu sens quelque chose, maintenant ?

Võrgh se met à rire.

— C'est un peu compliqué, dit-il. Entendre des paroles muettes, avec des yeux qui ne m'appartiennent qu'à moitié ! Il faut que je me concentre...

Les paupières mi-closes, il écoute la surface de son corps ; les messages qu'elle échange avec sa chair, ses nerfs, ses os. Et son visage se détend à mesure. Un semblant de bonheur, dirait-on même, bien différent de l'entrain qu'il affiche d'ordinaire.

— Magicien à la manque..., sourit-il. Me plonger dans la nuit en plein jour. Et seulement jusqu'au cou ! C'est la Loumka qui t'enseigne des tours pareils ?

— Il faut bien qu'elle se fasse pardonner. Cela te soulage ?

— On dirait. Laisse-les me caresser encore un peu... Quand même, qu'elle nous ait fabriqué des soignants ! Et aussi petits !...

Par la lucarne entre une rumeur de soleil, insectes rongeant la paille du store, conversation feutrée entre deux malades, cris d'un rapace d'eau traquant les crabes. L'après-midi s'étire en odeurs de pollen et de cactus chaud. Autant d'éléments, pourtant, qui inscrivent dans le corps de Cassiãn l'ambiguïté d'un clair de lune sans lune.

— Et maintenant ? s'enquerra Arthur, à la vue d'une contraction imperceptible.

— Oh, rien... J'ai les nerfs noués comme des filets de pêche ! Mais ça, je doute que tu puisses y ramener le calme.

Calme.

De nouveau, le Gurde se recueille, contacte les bulots, leur indique la marche à suivre. Et *calme* pénètre un à un les muscles du malade, s'insinue dans les nœuds, les délie, efface les tensions, assouplit les fibres crispées, rend à l'énergie les voies qui s'étaient obstruées. Dans le regard de Võrgh, une partie de l'éclat d'antan s'est rallumée. Celle qu'à son insu la peur de mourir avait ternie.

— C'est étonnant, murmure-t-il. Ce bien-être-là, il a un goût si familier... Et pourtant, je ne m'en souvenais plus du tout. Tu ne prétends quand même pas me guérir, espèce de sorcier ?...

— Je voudrais bien, maugrée le garçon. Si seulement je pouvais comprendre ce que tu as !

D'autres mots se succéderont, les jours suivants. Avec plus ou moins de bonheur. *Passé* ramène à la surface les bons souvenirs mais aussi les mauvais : la mort de Georg, celle de Mẽg, les pierres lancées contre le monde transvers, les deux ans de captivité au fond de la Loumka. Si *enfance,* avec ses idéaux, ses fous rires et son insouciante méchanceté, fouette la circulation, il ne crée pas d'amélioration durable pour autant. *A fortiori* ses succédanés, *jeu, nature, liberté,* plus plaisants les uns que les autres, mais si peu efficaces qu'ils feraient douter du principe même de la méthode.

Coupable, risqué à faibles doses pour traiter le mal par le mal, aura un effet désastreux : des sueurs froides presque immédiates, suivies d'une tétanisation des quatre membres. Interrompu aussitôt, il faudra lui opposer *pardon* pendant de longues minutes, avant que les choses ne rentrent dans l'ordre. Après quoi, découragé, Arthur s'affalera sur le bord du lit, avec cet œil hagard des prophètes qui se demandent s'ils vont ou non continuer à croire en leur parole.

— Le mot clef (s'il existe), dira-t-il enfin, c'est toi qui le détiens. Même si tu l'ignores. Je ne peux pas l'extraire de mon crâne. Encore moins passer l'ensemble du dictionnaire en revue !

— Si je le connaissais, ironise Cassiãn, il y a longtemps que je lui aurais dit son fait ! Mais je ne sais même pas à quoi il ressemble...

Humeur incertaine, soleil brouillé, plusieurs jours s'écouleront ainsi, posés en équilibre sur un fil, à peine ponctués — histoire de gagner du temps — par quelques vocables de confiance. Jusqu'à ce qu'un matin, sous le regard de deux ocelles particulièrement fiévreux, une idée se coule, toute fraîche, dans le cerveau d'Arthur.

— *A quoi il ressemble,* disais-tu ? Mais voilà ! Il y a une façon très simple de le savoir. Il suffit de le lui demander.

Dès lors, comme un seul homme, les buccins vont focaliser sur l'épiderme ravagé de Cassiãn, le long de ses nerfs, dans la moelle de ses os, la même question.

Quoi ?

Avec son point d'interrogation, *quoi ?* est pareil au vent qui souffle sur le désert. Il soulève des monceaux d'images mortes, les traîne à travers la conscience, les brasse en d'invraisemblables tourbillons. Mais il ne parvient pas à les emporter jusqu'au ciel. Entravé, il fulmine. Déchaîné, il retombe. Dans le corps de Cassiãn, il ne déclenchera que des halètements, des spasmes, acharné à le vaincre mais incapable de le posséder.

Trois jours de suite, heure par heure, ce sera l'obsession de ce *quoi ?* qui n'en finit pas d'attendre sa réponse, attisant la chair jusqu'à la fièvre, la tenaillant pour qu'elle livre son secret, l'amenant au bord de l'orgasme, et puis l'abandonnant, furieuse et pantelante.

Jusqu'au moment où l'un des buccins, trop faible ou trop vieux, déformera la question, frappant sa cible avec une acuité si soudaine que les autres, automatiquement, se trouveront ravalés au rang de témoins.

— Là ! s'est écrié Võrgh en pointant l'index vers sa cuisse. Il y en a un qui se trompe. Et c'est lui qui a raison !...

Lapsus idiot. Lapsus divin. Dès qu'il l'aura déchiffré, le sculpteur de mots verra ses souvenirs s'épanouir avec une vigueur déchirante. L'odeur des asphodèles sur la grève du Roi de Corail. Le miroitement du sable rose. Les reflets qui menaçaient dans les profondeurs de la falaise liquide...

Le temps que le tatoueur ait repris des forces, il aura modifié imperceptiblement le vocable indiqué aux buccins. Et ceux-ci, dociles et rêveurs, le retransmettront en tous les points du corps et de la peau de Cassiãn. Cette question que l'enfant Arthur posa jadis, dans les jours si reculés de l'enfance, et dont il redoute presque autant, aujourd'hui, d'entendre la réponse.

Qui ?...

Le raz de marée a déferlé. L'Yrvène l'a senti venir de très loin. De tout près. De lui-même, exactement, car cette mémoire-là interdit de tricher. Il aurait dû serrer les poings, fermer les écoutilles, obturer d'un seul coup ses mille ocelles pour empêcher Arthur d'accomplir son forfait. Salaud d'Arthur ! Mais il est trop tard. Une seconde de relâchement et voilà, la vague est sur Cassiãn, elle le soulève, elle l'emporte, et il n'y a rien que sa panique puisse pour lui résister.

Debout. Il est debout sur le lit. Que les buccins le

suivent ou non n'a plus d'importance. C'est dans ses muscles, ses os, son être, que s'abat cette effroyable lame de fond. Un cisaillement des réflexes les mieux ancrés. Une envie de pleurer et de rire à lui déchirer la moelle épinière. Déjà, l'espace est trop étroit. Le plafond l'oppresse. Les murs l'écrasent. Il doit sortir, sortir absolument, pour que la clameur de l'eau puisse éclater au soleil, sortir avant que son crâne et ses poumons ne soient contraints d'imploser.

Nu, constellé, il dévale le chemin, en aspirant de tous ses yeux malades la présence à venir. Et il se retrouve devant le port, sur une presque-passerelle, entre un groupe de mariniers qui déchargent des caisses et quelques bannis que l'ennui a menés sur les pontons. Mais de leur étonnement, il n'a cure. Il tremble ainsi qu'un possédé, les muscles raidis, les nerfs électrisés, la peau désespérément ouverte au moindre signe qui lui annoncera la venue du visiteur sacré, tendu vers la Loumka des orteils au cuir chevelu en passant par le sexe et les organes les plus secrets.

Puis une nouvelle vague le submerge. Sa vision multiple se brouille. Et il hurle. Il hurle comme un dément, malgré les témoins, malgré la peur. Quelque chose — quelqu'un — mugit à travers lui, au-dessus de l'indifférence, au-delà des quinze ou vingt années pendant lesquelles il l'a ignoré, renié, oublié. Et Võrgh est prêt à vociférer ainsi jusqu'à la fin des temps, à laisser l'angoisse, la passion, le remords sortir de lui en cette clameur sauvage, ce braillement tripal, si l'absent tarde encore à venir, s'il n'obéit pas à la voix de son double comme il se soumettait jadis au moindre signe de sa pensée. Jadis. Au temps où l'un était l'autre, et où l'autre était l'un. En ces âges rayonnants où les cloisonnements de la loi ne les avaient pas encore séparés.

Et il arrive, bien sûr. Il arrive. Cassiãn n'en a pas douté un quart de seconde. Les remous du port sont déjà ceux de son dos. Les passerelles se soulèvent. Le temps que la canaille reflue, elles volent en éclats. Et le voilà qui émerge de la Loumka : lui, l'Orque éternel, colossal, aveugle, arraché du fond des souvenirs où la malignité du réel avait failli l'ensevelir pour de bon.

Il beugle aussi, le bougre. Il chante. Sa voix et celle de Võrgh se rejoignent au-dessus des tourbillons. Ses bonds prodigieux éclatent en gerbes d'écume, en débris de bois, en éclairs blanc et noir. Les nageoires battantes, frappant la Loumka à grands coups de queue, il se dresse au-dessus des hommes dans un fracas de pontons pulvérisés, en dédiant au seul Cassiãn sa jubilation d'animal. Et le tatoueur tend les bras vers lui, pétri d'amour, exultant de l'avoir retrouvé, quand il avait cru rendre infranchissable l'abîme qui l'en séparait.

Etincellement des pigments au soleil. Tapage des paquets d'eau éclaboussant les façades. Barrissement des poumons qui se rendent l'un à l'autre le souffle. C'est la joie du galopin dont les yeux s'ouvrent sur le premier orgasme. Celle de l'iconoclaste balayant de son rire le pacte avec la souffrance. Et l'écho de cette joie fait trembler à perte de vue les cabanes mortuaires de Sarhanô.

Plus tard, quand clameur et ressac se seront tus, le terrible silence de la contemplation s'étendra sur le port. L'humain devant l'animal. Le voyant, avec ses centaines d'yeux inutiles, face à l'aveugle, avec les siècles de nuit où sa peau seule l'a guidé. L'incurable découvrant l'autre qu'il est, et que — mystérieurement — aucune maladie ne peut atteindre.

Alors, dans une dernière giclée d'écume, Cassiãn Võrgh plongera au cœur de la Loumka, pour mêler les jeux de son corps en péril à ceux de son corps inaccessible.

3. *L'aurore de Gem*

Eté 574

Les mois aux noms de fleurs sont passés, et le tatoueur ne se décide pas à mourir. Pis encore, il n'en manifeste aucunement l'intention. Alors que les cabanes avoisinantes, occupant compris, ont déjà été plusieurs fois incendiées et remplacées, il continue à narguer le monde — bon pied mauvais œil — comme si la maladie n'était qu'un rôle de plus, à rejeter d'une pirouette le moment venu.

L'émoi suscité par l'irruption de l'Orque est retombé avec les débris des pontons. Les dégâts ont été classés sous la rubrique « désastres naturels ». Et sans s'inquiéter autrement du colosse qui les provoqua, on a agité avec ardeur poisson-scie et squale-marteau, afin d'en effacer jusqu'au souvenir. Seuls quelques initiés savent qu'il n'est pas reparti. Qu'il revient au contraire chaque jour à l'aube, en un point différent de Sarhanô, là où il sait d'instinct que son double humain l'attend.

Il revient, oui. Lorsque le soleil s'étire dans le premier rose des nuages, sa forme pie se profile entre deux vagues fixes, ou sous les turbulences du cap est, ou encore à l'entrée de la rade, parmi les ombres des bateaux amarrés. Cassiãn, déjà (ou toujours) debout, cligne des yeux à son approche, s'assure que personne ne pointe son nez, puis se dévêt silencieusement pour aller le rejoindre. La vie d'un côté, la mort de l'autre, l'Orque Võrgh jongle avec lui-même au fond des eaux lustrales. Et seule la sagacité de l'onde perçoit ce combat muet, fait de frôlements, d'esquives, mais surtout des mille feintes d'une pensée plus proche du ressac que de la parole.

Les ocelles n'ont pas relâché leur vigilance. Depuis les retrouvailles, pourtant, il n'en est guère apparu de nouveaux. Si Cassiãn arbore la constellation de regards la plus fière qu'on ait vue de mémoire de lynx, ils ont renoncé à leur croissance en cancer à quatre temps. Ce qu'ils lui disent du monde, en revanche, ce qu'ils lui révèlent sur lui-même, est au-delà des formes et des noms. La clepsydre s'est renversée. Il suffit que les sucs du cétacé les abreuvent de caresses, pour que s'éclairent à nouveau les territoires d'antan. Il est fils de la Loumka, et rien n'abolira cet insolent état de grâce.

Voilà. Effacés, le meurtre de Georg et le suicide de Mẽg. Evaporées, les années de pénitencier, de rancœur, de durcissement des paumes contre la rouille. Ce qui en lui est nageoire palpite comme jamais, s'élance, ruisselle de gouttelettes vives, l'emporte en un tourbillon d'évidences. Au corps à corps, il mêle sa nudité à celle de l'Orque. La fièvre des questions qui lui hantent la peau se dissipe. Les jeux de l'ambiguïté retrouvent leur ordonnance. Et peu à peu se désamorce le piège trop savant qu'il avait voulu tendre à Dieu, et qui commençait à se retourner contre lui.

— Tu vas t'en sortir, dira un soir Arthur, devant la répartition harmonieuse que les ocelles ont enfin adoptée. Toutes les cartes sont en place. Pour guérir vraiment, il ne te manque plus que le joker.

— Justement... Le cercle est si parfait qu'il ne reste pas de case pour l'accueillir.

— Et le centre ?

Cassiãn a poussé un infime soupir.

— On ne peut pas s'aimer soi-même à ce point...

— Remonte aux origines. A ta naissance.

— Non... L'Orque est le passé le plus reculé que je puisse atteindre. Je n'en ai pas d'autre. Ce qui me fait défaut — et que tu trouves, toi, dans l'art — c'est un futur qui dépasse la mort. L'artisanat ne constitue, ni de près ni de loin, une raison de vivre. Surtout ici.

Ce soir-là, ou bien le lendemain, ou la semaine suivante, à cette heure imprécise où le vent s'abat, quelqu'un s'est arrêté devant la cabane d'Arthur. Un petit crachin tombe sur l'alignement des toits. Dans l'allée, quelques malades s'acheminent en traînant la jambe vers le réfectoire. Le visiteur ne bouge pas. Seule la pâleur de ceux qui se retournent sur lui prend un reflet doré, tandis que le couchant perce les nuages.

Le garçon qui somnolait sur le pas de sa porte a levé les yeux. L'ample silhouette le toise : une femme charpentée en cariatide, vêtue d'une cape en soie vert malachite. Son visage, légèrement incliné, se dissimule sous les plis du capuchon. Il n'en distingue que ces deux flammes qui l'observent de biais, indéchiffrables. Machinalement, il s'est levé, et reste à la considérer, incapable de savoir dans quel cercle de sa vie, passé ou futur, il est en train de s'égarer.

Il ne la reconnaît pas. Il ne veut pas la reconnaître. Comment croire qu'elle soit revenue ? Qu'elle les ait dénichés ici, dans cette nécropole des mers du Sud, quand les vents ont balayé tant et tant d'existences ? Savait-on si elle était encore vivante, seulement ? Et sous quelle latitude ? Seuls les oiseaux s'éclipsent ainsi, pour resurgir un beau soir sans crier gare !

— C'est bien moi, rit Léonore, en rejetant le capuchon en arrière. Ne prends pas cet air stupéfait. Je suis arrivée par la navette de ravitaillement, voilà tout !

— Quand même..., bafouille-t-il. C'est... plutôt inattendu ! On ne voit pas tellement de gens *vivants*, par ici.

Lavé des tensions qui le marquaient naguère, le visage de la métisse resplendit sous le couchant.

— Comment ont-ils pu te laisser passer ? demande-t-il.

— Olev m'a obtenu une dérogation. Le vent est en train de tourner, Arthur... Oh, quel bonheur de vous avoir retrouvés !

— Cassiãn va avoir un choc, lui aussi... Je crois qu'il dort. Il a nagé toute la nuit avec son Orque.

Ils se sourient. Ils ne s'embrassent pas. Le reflux des émotions crée entre eux une aire de timidité, qui les rend incapables d'un geste simple. A peine pourront-ils faire quelques pas sur le chemin, du côté de la Loumka.

— Cassiãn..., murmure-t-elle. Je pensais bien que ce chenapan aurait tenu tête à la maladie.

— Son courage est sidérant. Depuis des mois, il joue au plus malin avec elle. Mais elle ne se décide pas à capituler.

— Tu verras... Lui qui aimait tant poser au jouisseur, c'est son idéalisme qui le sauvera. Il est moins pourri qu'il ne le prétend. Pourtant, combien de fois j'ai regretté de ne pas lui avoir tordu le cou !

— A Võrgh !... Pourquoi ?

Elle se redresse, avec un de ces larges sourires qui mataient jadis les foules de l'Ecaille d'Encre.

— J'ai cru qu'il m'avait contaminée ! Et peut-être l'a-t-il vraiment fait. Je n'en serai jamais sûre... Pendant des mois, j'ai vécu sur cette conviction : que j'étais atteinte, maudite, perdue — et cela par sa faute. Certains soirs, lorsque j'entrais en scène, ma voix s'éclipsait par les coulisses. Et je me retrouvais face au public, au bord de la syncope. Une horreur. Je ne reprenais pied qu'aux premières notes de l'orchestre. Les bugles à eau, les tam-tams, les contrevielles...

— Mais tu n'es pas malade, Léonore ?... Dis-moi !

Dans sa cape aux verts d'oasis, tranchant sur le

paysage blafard qui les entoure, elle a l'allure de ces porteuses d'eau dont l'énergie sauverait un désert.

— Je me porte mieux que personne, répond-elle. C'est toi qui m'inquiètes, Arthur. Cette île est sinistre. On doit y vieillir de dix ans en quinze jours... Comment as-tu réussi à survivre ?

— En essayant de soigner les autres, comme j'ai soigné Cassiãn. En les voyant mourir un à un. Et en mettant moi-même le feu à leur dépouille.

— Tais-toi... Et les gens d'Arangwad ?

Sortir à nouveau la liste noire. Se remémorer les symptômes de chacun, son agonie, tous ces détails qu'on voudrait oublier. Qui est mort. Comment. En combien de mois ou de semaines. Qui se cramponne à la vie. Pour combien de temps. Grâce à quel subterfuge des buccins... Tout cela sans élever la voix. En communiant dans cette douceur un peu abjecte de ceux que le fléau a épargnés. Derrière eux, les cahutes s'alignent comme des centaines de petits rectangles pourpres, prêts à chavirer dans la nuit.

Arthur parle d'un ton indifférent. Chaque ami perdu, c'est sur son visage une ombre, une ride, une altération infime dans l'ordonnance des écailles. Cela suffit. Les maux de l'existence creusent sans mélodrame le masque des sculpteurs de mots. A vingt-huit ans, il ressemble moins à l'écorché vif qu'en avait fait l'adolescence, qu'au rescapé d'un long voyage à travers l'impossibilité d'être. Et de trouver chez lui une quiétude si parfaite, nourrie d'une telle désespérance, redonne à Léonore la conscience du temps écoulé. Ce qu'il leur a infligé à l'un comme à l'autre, depuis les jours brouillons de l'enfance, a surpassé tout ce que leur imagination avait pu concevoir.

— Un mouroir aussi implacable..., murmure la métisse. Quelle foi peux-tu garder en l'humanité, après cela ?

— Il me reste l'art, dit Arthur. Il est vrai qu'ici, il se réduit à une médecine de fortune. Et encore...

— A Délée, il m'a permis de briser ma coquille. De comprendre de quelle matière j'étais faite. Mais dans un lieu pareil ?...

Au ras de l'horizon, un ultime rayon filtre avec lassitude. Le garçon hausse les épaules.

— Pourquoi es-tu venue ? s'enquiert-il. Sarhanô est en quarantaine rouge depuis des lustres. Au nom de quoi les juges t'ont-ils accordé un droit de visite ?

— J'ai usé d'un argument spécial, sourit-elle. Dont la Haute Cour n'est pas encore revenue. Un cadeau que m'a fait l'existence, et que je me devais de partager avec vous. Même s'il est un brin empoisonné !

— Un cadeau ?...

— Un animal familier, plus bizarre et plus râleur que dix lémuriens. Le voyage l'a un peu perturbé. Je l'ai laissé dormir au foyer des soignants. Il a beau être maître d'un secret phénoménal, je le sens si fragile, par moments, que le moindre courant d'air me fait peur.

Le couffin a été posé sur une table de soins. Et son occupant si menu entre ses draps de mousse, ouvre de grands yeux sur la nuit, sur cette pièce trop blanche, sur ces inconnus pas très beaux qui défilent autour de lui. En avoir peur, pourtant, il n'y songe guère. Maman est là, solide et brune comme une montagne, prête à écarter le moindre danger. Non, c'est la curiosité qui l'anime, lui fait écarter les doigts sur l'édredon et l'agripper, puis tenter (sans succès) de se redresser.

— C'est incroyable !... déclare Arthur pour la dixième fois. Il est né avec les squames colorées ! Des écailles *et* des pigments... Mais qui est son père ?

— Regarde bien, répond la métisse en rabattant la courtepointe. L'émeraude, les palmes pourpres, les balafres d'or... Cela ne te rappelle personne ?

— Cassiãn ?... C'est impossible, Léonore !

Lui, l'impossibilité vivante, le prodige en qui s'est incarnée Rose de Sable, il rit des grimaces de ce gars aux cheveux noirs, de ses efforts pour comprendre d'où peut venir un bébé pareil. Plutôt sympathique, d'ailleurs, l'ancêtre, avec ses yeux bleu-tempête. Le petit voudrait lui dire quelque chose de gentil. Plein de bonne volonté, il ouvre la bouche en fronçant un rien les narines. Mais il n'arrive qu'à éternuer bruyamment. Rire général. Maman le recouvre d'une main prudente. Et lui, il pleure un peu, car ce n'était pas du tout ce qu'il voulait. A trois mois, les choses sont déjà affreusement compliquées. L'autre type, cependant, celui qui a un nez plat entre des pommettes vertes et dorées, se rapproche et lui sourit. Voilà le nourrisson tout perplexe. Ça n'a pas l'air trop méchant non plus, ce grand lascar. Lequel des deux va-t-on encore vouloir qu'il préfère ?

— La nuit qui a suivi la fermeture de l'Ecaille d'Encre, dit Võrgh, je n'ai pas dormi une minute. L'impression d'être un bateau en train de couler... Quand j'en ai eu assez de boire tout seul, j'ai ouvert la première porte qui m'est tombée sous la main. Et je suis entré. Léonore me supportait à peu près, à l'époque. Elle a eu la délicatesse de ne pas me mettre dehors...

— Une Gurde ne peut pas avoir d'enfant d'un Yrvène, proteste Arthur. Nous le savons tous !

— Eh bien, tranche l'intéressée en prenant le bébé dans ses bras, celui-ci sera le premier. Car il a vraiment été conçu cette nuit-là. Et moi, je l'ai nourri de musique pendant toute ma grossesse, afin d'en faire une petite perfection. N'est-ce pas, moustique ?

Le moustique rit. La main tendue, il essaie d'attraper le pendentif de sa mère, cette drôle d'amarre avec laquelle elle le laisse jouer parfois. Les questions continuent de fuser autour de lui. Mais il n'y prend pas garde. Simplement, quand elles s'aventurent de trop près, il les suit des yeux, ainsi que de minuscules ballons aux couleurs de friandises.

— Gem ? répète Võrgh. Gem... C'est un beau nom. D'où vient-il ?

— De Mēg... Une gemme, un Gem. La nuit où elle est morte, j'ai juré que je la ferais renaître.

Les émotions des adultes, le petit les perçoit comme ces mouvements du ciel qui font et défont le soleil. Il n'aime pas celle qui est en train de les envahir. Eux qui rayonnaient de force et de contentement, voilà qu'ils prennent des allures de vieux chiffons. *Cas-siãn,* en particulier, a l'air de ne plus du tout s'entendre avec sa peau. Alors qu'il brûle d'envie de caresser ce bout de nez qui se tend vers lui, il se renfrogne dans son coin sans faire un geste. Et les inconnus qui entrent à chaque instant pour s'ébahir devant le prodige, ne se montrent guère plus câlins. Il va falloir songer sérieusement à y remédier.

— Quand est-il né ? demande le sculpteur de mots. Au printemps ?

— Le deuxième jour du Mois d'Or, précisera la métisse.

En guise de marraine fée, assise entre deux chaises mais secourable, le bébé aura eu l'unique aïeule auprès de qui il pouvait trouver refuge : Edith Estrevann. Cette jeune vieille dame meurtrie par les deuils, à qui la vie a fini par apprendre à lire — dans l'ombre — le cœur des enfants proscrits... Et du même coup à veiller à ce que le passé soit réparé.

— C'est elle qui t'a persuadée d'aller voir Olev ? Ma mère ?...

— Oui. Et qui m'a accompagnée dans toutes mes démarches auprès de la Haute Cour de Vornève : interrogatoires, examens, expertises... Deux mois de calvaire, que je vous raconterai une autre fois. Elle a peut-être commis des maladresses quand tu étais petit.

Mais là, elle s'est lancée avec tout son amour dans la bataille !

Une aube d'été se lève, avec ses voiles roses qui glissent sur l'île, sur la mer, et viennent dorer les murs du foyer. Plus loin, derrière la barre corallienne, l'Orque dédie une pavane muette au jour qui monte. Il s'élève. Il glisse. Il plonge. Arthur devine sa danse. Cassiãn la vit en secret. D'intuition en intuition, ils s'approchent de la lumière des choses : l'instant où Gem est venu au monde, c'est celui où l'épaulard, fracassant les pontons de Sarhanô, a rendu au tatoueur déchu son intégrité.

— Oui..., murmure Léonore. J'ai senti ce soir-là qu'autre chose avait lieu, qui me dépassait. Un pacte entre le roc et la Loumka. Une mutation inespérée... C'est ce qui a permis au petit d'être à la fois gurde et yrvène. Mais pas dans la mort, comme le pauvre Barnãbé : dans la vie.

Pour Gem, cependant, le retour de l'Orque n'est qu'un fragment de la mythologie parentale. Sa propre destinée, il la forgera avec ses armes à lui. Quelque part, entre le rivage et les grands fonds, un animal est né — un dauphin, un squale, un espadon peut-être — qu'il reconnaîtra comme son double le moment venu. Et avec lui il élucidera, mieux que cette génération ballottée entre les paroxysmes, le mystère des revirements de la nature.

En attendant, il observe ces deux hommes qui le couvent des yeux sans oser le toucher. Et en vrai fils du désert et de l'onde, il comprend qu'il lui revient d'accomplir le premier geste.

Pa.. pa... pa... a glissé Gem dans le cerveau d'Arthur.

Et pour qu'il n'y ait pas de jaloux :

Pa... pa... pa... dans celui de Cassiãn.

Il voit leur stupeur, et il rit aux éclats. L'arrondi de leurs sourcils, tandis qu'ils le dévisagent comme s'ils avaient mal entendu, est si comique ! Voilà un jeu dont ils n'ont pas fini d'être les victimes... Pour bien les en convaincre, d'ailleurs, il leur assènera encore *Pa... pa... pa...* une bonne fois à chacun. La suite du discours viendra plus tard.

— Il a peut-être hérité de mes pigments, dira Võrgh en regardant son ami d'un air entendu. Mais l'art d'ensorceler les mots, ce n'est pas de moi qu'il le tient. A mon avis, il n'a pas un père, mais deux !

— Deux pères ?

— Parfaitement.

Il faudra longtemps pour que cette hérésie fasse son chemin. Ce que les échanges d'écailles et de pigments ont fini par induire dans le corps des hommes, ce qu'y ont ajouté le virus des uns, l'inconscient des autres, voire le charme héroïque de leurs perversions, tout cela défie trop les idées reçues. Gem, lui, se borne à être le pavé dans la mare. Personne ne saura jamais si, lors de sa conception, sa mère fut contaminée, ni s'il l'a réellement sauvée de la maladie. Mais on le soupçonne fort. Et sur le continent, savamment orchestrée par le couple infernal Jennîfer-Olev, la tempête se déchaîne. Partis politiques, Haute Cour Médicale, groupes débonnaires ou hystériques, tout le monde est sens dessus dessous. Les écrans de cristaux et les résonateurs tonitruent à qui mieux mieux. Pêle-mêle sont dénoncés le statut de délinquants des malades, leur bannissement, l'organisation de la mort à Sarhanô. On s'injurie, on s'agresse, chacun traîne son voisin dans la boue. Bref, Erda-Rann traverse la plus grande crise de conscience de son Histoire. Dans le tohu-bohu général, pourtant, une chose est sûre : le rapatriement des deux pères présumés n'est plus qu'une question de jours.

— S'il est mon fils, déclare Arthur, alors j'ai le droit de le prendre dans mes bras. D'ailleurs, il n'a rien à craindre.

— Et il n'attend que cela, approuve Cassiãn.

Depuis le giron de son papa gurde, Gem découvre l'invisible chagrin de son papa yrvène. Lui aussi voudrait bien toucher le nouveau-né, jouer avec lui, le serrer sur sa poitrine. Mais ses ocelles ont peur. Peur du contact. Peur du mal qu'ils pourraient faire à ce moucheron, de l'incidence terrible de leurs regards sur la fragilité de sa chair, du poison qu'ils risqueraient de lui transmettre, alors même que la science le croit immunisé. Du haut de son belvédère d'écaille, le petit considère cette détresse impassible, ce nuage si transparent que personne ne le voit, mais si noir qu'il navre son cœur minuscule. Et à ce père-là, tout en s'abandonnant à l'étreinte rassurante de l'autre, il continue d'envoyer son gazouillant message : *Pa... pa... pa...*

Plus tard — d'ici quelques semaines, peut-être, ou quelques mois — Gem commencera d'appréhender les ocelles. Avec sa joyeuse inconscience de bébé, il décochera à chacun le mot, le borborygme, auquel il aspirait. Et on les verra se rétracter, fondre, disparaître comme ils étaient venus, en rendant à l'Yrvène un latex tanné, aux cicatrices imperceptibles, dont la fièvre sera définitivement retombée. Oui, Võrgh laissera son fils réaliser ce prodige. Ce faisant, le petit ouvrira à la sculpture de mots un espace neuf — l'éclatement du domaine entrevu par Arthur — qui la placera au rang des arts majeurs, en prise directe sur la vie. Mais cela, il n'y parviendra qu'avec le concours des adultes, au prix de sacrifices que sa chair ne peut même pas imaginer : des aiguilles dans les bras, des prélèvements de lymphe, de sang, des ponctions mentales, des duplications nerveuses... Tout l'arsenal des tortures qui permettront de conditionner les nouvelles générations de buccins, et de combattre un peu plus efficacement l'épidermie.

— Dieu est mauvais joueur, conclura Cassiãn. Il a compris qu'il était absurde de nous persécuter. Mais il ne lâche ses positions que pied à pied. Chaque fois qu'il invente un sauveur, il lui fait payer ses malheureux pouvoirs au centuple. Combien de mutations faudra-t-il qu'on lui impose, pour qu'il arrête de tricher ?

Le jour s'est levé. Erda-Rann demeure ce paquet de sable et d'eau qui en a fait une planète divisée. Et si le roc y est à peu près stable, la Loumka y reste mère de mort comme mère de vie, attentive à ce que les hommes ne sachent jamais à laquelle ils ont affaire. Quant à la nouvelle race, elle n'a pas encore de nom. Peut-être en recevra-t-elle un plus tard. Peut-être pas. Mais dans son couffin d'écorce, son premier représentant ne s'en soucie guère. Yrvène aux menues écailles, Gurde aux couleurs exquises, il dort à poings fermés sous un regard trois fois ébloui…

Celui des fauteurs de paix qui l'ont mis au monde.

Table

PREMIÈRE PARTIE

DEUXIÈME PARTIE

TROISIÈME PARTIE

QUATRIÈME PARTIE

CINQUIÈME PARTIE

DU MÊME AUTEUR

Aux Éditions Denoël

En grand format

LE JONGLEUR INTERROMPU
L'OMBRE D'UN SOLDAT

Dans la collection Présence du futur

RIVAGE DES INTOUCHABLES (Folio Science-Fiction n° 43)
LA VILLE AU FOND DE L'ŒIL

Chez d'autres éditeurs

LA BOÎTE À CHIMÈRES
LA MAISON BRISÉE
MÉLUSATH
LE CORPS DU HÉROS
SOLSTICE DE FER
ÉQUINOXE DE CENDRE
LA LUNE NOIRE D'ORION

Ouvrage reproduit
par procédé photomécanique.
Impression Bussière Camedan Imprimeries
à Saint-Amand (Cher), le 31 janvier 2001.
Dépôt légal : janvier 2001.
Numéro d'imprimeur : 005465/1.

ISBN 2-07-041773-5./Imprimé en France.

98241